Best Time

白 马 时 光

重启人

终结篇

〔美〕艾米·亭特拉 **著**　　程麒 **译**

百花洲文艺出版社
BAIHUAZHOU LITERATURE AND ART PRESS

图书在版编目（CIP）数据

重启人.终结篇 / (美) 艾米·亭特拉著；程麒译. — 南昌 :百
花洲文艺出版社, 2017.6
ISBN 978-7-5500-2178-5

Ⅰ.①重… Ⅱ.①艾… ②程… Ⅲ.①科学幻想小说 – 美国 –
现代 Ⅳ.①I712.45

中国版本图书馆CIP数据核字(2017)第080466号

江西省版权局著作权合同登记号：14-2017-0187
Rebel
Copyright © 2014 by Amy Tintera
Published in arrangement with The Fielding Agency, LLC through The Grayhawk Agency.
Simplified Chinese Copyright © 2017 by Beijing White Horse Time Culture Development
Co., Ltd.
All rights reserved.

出 版 者　百花洲文艺出版社
社　　址　江西省南昌市红谷滩世贸路898号博能中心A座20楼　　　邮编：330038
电　　话　0791-86895108（发行热线）0791-86894790（编辑热线）
网　　址　http://www.bhzwy.com
E-mail　bhzwy0791@163.com

书　　名　重启人：终结篇
作　　者　〔美〕艾米·亭特拉
译　　者　程　麒
出 版 人　姚雪雪
出 品 人　李国靖
特约监制　王　瑜
责任编辑　杨　旭
特约策划　高　蕙
特约编辑　周　莉
封面设计　郑力珲
封面插图　王云飞
版权支持　高　蕙　程　麒
经　　销　全国新华书店
印　　刷　三河市金元印装有限公司
开　　本　1/32　880mm×1230mm
印　　张　8.75
字　　数　200千字
版　　次　2017年6月第1版
印　　次　2017年6月第1次印刷
书　　号　ISBN 978-7-5500-2178-5
定　　价　39.80元

赣版权登字：05-2017-115
版权所有，侵权必究
图书若有印装错误可向承印厂调换

第一章

卡伦

瑞恩沉默不语。

她一动不动地站在我身边，目光直视前方，脸上又浮现出她开心或起杀心时才有的神情。我喜欢她现在的样子。

其他重启人在我们四周跳跃着欢呼庆祝，瑞恩却依然凝视前方，于是我循着她的目光望去。

前方的木牌应该是深深嵌进了橘色的土地中，阵阵狂风卷过，它依旧纹丝不动。这块木牌至少几年前就立在这里了，上面的字迹已经有些褪色。不过，我还是可以清晰地辨认出每一个字：

重启人特区
所有人类回头

这个所谓的"重启人领地"不过是一大片干旱平坦的土地，荒芜贫瘠，只有阵阵狂风呼啸而过。老实说，我有些失望。因为我心目中的得克萨斯州应该有着山峦起伏、树木葱郁的美景，可眼前却是无边的橘色大地。有谁听说过土地是橘色的？

"沿那个方向再走几英里应该就到了！"

我转身朝说话的爱迪看去，她拨开遮住脸颊的深色长发，仔细研究着叛军给我们的地图。她看了一眼身后坠毁的两架运输飞船，然后转头指着正前方的空旷地带。远处有一座小山，也许那里的确有什么，不过从我们这里看不清楚。我希望爱迪说得没错，否则重启人领地看起来也太可怜兮兮了。

瑞恩把手伸了过来，我们的手交握在一起。我看着她的眼睛微微一笑，她也向我微笑，看得出来，她又在想别的事情了。一缕金发从她的马尾辫上散落下来，她像往常一样随手向后一拂，毫不在意自己的头发看起来多凌乱。

我们开始向前走去，周围的重启人不时偷瞄一下瑞恩。他们放慢脚步，稍微落后我们一点，让瑞恩走在最前面，不过我猜瑞恩没注意到这一点。我知道瑞恩对她的号码一七八非常骄傲，一七八是个不同寻常的数字，代表 KDH 病毒让她重启前的死亡时间。大家也因此对她另眼相看，可瑞恩似乎不以为意。也许是因为她早已习惯了别人的目光，不会再为此分心。

如果我像她这样被所有人盯着看，早就吓得手足无措了。

我们两个人沉默地走了快半个小时，其他重启人一直在我们身后叽叽喳喳说个不停，可现在似乎并不是聊天的时候。我的胃在翻腾，满脑子想的都是万一找不到保留地怎么办，我们刚刚丢弃的运输飞船还剩多少燃料？瑞恩驾驶的那架飞船损毁严重，不知道还能不能飞行？我们才刚逃离 HARC（人类发展与重整公司）不过几小时，如果他们现在正朝我们追来怎么办？

走近小山时我握紧了瑞恩的手。

小山并不十分陡峭，我们很快爬到了山顶。

我停住脚步，屏住了呼吸。

如果这里就是保留地，那么一定没有人能正确描述保留地的样子，应该有个人扯着嗓子大喊："哎呀，这是什么保留地？丑陋的橘色泥土上立着一大片建筑大杂烩。"

建筑群四周有一道围墙，但是跟 HARC 环绕得克萨斯州各个城市修建的围墙并不相同。这里的围墙是木质的，有十五英尺高，从外面看不见里面的情形。围墙两端各有一座瞭望塔，比围墙还要高，塔顶有人在站岗。瞭望塔是简单的木质结构，只起到了瞭望作用。瞭望塔的四根横梁之间，是一条条纵横交错搭在一起的长木板，其中一侧有梯子通往地面。最上面是个厚木板搭成的平台，四面敞开。

保留地的后方是湖泊和大片树林，再过去又是平坦的橘色土地。我难以想象这里到底有多大，会是一座重启人城市吗？看样子和罗莎差不多大小。

瑞恩倒吸了一口气，迅速从我手中抽出了自己的手。

"他们有枪。"她指着前方，"你看他们，每个人都有枪。"她扫了一眼周围的重启人，"摘掉头盔的赶快戴上，把手举起来！"

我眯起眼睛看着她手指的方向，也倒吸了一口气——一支队伍整齐地排列在建筑群的大门外，有七十五到一百人，从我站的位置无法分辨出他们是重启人还是人类。

我系好头盔带子后举起手，问道："他们有可能是人类吧？"我们这里有一百名几乎拥有金刚不坏之身的重启人，可如果对方是全副武装的人类，我们就会很难应付。重启人只有头部中枪才会死掉，但我们当中的一些人没有头盔，而且绝大部分人手无寸铁。我再次看向对面时，艰难地吞咽了一下。

"有可能。"瑞恩一边举起双手一边眯起眼睛向前看，"离得太远，说不准。"

HARC 把我们重启人当作奴隶，逼迫我们去做肮脏的勾当。假如我们逃离 HARC 的结果只是为了到这个鸟不拉屎的地方被一群人类杀死，那我可真是要气炸了。要是我真被他们杀死了，一旦我能够起死回生，我一定去找那些告诉我们保留地的人类叛军拼命。

"如果他们真是人类，我们现在先选个州吧。"我努力让自己保持冷静。

瑞恩一脸疑惑的表情，"州？"

"是啊，你知道的，就是这个国家的其他地区。我选加利福尼亚州，我喜欢面朝大海。"

她朝我眨了眨眼睛，像是在说"你是在跟我开玩笑吧，卡伦，我们现在正面临生死关头"，她的嘴角还是轻轻上扬，"我选北卡罗来纳州。我们可以去除魔丘，看看病毒发源地是什么样子。"

"太棒了，瑞恩。我选海洋之州，你却选了'死亡之州'。"

"北卡罗来纳州不是有海滩吗？难道不在海边？"

我哈哈大笑道："好吧，那就选'死亡之州'了。"

她露齿一笑，明亮的蓝眼睛在我脸上停留了片刻。我知道她在寻找什么。HARC 给我们服用药物，想让我们成为更强壮、更顺从的重启人，结果却让我们变成疯狂嗜血的怪物。离她给我解药才不过几个小时，她就在观察解药是否起了作用，防止我狂性大发，再次杀人和吃人。

在奥斯丁时她没来得及阻止我……我迅速垂下双目，看着地面。

对面的军队里有个男人走了出来。他穿过橘色的土地，大步朝我们走来，黑色的头发在清晨的阳光下闪着光泽。他手里拿着一把枪，腰间还塞了另一把。

"重启人。"瑞恩低声说。

我的目光从她身上转向那个男人。离这么远，她怎么看出来的？我连那个男人的眼睛在哪儿都看不清呢。

"他走路的姿势。"看我一脸疑惑的表情，她解释道。

我再次看向那个人。他走得很快，步伐均匀，像是知道自己要去哪里，一副处变不惊的模样。我不明白为什么这样就能看出他是重启人，但我毕竟不是那个当了五年重启人的狠角色，一个人能打败九个人。所以，我怎么会知道？

那个男人越来越近，我们身边的重启人放慢脚步，很多人都看着瑞恩。我放下举起的双手，轻轻推了一下她的后背，她转头看我，我朝那个男人的方向歪了一下头。

"怎样？"她迅速扫了一眼周围的重启人，然后有些恼火地转身看着我，"你们推选我去跟他说话还是干吗？"

我不想笑的，却没能忍住。瑞恩有时就是这样，别人如何看待她，怎样跟她打交道，对她如何毕恭毕敬，她根本无所谓。大家老早就已经推选她去跟他讲话了，甚至在我们连那个男人的影子都没看见的时候。

"去吧。"我说着又轻轻推了一下她的后背。

她叹了口气，像是在说"你们这些人到底想让我怎样"。我把笑声压在喉咙里。

瑞恩向前走去，对面的男人停下脚步，枪口略微降低了一点。他的年龄在二十五至二十九岁之间，眼神冷峻沉稳。跟我在罗莎执行任务时见过的成年重启人不同，他身上没有一丝疯狂的味道，看来一定是在幼年或少年时期就变成重启人了。

成年人无法适应重启后的变化，但是如果一个人重启时尚未成年，那么重启后会正常长大，不至于变得疯狂。之前我只是听说过这个说法，现在才知道这个说法是真的，因为以前我从未遇见过活到二十岁的重启人。重启人满二十岁之前，全部会神秘地从 HARC 机构消失。我怀疑，要么是 HARC 杀了他们，要么就是拿他们去做实验了。瑞恩和我现在都是十七岁，如果我们没有逃掉的话，最多还能活三年。

"你好！"陌生人开口道，他双手抱胸，歪着头迅速打量了我们一番，然后目光落在瑞恩身上。

"你好！"瑞恩先看了我一眼才转头对他说话，"嗯……我是瑞恩，一七八。"

对方的反应跟所有人一样，眼睛立刻瞪大了，挺直了身体。瑞恩的号码总能为她赢得额外的尊重，即便在这里也是一样。每次看到别人的这种反应我都会感到不快，就像她这个人除了号码没有其他意义似的。

瑞恩抬起手腕，男人走过来仔细查看印在上面的数字和条形码。我用手遮住自己手腕上的号码——二十二，真希望能够擦掉我们两个身上的数字。号码越大意味着这个重启人动作更迅速、身体更强壮、更不会感情化。不过在我看来，这个所有重启人都相信的说法只是 HARC 灌输给我们的谎言。我们都曾经是人类，死后重生变成重启人，我不明白为什么死亡的分钟数有那么重要。

"米凯。"那个男人说，"一六三。"

一六三对我来说是非常高的数字。瑞恩一直是罗莎机构数字最高的重启人，还没有任何一个重启人能接近她的数字。有个叫雨果的家伙是最接近的，好像是一五〇。

米凯举起手臂，上面的墨水颜色比瑞恩的要淡很多，我离得太远，看不清号码到底是多少。瑞恩歪着头，面无表情地盯着他。她不想让别人知道自己在想什么时，常常会露出这样的表情。她的目的达到了。

"我看你带了些朋友过来。"米凯的脸上绽开一个笑容。

"我们……"瑞恩回头在人群中寻找爱迪，然后指着她说，"我和爱迪闯进奥斯丁机构，释放了里面所有的重启人。"

爱迪摘掉头盔，深色的头发在风中飞扬。她躲在一个高个子重启人身后，似乎并不希望别人知道她做了这么英勇的事。也难怪她这样，她最开始根本不想参与这件事。瑞恩救她是因为跟她父亲勒伯做了个交易，勒伯是 HARC 在罗莎机构的守卫，作为交换条件，勒伯要帮助我和瑞恩逃跑。爱迪只是碰巧才被牵扯进来的。

米凯的笑容消失了，脸上没有任何表情，嘴唇微微张开，目光再次从我们身上掠过。

"他们——"他用手指着我们，"是奥斯丁机构的全部重启人？"

"对。"

"你把他们全部救出来了？"

"对。"

他盯着瑞恩看了好一会儿，然后向前迈了一步，双手捧住瑞恩的脸，我看到她身体一震。我差点忍不住想告诉他，只有傻瓜才会不经瑞恩的允许去碰她。不过，要是瑞恩不喜欢他这么做的话，他很快就会学乖的。

他的手几乎盖住了瑞恩的整张脸，他低头看着她说："你，现在是我最喜欢的人。"

很好，老兄，去后面排队吧。

瑞恩笑了起来，退后一步摆脱他的手。她朝我的方向瞟了一眼，像是在说"没搞错吧？你让我跟这个家伙打交道"。我咧嘴一笑，走上前把手伸给她，我们十指交缠握在一起。

米凯向后退了一步，对大家说道："好，那就走吧。欢迎你们！"

欢呼声骤然响起，我们周围的重启人开始兴奋地交谈起来。

"我们已经拿掉了大家的追踪器。"瑞恩对米凯说，"在奥斯丁附近就处理好了。"

"哦，那个没关系。"他得意地笑着说。

没关系吗？我不大理解，皱了皱眉头，瑞恩的脸上也浮现出同样的疑惑，此时米凯已经转身跟一群热情的年轻重启人攀谈起来。他带着我们朝重启人特区走去。我迈步正要跟上去，手却被拉住了，瑞恩站在原地没动，只看着那些跟在米凯身后的重启人。

她很紧张，我过了一会儿才弄明白她脸上这个特殊表情的含意。她轻轻地吸了一口气，目光定定地看着前面的情景。

"你还好吗？"我问她。我也很紧张，瑞恩紧张时我会跟着紧张。

"还好。"她轻声说，可听上去她并不好。我知道她对去特区不像我那么兴奋。她告诉过我，如果不是因为我，她会继续留在 HARC。一开始我无法理解她的想法，现在我才意识到，也许她并不是说服自己心甘情愿成为 HARC 的奴隶，而是真的心甘情愿。

我想对自己说，她会改变心意，喜欢上这里的，可我没有把握。除了揍人，我甚至不确定有什么事能让瑞恩开心。当然了，如果我能有她那种本事，说不定也会喜欢揍人。

她勉强点了点头，似乎说服了自己，开始朝特区方向走去。当我们接近特区时，大门外一字排开的重启人仍然一动不动，枪口全部对准我们。

带领我们的米凯往前走了几步，向他的队伍举手示意，"放下武器！站在原地！"

他的话音刚落，所有重启人都放下了手里的枪。他们明亮的眼睛紧盯着我们，我扫视着他们长长的队伍，不禁倒吸一口气，居然有这么多重启人。他们绝大多数跟我年龄相仿，仅有几个三四十岁的重启人。

特区重启人穿着宽松的浅色棉布衣服，跟 HARC 让我们穿的黑色制服形成鲜明对比。他们也都戴着头盔，看上去身体强壮、营养充足，虽然保持着随时准备攻击的姿势，却没有人露出畏惧的神色。如果说他们的表情透露出点什么的话，倒好像是……兴奋？

米凯把一个黑盒子举到嘴边，看起来像是 HARC 使用的通信器设备。他开始对着黑盒子讲话，同时抬头望了望我们右侧的瞭望塔。他听了一会儿，点了点头，说了几句话后把黑盒子放进了口袋。

他往后退了一步，伸出两根手指朝我们的方向招呼道："瑞恩。"

瑞恩在我身边站着没动，但肩膀开始绷紧。米凯晃动脑袋示意瑞恩过来，她轻声叹了口气，松开我的手。她走向米凯时，人群自动为她让出一条路。我想，大家这么做一定让她觉得不舒服。

所有人的目光都落在她身上。

米凯满面笑容地看着她走了过来，伸手握住她的手，她吓了一跳。米凯一脸倾慕不已的表情，要不是瑞恩把他当外星人一样看都不看一眼，我一定会感到嫉妒的。

好吧，也许我还是有些嫉妒。她最初也把我当外星人看，可现在我相当确定——她喜欢我。

嗯，应该是相当确定加肯定。相当确定、肯定、一定。反正就是你非常确信，但又不是百分百那么确信。为了我，她离开"家"（我认为那是监狱）；为了救我，她又冒着生命危险，把整个 HARC 机构搞得天翻地覆。这就是"我非常喜欢你"的瑞恩版表达方式。我懂她的。

瑞恩用力抽出自己的手，米凯似乎并不在意，仍旧满面笑容地看着他的特区重启人队伍。

"各位，这是瑞恩一七八。"

几个重启人倒吸一口冷气，我暗自叹了口气。我原本希望号码在这里会变得毫无意义，但这个愿望瞬间就破灭了。一些重启人无比敬畏和兴奋地看着她，见此我恨不得冲上去赏他们每人一巴掌，让他们脑子清醒些。

"她带来了整个奥斯丁机构的重启人。"米凯接着说。

我听到更多的吸气声，至少他们看到我们很兴奋。

"不是我自己一个人办到的。"瑞恩的目光在人群中搜寻着，但似乎没有发现爱迪，"是爱迪三十九和我两个人。"

米凯无所谓地点点头，当一个人根本没听你说话时就会这样子点头。他满脸笑容地看着特区重启人，这些重启人在窃窃私语，看起来蛮乐观的。

米凯举起一只手，瑞恩向我投来质疑的目光。大家都安静下来。

"好了。"他说，"我有个好消息。"

太好了，我现在需要的就是好消息，真希望他接下来会说"我马上为你们大家准备食物、安排住处"。

米凯指向瞭望塔，"我刚刚得到消息，又有 HARC 的运输飞船朝我们飞来，他们正在往这里走的路上。"

等一下，什么？

"离我们大概还有一百英里。"米凯继续道，"确定至少有七架运输飞船。"

从哪里能听出这是好消息？

"所以……"米凯笑着举起拳头，"准备好了吗？"

所有特区重启人异口同声地高声大喊：

"攻击！"

第二章

瑞恩

卡伦一脸惊恐地看着我，我也惊呆了，攻击？

"瑞恩。"米凯把手放在我的肩头。我动了一下肩膀，避开他的手，"你们是驾驶 HARC 的运输飞船过来的，对吧？飞船在哪里？"

我眨了眨眼睛，他是怎么知道的？他又是怎么知道有 HΛRC 运输飞船朝这里飞来的？

"我们把飞船留在几英里远的地方了。"我回答道，"不想离你们太近，怕吓到大家。"

"很显然，我们的确被吓到了。"米凯哈哈大笑，伸手指着他身后的重启人队伍。他把手指塞进嘴里吹了声口哨，"裘丝！"

一个大我几岁的女孩走了过来，一头红发编成一条长辫，手腕上也印着 HARC 的条形码，我没看清上面的号码。

"去把那些运输飞船弄回来。"米凯举起手，手指在空中做了个旋转动作，巨大的木门立刻吱呀呀地开了，站在门外的特区重启人迅速散开。

我感觉一只手搭在我的后背，转身看到是卡伦，他盯着正在敞开的大门。"怎么回事？"他轻声问。

"我不知道。"

敞开的大门里出现十个重启人，坐在一种我以前从没见过的古怪装置上。那些怪玩意儿有两个大大的轮子，一前一后，有点像我在图片中见过的摩托车，但要大得多。宽大的黑色座椅架在两个轮子之间，足够三个人乘坐。这些装置明显不是用于秘密行动的，因为它们正发出震耳欲聋的轰鸣声。

"凯尔！"米凯挥手喊道。一个高大健壮的重启人驾驶着摩托车缓缓向前。"带上裘丝和……"他停下来转头问我，"谁驾驶运输飞船过来的？"

"我和爱迪。"

"三十九号？"

"对。"

他点点头，转身对凯尔说："带上裘丝和三十九号去运输飞船那里，动作要快，必须在二十分钟内回来。"

凯尔单手转动摩托车的车把，车子轰鸣着向前驶去，到裘丝身边猛地停下。裘丝跳上摩托车，一脸期待地看着奥斯丁重启人。

"三十九号！"米凯大喊。

爱迪从人群中走了出来，双臂交叉抱在胸前。她完全不理会米凯，眼睛定定地看着我，像在等待什么。我不知道她在等什么，难道她想让我对她说，没关系，可以去？

我避开米凯的目光，大步走过去，停在爱迪面前。

"他们想让你带路去运输飞船那里。"我说，"可能还要你开过来。"

她看着我身后问："你觉得我们能信任他们吗？"

我没有回答。我当然觉得不能信任他们，我跟他们刚认识，而且到目前为止他们看起来很怪异。可话又说回来，我们是自己送到人家大门口，求人家接纳我们的，现在再去想信任的问题已经太晚了。

"不能。"我小声说。

听到我的回答，她吓了一跳，"不能？"

"不能。"

她眨了眨眼睛，像是在等我接着往下说，脸上渐渐露出笑容。

"好吧，我感觉好多了。"她深吸一口气，"没错，跟陌生人同路，只能希望他们真是同路人。我明白了。"

她说完点了点头。我眨了眨眼睛，这才意识到自己在要求她做什么。

"我也可以——"

她哈哈大笑，边向后退边说："没关系的，诚实不是你的错。"她小跑着跳上摩托车后座，用手指着我们来时的方向。凯尔猛地发动摩托车，消失在卷起的漫天尘土中。

"一二〇以上的跟我来！"米凯向奥斯丁重启人喊道，"我们一起来吧！"他上蹿下跳，显得异常兴奋。

我不明白他要干什么。

我瞄了一眼身后的奥斯丁重启人，他们同样是一脸困惑。贝丝一四二，还有我猜数字应该大于一二〇的几个女孩和两个男孩走出了人群。他们虽然慢慢地向米凯走去，却一直满脸疑惑地看着我。奥斯丁大于一二〇的重启人比罗莎的少得多，不过我所在的城市是得克萨斯州治安最糟的地方。任务越多意味着需要越厉害的重启人。奥斯丁的重启人大多跟我年龄差不多，只有一个男孩例外，他可能只有十二三岁。

"米凯！"我跟在他身后朝大门奔去，"这是怎么一回事？你怎么知道 HARC 要来？你又是怎么知道我们要来的？"

他停下脚步，"我们在各个城市的外围战略要地安排了人手，还有一些设备，可以监视当地飞船的动向。"

我惊讶地扬起眉毛，没想到他们会这么先进。

米凯张开双臂，满面笑容地对奥斯丁重启人喊道："朋友们！让我们兴奋起来吧！"

我们只是愣愣地看着他。

他举起拳头，"啊！"

"啊！啊！"上百名特区重启人立刻跟着狂喊，我被吓了一跳。在搞什么鬼？

"来吧。"他笑着说，"谁想去踢踢 HARC 的屁股？"

有几个人笑出了声。站在后面的一个奥斯丁重启人举起手，"算我一个！"

过去一周我一直在踢 HARC 的屁股，已经踢够了。我看了一眼卡伦，他从没想过揍任何人，无论是人类还是重启人。

米凯注意到我的表情，咯咯笑着说："我看你大概累坏了，等会儿你一定要告诉我你的事，你是怎么从罗莎逃出去的，又是怎么到奥斯丁的，还有你是怎么从奥斯丁机构偷走两架载满重启人的运输飞船的。"他越走越近，"可眼下有一群 HARC 的守卫正朝我们飞来，准备发动攻击，所以，我们别无选择。"

我看着卡伦，他耸耸肩膀，像是不确定该怎么做。

可我知道自己想怎么做，我想赶在 HARC 的人到来前逃走。我不知道我们要去哪里，也不知道该如何去，但是逃走了就不用留下来参加战斗了。

或许我们必须留下来战斗。我看着从奥斯丁带来的重启人，注意到有几个人止看着我，观察我的反应。是我闯进奥斯丁机构，带领全部重启人登上运输飞船，然后让他们陷入现在的处境。如果我让卡伦跟我一起走，他一定会说那些重启人需要我的帮助。遗憾的是，他是对的。

但这是最后一次了，要是以后 HARC 再发动攻击，我一定拉着卡伦离开。我不想以后的日子都用来跟人类作战。说真的，如果可以永远不见人类，那是再好不过了。

我叹了口气，勉强对米凯点了点头。他在我的后背拍了一下，像是表示赞赏。

"六〇以下的跟我来！"一个身材瘦弱的家伙走出队伍大喊道。

我朝卡伦摇摇头，把手伸给他。我们不会这么做的。他嘴角上扬，向我走来。

米凯低头瞄了一眼卡伦的手腕。"一二二？"他眯着眼睛问。

"二十二。"卡伦说。

米凯指着聚集在瘦弱男人周围的重启人说："六〇以下的去找杰夫。"

"卡伦跟我在一起。"我握紧卡伦的手。

米凯张口想说什么，微微一笑又闭上了嘴，"好吧。"他转身向特区大门走去，示意我们跟上他。

我们朝着守卫大门的一排摩托车走去，我回头看了看奥斯丁重启人，他们分成了两组：六〇以下的一组，六〇到一二〇的在另一组。

我转头朝前走去，经过摩托车队伍后，围墙里特区的情形一下子映入眼帘，我听到卡伦倒吸了一口冷气。

围墙里还有很多重启人，应该属于第二梯队，人数是大门外第一梯队的一半。五十个左右的重启人排成整齐的队列，站在一个巨大的火坑前面，每个人手里都拿着枪，枪口一律朝下，指着地面。一个重启人从我们身边跑过去，和站在火坑前面的一个家伙兴奋地交谈起来。

重启人特区呈圆形布局，一条条蜿蜒的土路将一座座棕褐色的帐篷连接起来。特区里几乎没有什么固定建筑，只有一个个坚固耐用的印第安式帐篷，搭建在小路两旁。帐篷很多，我看见的就至少有一百个。

我右边是几个比较大的长方形帐篷，看起来脏兮兮的，而且有几个地方已经磨损了。他们在这里住多久了？为什么不多盖　些固定建筑呢？

我左边靠近围墙的地方有两栋长长的木屋，像是淋浴区。木屋的一侧有管道，管道周围的地面是湿的，看起来我们不用去湖里洗澡了。

我的目光从第二梯队重启人的脸上一一扫过。当我发现叛军在帮助重启人逃离HARC时，勒伯告诉过我，我的教练莱利一五七逃到了特区，并不是像他们说的那样已经死了，可我在人群中没有看到一五七。

我们走到一个帐篷前，我在米凯身后停下脚步，他掀开帐篷门帘示意我们进去。我低头钻进帐篷，卡伦和五个一二〇以上的奥斯丁重启人也跟了进来。

帐篷里堆满了武器。

我这辈子还从没见过这么多武器。帐篷里堆放着大大小小的枪支，还有手榴弹、斧头、刀、剑，以及我叫不出名字的玩意儿，堆满了四周的十几个架子。他们这些武器足够把整个得克萨斯州武装到牙齿。有几个架子是空的，大概上面的武器被大门外的重启人拿走了。即便如此，剩下的也足够分给每个重启人两件武器，或许三件。

"厉害吧？"米凯咧嘴笑着说。

有人跟着笑了一下，声音有些紧张。我又迅速地扫视了一下四周。的确厉害，也许还令我有点安心。一张长木桌被放在帐篷正中间，桌腿陷进地面。一张大床摆放在帐篷右侧的角落，不知道米凯是不是就住在这里。帐篷两侧各有一个围着一圈石头的火坑，上方的帐篷布被割开个口子，让烟可以冒出去。

"没时间让你们熟悉这里了。"米凯说，"HARC 马上就到，他们这一次可能会带重武器。"

"啊！啊！"

我被突然响起的叫喊声吓了一跳，转身看见身后站着几个特区重启人。他们这随时随地吼两嗓子的习惯，我目前还不太适应。

"我会给你们每个人发武器，带你们快速熟悉一下情况，然后指派位置。"他转身开始从架子上拿枪。

"这一次。"卡伦小声说。

我抬头看着他，"什么？"

"他说'这一次'，就是说 HARC 以前来过。"

"他们来过好几次了。"米凯说着递给我一把手枪，"赢的总是我们。"

我接过枪，有些怀疑地问："总是？"

"每一次。"米凯递给卡伦一支枪。

卡伦的目光从武器移到我脸上，有那么一瞬间，我以为他不会接过去。卡伦从来都不喜欢枪，我不得不带他逃离 HARC 就是因为他不肯用枪杀死一名成年重启人。在 HARC 眼中，不服从命令的重启人没有任何存在的价值。

但他一声不吭地从米凯手中接过枪，我猜他拿了也没打算用。

"如果赢的总是你们，为什么他们还会再来？"米凯分发枪支弹药时我问道。

"他们会重新部署，找出失败的原因，然后卷土重来。他们变得越来越聪明。这次离他们上次进攻已经快一年了。"米凯大步走出帐篷，我们跟了上去。"这也是我们没有修建太多固定建筑的一个原因。"他指着帐篷说，"今天炸弹会炸毁不少东西。"

"炸弹？"卡伦问。

"对。我们会在空中拦截运输飞船，但还是会遭受一些轰炸。"米凯走到火坑旁，然后面对我们说，"好了，运输飞船从南面飞来，你们跟第二梯队待在一起。保护好特区，活下来，你们要做的就是这么多。如果轰炸中你们的肢体被炸断，不用慌，我们有一大堆装备能把炸掉的部分缝回去，不要拿别人的断臂残肢，除非你确定那个人已经死了才能用。"

卡伦的脸抽搐了一下，"真的吗？断掉的部位还能接回去吗？"

"可以。"我说，"只要缝合的速度足够快。跟骨头断了是一个道理，把断掉的部分放回原来的地方，骨头自己就会接上。"

"真够恶心的。"他惊恐地看着我，"你之前遇到过这种事？"

"是啊，有一次执行任务时我断了几根手指，没什么大不了的，不过长回去的时候还是觉得怪怪的。"

卡伦打了个寒噤，低头看着自己的手指。

米凯走到我面前，轻声笑着问："那时是菜鸟？"

"是的。"我回答。有时我都忘了在我设法救出卡伦之前，他在HARC才待了不过几周时间。刚刚过去的一个月，像一年那么漫长。

"菜鸟要跟第二梯队待在一起吗？除了你们几个，我打算把所有的奥斯丁重启人放到第三梯队，安置在特区后方。我可不想把客人丢进火海，省得他们在刚到的第一天就被吓坏了。"

我犹豫地看了一眼卡伦，他在第三梯队会更安全。我在第三梯队同样更安全，不过应该没人赞成我留在第三梯队——强壮的重启人应该冲在第一线。我们的目光碰到一起，他理解地点点头。

"好的。"卡伦对米凯说，"我和其他六〇号以下的待在一起。"

卡伦正要离开时我抓住他的手，特意背对着米凯。"必要时一定要用，好吗？"我低声说，目光落在他手中的枪上。

他点点头，但是我们对"必要"的定义可能非常不同，说不定他连保险都不肯打开。

他紧紧握住我的手，用黑色的眼睛温柔地看着我，低头对我说："当心。"

我目送他渐渐远去的身影，忽然有点后悔没跟他提一起逃跑的事，说不定他会接受的。

"瑞恩，你要跟我一起去吗？"米凯问。他扫了一眼其他一二〇以上的重启人，"你们留在这里。"

我飞快地瞟了一眼贝丝。她是奥斯丁机构号码最高的重启人，在来特区的路上她告诉过我，她是五个月前才变成重启人的。她似乎很愿意站出来代表奥斯丁重启人，但我不确定让奥斯丁重启人上战场，她会作何感想。她的脸上没有什么表情，但不停地用手指绕着一缕头发。

"你跟第二梯队待在一起好吗？"我轻声问。

她吞了一下口水，满脸不确定的表情，"好啊。"

一个深色头发的重启人走了过来，他平静的神情让人觉得安心，"我们会跟紧他们的。"

贝丝点点头，示意我可以走了，我便跑去追赶米凯。我跟着米凯出了特区大门，扫了一眼周围第一梯队的重启人。重启人现在很放松，正靠着木门聊天，平静的气氛中充满了对战斗的期待。我喜欢追捕和战斗带来的刺激，所以我理解某些重启人对战斗的渴望——兴奋能够帮助驱散恐惧。

"你驾驶运输飞船的技术怎么样？"米凯停住脚步，眯起眼睛看着远方。

"除了着陆，其他还行。我驾驶的那架运输飞船落地时狠狠摔了一下。"

"那我们就安排其他人驾驶运输飞船。你和我搭乘同一架，我们尽量在空中拦截他们。"他向我投来赞许的目光，"那主意可真棒。偷 HARC 的运输飞船逃走，你是怎么做到的？"

"是叛军帮我们的，东尼、戴斯蒙和其他一些人类，你认识他们吧？"

米凯哈哈大笑，我不大明白他为什么笑。米凯笑着说："我跟他们以前就认识，那是一群乐于助人的家伙。"

说实话，"乐于助人的家伙"的说法过于轻描淡写。要是没有他们，我根本没法进入奥斯丁，也拿不到解药给卡伦；要是没有他们，我绝对没办法释放所有重启人，更别说带他们逃走。我可以说是欠下他们的人情了，这可不是什么好事。

我们等待运输飞船时，米凯走来走去，不时用通信器跟瞭望塔上的人讲话。我想跟他一起踱步，希望这一切快点结束，然后就可以钻进卡伦怀里沉沉睡去，一直睡到春天到来。

没过多久，我们偷来的运输飞船就出现在空中，相继轻轻降落在离我们不远的地方。之前我驾驶的那架飞船两侧被撞出凹痕，前面的窗户还有一条长长的裂纹，但飞行状况良好。

另一架运输飞船的舱门打开了，爱迪跳了下来，她歪着头，一脸疑惑地看着我身后。我转过身，看到两个重启人小跑着朝我们而来，每个人手上都拿着一个像是巨型枪支的东西。他们后面还有两个重启人，拿着同样的东西。

"那是什么东西？"他们跑到米凯身边时我问道。

"榴弹发射器。"他用手指着大门口的重启人，"他们那里也配备了一些发射器，这是我们最好的防空武器。"

他们是从哪里弄到这些装备的？

"干得漂亮。"米凯对爱迪说，"进去吧，他们会给你发武器，六〇号以下的编入特区后方的第三梯队。"

爱迪从我们身边走过时对我稍稍点了一下头。对这场意外卷进来的战争，她似乎跟我一样兴奋。

米凯命令大家上运输飞船，我钻进爱迪开过来的那架，两个手持榴弹发射器的重启人跟在我身后。

"我从来没在空中发射过榴弹，不过我很想试试。"米凯说着递给我一个发射器。这东西比枪要沉，足有十磅重，但不难操作。它的外观看上去像一把特大号的左轮手枪，只是枪管要长得多。

"要放在肩膀上。"米凯说，"一只手在前，一只手在后。"

我抓住枪管下的一个突起物，另一只手放在旋转弹膛的后面，然后俯身从发射器顶部的黑色管状物往里看，里面是一个大圆圈套着一个小圆圈，用来帮助瞄准的。

"那是准星。"米凯说，"我知道你以前没用过，其实你只管尽量瞄准就行，然后扣动扳机。你有六发榴弹，打光后交给他们当中的一个，他们会递给你一个新的，还会帮你装好榴弹。好了，我相信你会是个很棒的射手。"他笑着轻轻拍了一下我的肩膀。

他仅凭我的号码就一直对我信心满满。莱利一定跟他谈起过我，我猜他应该十分欣赏我救出了奥斯丁重启人，不过，他似乎跟 HARC 一样，对我的号码一七八过于着迷。我不知道应该感到安心还是失望。

"起飞！"米凯对坐在驾驶舱里的重启人大喊，然后指着我说："向后挪，我们要保持船舱门敞开，这样才能发射榴弹。"

我向后一直挪到座椅旁边。运输飞船震动一下后，猛地腾空而起，一阵强大的气流席卷而来，我把下巴紧紧抵在胸口，然后看了一眼驾驶飞船的重启人，即便是在这种天气状况下，他照样能从容自如地带我们飞向空中。

"他以前这么干过吗？"我在狂风中大喊。

米凯回头看了一眼驾驶员，对我点点头，然后说道："我们有几架 HARC 的旧运输飞船，是击落后修好的。只有一架能飞，而且我们没燃料了。"

"我们看见了四架运输飞船。"米凯的通信器里传来声音，我紧紧握住手中的发射器。

米凯单膝跪地，把发射器举到肩膀上，指着前方说："他们在那里！"

我在他旁边就位。晴朗的湛蓝色天空中出现了四个黑点，HARC 的运输飞船正向我们飞来。

"等到他们再靠近些。"米凯命令，"等一下……等一下……发射！"

一架 HARC 运输飞船呼啸着越过我们，另一架则迟疑着不敢靠近。剩下的两架飞船继续全速朝我们飞来，我手中的发射器瞄准了距离最近的那架，目标是驾驶舱窗口。

我扣动扳机，射击出去，却没有击中。

突然空中传来一声巨响，米凯击中了一架运输飞船的侧面，旁边的两个男孩立即大喊："啊！"

"快点！"米凯对我大吼，"瞄准驾驶舱窗口！"

我动作一向很快，可这是我第一次用榴弹发射器，在狂风中又很难瞄准。我觉得现在还是不提这些比较好。

我没有击中的那架运输飞船越过我们，地面忽然传来巨大的爆炸声，把我吓了一跳。一个瞭望塔已经陷入火海中，我缓缓地深吸了一口气，集中精神。

飞行员驾驶着运输飞船不断变化方向，我紧盯着炸掉瞭望塔的那架飞船，握住发射器的手指渐渐收紧。瞄准窗口，我又深吸了一口气，然后发射。

风挡玻璃炸开的同时，飞船猛地向一旁倾斜，我毫不理会耳边"啊！啊"的呼喊声，再次瞄准目标。第二颗榴弹呼啸着飞进洞开的驾驶舱窗口，运输飞船的残骸狠狠地砸落在地面，即便在天上我都感觉到了震动。

米凯击落了剩下的一架运输飞船，可又有三架飞船朝我们呼啸而来，一架从我旁边经过，朝着正在特区上空盘旋的另一架飞船而去。特区围墙里飘出烟雾，枪声响成一片。我对着一架运输飞船射出最后一发榴弹，一颗心突然为卡伦揪了起来，也许我应该带上他。

一阵爆炸声让我们的飞船晃动不已，我立刻又觉得开心起来，幸好他留在了地面。运输飞船的尾部少了很大一块，一排座椅上方的金属片飞了出去，翻滚着从空中坠落。

我的目光从船舱转向空中，又有七架运输飞船朝我们飞来。现在我们四周至少有十架飞船在轰鸣。

十架 HARC 的运输飞船，而我们只有两架。

我瞥了一眼米凯，他眉头紧皱，神情专注，随着他的手指扣下扳机，又一架运输飞船从天上掉了下去。

"你是继续盯着我看，还是打算干点正事？"他说着把手中的发射器递给旁边的重启人，换了一把填满榴弹的。他之前的兴奋劲不见了，取而代之的是全神贯注的神情，也许还夹杂了一丝恐惧。

我握紧手中的发射器，瞄准飞船——我可不想刚逃离 HARC 几个小时就被他们杀了。

我开火，一次又一次地开火，又有两架飞船从空中坠落。我把打空的发射器递了过去，这时我们的飞船再次遭遇攻击，驾驶员猛地转变方向，我急忙抓住门框，免得自己掉下去。

　　"挡不住他们了，伙计们！"飞行员喊道。

　　"坚持住！"米凯大喊。

　　第二次中弹后我们的飞船越飞越低，我以最快的速度朝 HARC 运输飞船发射榴弹。现在只剩下四架飞船了，就在这时，从地面发射的榴弹又打落了一架。

　　米凯还想再打掉一架飞船，但我们下降的速度太快，我只得丢掉发射器，双手护住头盔。运输飞船撞上地面，我从舱门飞了出去，滚出几码远才停下来。

　　我一边咳嗽，一边爬起身，用手背擦了擦脸上的泥土，结果蹭了一手血。我的左胳膊断了好几处，而且感觉大部分肋骨不是断掉，就是被撞伤了。

　　我挣扎着站起身，却被又一次爆炸掀翻在地。我蜷缩成一团，炸开的金属碎片纷纷坠落在我周围。

　　硝烟渐渐散去，我再次站起来，感觉全身都在痛。我忍着痛不去理会，抬头发现天上只剩下一架 HARC 运输飞船。

　　我惊讶地转头去看保留地特区，心想说不定已经完全消失了，可特区的围墙还好端端立在那里（只是少了一座瞭望塔），里面冒出几处浓烟，但绝不像是被彻底摧毁的情景。

　　这些重启人太厉害了，应该说，厉害得可怕。

　　"谁来干掉最后一架？"

我循着米凯的声音望去，最后一架运输飞船正在不远处盘旋。有人从地面发射榴弹，险些击中飞船边缘。飞船开始倾斜旋转，接着撞击到地面，米凯立刻发出欢呼声。

　　"啊！啊！"随着米凯的喊声，周围几个重启人跟着他一起欢呼。

　　米凯的榴弹发射器仍旧扛在肩上，他回头看着我，露出开心的笑容，"还不赖吧？"

　　运输飞船的碎片散落在我和米凯之间，其他重启人围在我们身边兴奋地说笑着。他们可不只是踢了 HARC 的屁股，还把他们彻底打趴下了。

　　迎着米凯的目光，我也对他露出笑容。

　　的确还不赖。

第三章

卡伦

"嗯，好了。这是我做过的最恶心的事。"

我面前的男孩哼了一声，拍了拍我帮他缝回去的手臂。断裂处的皮肤已经开始愈合，看不见里面的血肉和骨头了。

"你一定不怎么出门吧？"他用手捋了捋深色的头发，跳起身对我说，"谢谢！"

"不客气，下次千万小心。"

他轻笑一声，我们两个都清楚，当炸弹在不到几英尺远的地方爆炸时，他根本没办法小心什么。我跟瑞恩分开后，幸运地躲过了绝大部分袭击，但第一和第二梯队受到猛烈袭击，不是每一个重启人都能活下来。

我的心中有些不安。因为一个小时前，我看见瑞恩和米凯一起走进特区大门。米凯领着她走进一间大帐篷，后面跟着几个我从没见过的一二〇以上的重启人，之后我就没再看到他们。

"对了，我叫艾撒克。"男孩说着伸出手，两个手腕上都没有条形码。他大概十五岁，或许还要大些，比我矮了几英寸，身形略显瘦弱，所以可能看上去比实际年龄要小。

"卡伦。"我握住他的手。他深色的皮肤上没有条形码的痕迹，我指着他的手臂问："没在 HARC 待过？"

"没有。"

"那你怎么会来这里？"

"我觉得，是运气吧。"他避开我的目光，像是不想继续讨论这件事。他把手插进口袋，耷拉着肩膀问："你的号码是多少？"

"二十二。"

他大笑一声说："嗯，我相信你一定有别的长处。"

"谢谢！"我没好气地说。

"我跟你逗着玩呢。"他笑着说，"我是八十二号，也是个不怎么样的数字。"

"你没在 HARC 待过，怎么会知道你的号码？"我问道。

"这里有死亡计时器。"

"我不知道那是什么东西。"

"通过测量你的体温，确定你死了多久。重启人的体温始终保持不变，所以即便重启已经开始了一阵子，照样能用死亡计时器测量出来。"艾撒克指了指身后，其他重启人正端着碗聚集在火堆周围，"一起去吃饭吗？"

我点点头，起身掸了掸裤子上的土。我眯着眼睛，朝沐浴在午后阳光下的大帐篷望去，门仍然关着，没看见瑞恩的身影。

"那是米凯的指挥帐篷。"艾撒克顺着我的目光看了一眼，"除非叫你，否则你不能进去。"

"他们在那里干什么？"

"我不知道，互相拍拍后背，夸夸对方吧？死的时间够久，本事够大。"

"我相信瑞恩绝不会那么做。"我说。

"一七八？他们大概都在拍她马屁呢。"

我叹了口气，很想冲进去救她，但瑞恩从来不需要别人救她，她忙完了自然会来找我的。

我跟着艾撒克走到火堆旁，拿了一碗像是燕麦粥的食物。我看了看火堆周围的重启人，大部分都很放松，但也有不少忧郁的面孔。他们之前一直在兴奋地庆祝欢呼，开心过后显得精疲力竭，开始为失去朋友感到悲伤。

我从一张张陌生的面孔前走过，在爱迪旁边的空位坐了下来，艾撒克也一屁股坐在我们旁边。

"爱迪，这是艾撒克。"我说，"爱迪帮瑞恩救了奥斯丁的重启人。"

爱迪对艾撒克点点头，"你好！"她把手里的空碗递给一个正在收碗的重启人，然后转头仔细打量了我一番，"很高兴你还活着。我们历尽千辛万苦才为你找到解药，治好了你，要是没过几个小时你就死了，我一定会气炸的。"她的嘴角泛出笑意。

"我一定尽全力活下去。"我哈哈大笑，"我还没跟你道谢吧？谢谢你帮了瑞恩。"

她摆摆手，"别谢我。我知道那些药是什么滋味。"我们的目光碰到一起，我点点头，迅速垂下目光去看手里的碗。除瑞恩以外，只有爱迪知道我受 HARC 药物的影响杀了一个无辜的人，我刚刚在她眼中看到了同情。我不需要同情。我不知道自己需要什么，可是想到自己做过的事，我觉得不应该得到同情。

"战斗结束后你们会重建这里吗？"爱迪问艾撒克。

我顺着她所指的方向看了过去。在我右侧路边的帐篷全被摧毁了，残破的帐篷布在狂风中猎猎作响。一些小帐篷没有受损，尤其是位于特区后方的帐篷，大概有五十顶被炸成了碎片。

淋浴间和厕所也被炸弹击中。我之前去过那里，看见男厕所被炸出一个大洞，不过管道系统还能用。

特区右侧的瞭望塔不见了，同时被炸飞的还有一小部分围墙。但总的来说，我们遭受的损失比 HARC 要小。我一瞥就能看到特区外面散落着大量 HARC 运输飞船的碎片，相信在我视线之外还会有更多残骸。

"是啊，我们可能明天就会开始。"艾撒克说，"先把能拼凑起来的帐篷补好。"

"情况还不算太糟。"爱迪说，"你们可真厉害。"

"我们已经准备一年了。"艾撒克耸了耸肩，"我们新配备了监视系统，他们没想到我们知道他们什么时候会来。"

我刚想开口问他们的设备是从哪里弄来的，突然听到一阵脚步声，转过头，看见瑞恩走来重重地坐到我身边。她伸手挽住我的手臂，虽然她眼睛下面有一片瘀青，可她看起来非常开心。我介绍艾撒克给她认识，她飞快地握了一下他的手，然后又靠在我的肩头。

"一切都还好吗？"我飞快地瞟了一眼米凯的帐篷。

"还好。米凯想知道事情的经过，我们是怎么从罗莎逃出来的，又是怎么闯进奥斯丁，还有怎么遇到叛军的。"她又好笑又好气地看了我一眼，"他有问不完的问题。"

我探身过去，为她拨开遮住脸颊的一缕头发，另一只手慢慢滑到她的颈部，然后吻了一下她冰凉的额头。太阳刚开始偏西，可我现在很想凑到她耳边，问她要不要去找个帐篷，我们可以好好休息一晚。

"艾撒克，帮我照看她一会儿好吗？"

我抬起头，看到一个女孩把一个胖乎乎的女婴交给艾撒克。艾撒克有些不大情愿，但他还是伸手接过婴儿放在腿上，用另一只手搂着她，女孩转身走开了。

"怎么会？"瑞恩坐直身体，目瞪口呆地盯着那个婴儿，"这个宝宝……？"

我低头去看女婴，等我看清楚时不由得倒吸一口冷气，女婴有着重启人特有的明亮的蓝眼睛。

"她也是死后重启的吗？"瑞恩问。

"不，她生下来就是这样。"艾撒克说。他握住婴儿的胳膊，让她挥手，"很诡异吧？"

"太诡异了。"瑞恩说着用手迅速戳了一下婴儿的手臂，像是怕被她咬到，"所以，重启人生的孩子就是这个样子的？"

"没错。"

"他们有自愈能力吗？"爱迪问。

"当然有。"艾撒克说，"他们可是百分之百的重启人。"

"可……他们没有号码，对吗？"瑞恩问。

"的确没有号码。我们觉得这些孩子会继承父母当中最大的号码，其实到最后号码根本毫无意义。"

"是你的宝宝吗？"我问，尽量不让自己的声音中流露出恐惧。我的意思是，虽然婴儿很可爱，可艾撒克似乎也太小了。

"天哪，不是我的。"他做了个鬼脸，"我只是抱她一会儿。"他朝四处张望了一下，然后伸手要把女婴抱给瑞恩，"给，帮忙抱一下她，我要去上趟厕所。"

"什么？不行。"她立刻避开了。

"就一会儿，我马上回来。"他把婴儿放到瑞恩腿上，然后跳起身。瑞恩皱着眉头，伸直胳膊扶着婴儿，女婴显然不喜欢这样，开始大哭起来。

"你来。"瑞恩把婴儿塞给我，"接住这个变种宝宝。"

我大笑着接过女婴。我以前从没抱过小孩，或者说不记得抱过。弟弟大卫出生时我才四岁，爸妈可不会让我抱他。我不大会抱孩子，女婴在我怀里还是哭个不停。我看着瑞恩说："你惹她生气了。"

"我的天哪！"爱迪恼火地从我怀里抱走婴儿。她抱着孩子轻轻摇晃，哭声渐渐平息下来。

瑞恩惊奇地转头看了几次女婴，向我做了个表示"怪异"的表情。我用力抿紧双唇，避免笑出声来。

"你才不是变种呢。"爱迪握住女婴的小手轻轻晃动。她转头看着瑞恩，脸上的神情渐渐变得有些担心。她低下头轻声问："有什么该让我们知道的事吗？"

"什么事？"瑞恩掩住嘴打了个哈欠。

"米凯的事？还有这里重启人的事？"

"我知道的跟你一样多。"瑞恩耸了耸肩，迅速地看了一眼周遭，"不过他们很会打仗。"

爱迪的目光一直落在女婴身上，她咬着下唇轻轻点了点头。我觉得爱迪是希望瑞恩可以安慰她一下，告诉她我们很安全，让她能够安心。但瑞恩只是注视着前方，看着火堆另一侧正在欢笑的一群重启人。

我正想开口跟瑞恩说，大家都期待她会有答案，却见她伸手揉了揉眼睛，又打了个哈欠，不由得一阵心疼。也许现在还不是说这些的时候。

"嘿。"我用手抚摸着她的后背，"你多久没睡觉了？"

她歪着脑袋，皱起眉头想了想，"几天前吧？我们在你家的时候。"

"我去看看能不能找个帐篷什么的。"我站起身，"你饿吗？我可以帮你拿些食物。"

她摇摇头，"不用，米凯给过我一些吃的。"

"好吧，我马上回来。"

我朝大帐篷走去，她转头对我微笑。米凯似乎是特区唯一的领导，我有种预感，他一定非常乐意满足我代表瑞恩提出的请求。

大帐篷的门帘放了下来，我四下张望，不知道要怎么做，这种情况下通常需要用到门环什么的。

"米凯？"我大声喊道。

过了一会儿他探出头来，一脸不快地问："什么事？"

看来他的亲切友好只限于对瑞恩。我双臂交叉抱在胸前，"瑞恩差不多有两天没合过眼，她累坏了。你有什么地方能让她休息一会儿吗？"

他的眉头舒展开来，"哦，当然有。我早就应该告诉她的，那边有个帐篷已经清理出来了。"

我转过身，顺着他指的方向看去，那里有个印第安式小帐篷，完全没有被爆炸波及。我很好奇，他是把谁"清理"了出去，好让瑞恩有地方住的。

"嘿，裘丝！"米凯喊道，"帐篷里的枕头和毯子之类的东西，你弄好了吗？"

"好了，全部准备好了！"她在他身后高声说。

"谢谢！"说完，我转身走开。

"需要什么东西尽管告诉我！"他对我喊道。

我挥挥手当作回答，心里又是恼火又是感激，恼火的是瑞恩受到的特殊待遇，感激的是事情这么容易就办好了。

瑞恩还待在原来的地方。火光照亮了她金色的秀发，就算已经疲惫不堪，她依然耀眼夺目。从很多方面看，她都是我见过的最有趣的女孩。她身材娇小、五官精致，同她脸上冷酷得令人畏惧的表情形成鲜明对比，我第一眼看到她时就注意到了这一点。我记得当时躺在地上仰望着她，心中既害怕又心动。

爱迪一直想跟瑞恩讲话，却总是聊不起来，于是我伸手去拉瑞恩，"跟我来好吗？"

她握住我的手，让我拉她起身。我们一边走，她一边伸手搂住我的腰，头倚在我的胸口，我们亲昵的姿态引得周围几个重启人纷纷投来目光。在这里，他们似乎也跟HARC一样看重号码，我不知道，那些重启人的目光是因为关注她，还是因为二十二和一七八居然走到一起。

我带她走到帐篷，拉开门帘。帐篷正中有一个小火堆，但没有点燃。旁边是一张自制的薄床垫，上面放着两条毛毯和两个枕头。从特区重启人的衣服和布料的数量来看，他们一定在某个地方种植了棉花，而且收成不错。

瑞恩重重地坐在床垫上，我跟着她钻进帐篷。

"只给我们两个人的吗？"她问。

"是啊，米凯说，他让人为你清理出来的。"我蹲在帐篷的门帘旁，突然想到，其实我们不用非得睡在同一个帐篷里。从罗莎逃出来时，由于情势所迫，我们必须待在彼此身边，依偎着躲在垃圾桶后面或者一起靠在树干上。虽然我们在我的卧室里过了一夜，但我从没想过以后每晚都会和她睡在同一张床上。

她看起来有些紧张，手里玩着裤子上松脱的一根线，不敢看我的眼睛。我很想爬到床垫上抱着她，忘掉时刻笼罩在我们头上的来自HARC 的威胁，可是，也许她不想这样。

"如果你想自己一个人的话，我可以跟其他重启人待在一起。"我说着朝帐篷边缘挪了挪，表示我是认真的。

她疑惑地看着我，"为什么我想自己一个人？"

我轻声笑了，"我的意思是，没我在，可能你会睡得更舒服些，我不想误会……"

她摇摇头，把手伸给我，我们的手指交缠在一起。我走向床垫，俯身贴近她，轻轻吻了一下她的双唇。

"有你在，我永远觉得更舒服些。"她低声说。

我笑了笑，又吻了她一下，然后慢慢倒在床垫上。她踢掉鞋子，我也跟着踢掉鞋子，钻进她为我拉开的毯子里面。她仍然穿着在我父母家时我给她的那件衬衫，我把她拉近，衬衫闻起来有点家的味道。

我想忘记自己的家，还有爸妈，忘记我是怎样被拒之门外的。我对他们说，我还是他们记忆里的那个人，而几分钟后我就杀死了一个人。我想忘记这一切。我知道是 HARC 药物让我变得疯狂，变成一个嗜肉的怪物，可我还是觉得自己欺骗了他们。逃跑过程中我看到的和做过的一切，让我不再是几个星期前离开他们时的那个人。认为自己没有改变，这个想法太可笑了。

然而，我也不觉得自己是重启人。我很好奇瑞恩是不是从未想过那些被她杀死的人，或许她只是把自己的情绪掩饰得很好。变得比较冷血是重启人的特征，而二十二分钟的死亡时间没来得及断除我的七情六欲。

其实像瑞恩那样不去想那些可怕的经历，说不定会好一些。压在胸口的大石头让我明白，能够麻木不仁有多好。

我打了个寒噤，身为人类时我可不会有这个念头。那时的我会认为，没有愧疚感是件可怕的事。

瑞恩抬起头看着我，我的手伸进她的秀发，更加热烈地亲吻她。她的手臂环绕着我的腰，热烈地回吻我。然后她稍微拉开一点和我的距离，头微微后仰，目光在我脸上搜寻着，大概我流露出了一些情绪，她在思索要怎么开口。

"我们现在没事了。"她轻声说，"我们在这里很安全。"

我揽住她的背，笑着把前额贴在她的额头上。我知道她在撒谎，或者言过其实，因为她不可能觉得这里安全，但我感激她的用心，她想让我感觉好过一点。

"谢谢你！"我轻声说，又向她吻去。

第四章

瑞恩

我被鸟叫声吵醒，猛地一惊，本能地去摸身后的枪，除了 HARC 的旧裤子我什么也没抓到。帐篷前面有一片沉重的布料，在风中不停摆动，我缓缓地长出一口气。

我很安全。

嗯，算是安全吧，至少比前几天安全。

我第二个本能反应是去看隔壁床的艾薇，于是想都没想就转头朝左看。那里什么也没有，只有帐篷布。我掉转目光，呼吸变得不再平稳——我已不用再在 HARC 的房间里盯着她空空的床铺。

卡伦在我的另一侧，双手枕在脑后，定定地看着帐篷顶部的小开口。他就这样一动不动地躺着，我心里开始发慌，害怕他又陷入疯狂状态，然后他的眼睛转向我，对我微微一笑。不用说我也知道他在想什么。他做过的那件可怕的事情，他杀死那个人的记忆，全部明明白白写在他脸上。我不知道能说些什么，希望他可以找到忘记的方法，或者学着原谅自己，或者像其他因杀人而心怀愧疚的人那样，继续活下去。

总有一天我会问问他，为什么杀了一个人就这样苦苦折磨自己，要知道死在我手上的人数也数不清。我还要问问他，既然他这么厌恶杀戮，为什么又会喜欢我？总有一天，我会告诉他，他的想法有多奇怪。

但不是现在。

我坐起身，用手梳理着头发，避开卡伦的目光。我需要冲个澡，换件衣服。我仍然穿着卡伦那件足足大了三个尺码的旧衬衫。他们这里不可能有足够的衣服给每个人穿，所以我只能把身上的衣服拿去洗干净。

"瑞恩？"

听到帐篷外面米凯的声音，我叹了口气，爬到帐篷门口，掀起门帘，眯起眼睛迎着清晨的阳光向外看。我应该睡了……嗯，有十五个小时吧。

"有事吗？"我问。

米凯双手叉腰，低头看着我，"我们今天要把大家分组，开始清理和重建的工作。你要不要跟我一起来？我可以带你在特区转转，让你好好熟悉一下。"

我站起身，想找一个合适的借口，好跟卡伦在帐篷里待一整天，可我什么借口也没想出来。

"好吧。"我暗自叹了口气。卡伦也爬出帐篷，但米凯没有叫上他。

"我能先去冲个澡吗？"我指了指身上的脏衣服，"能不能帮我找些衣服？"

"可以，当然可以。"他转身招呼我跟上，"这边走。"

"要不要一起去？"我问卡伦。

他摇摇头，有些好笑地看了看米凯，"不去了，我等会儿去找你。"

我对着米凯的背影翻了个白眼，卡伦对我咧嘴一笑，我转身去追米凯。

我慢吞吞地跑到米凯身边。天色还早，太阳才刚刚升起，但特区里已经有很多重启人在开始忙碌了。我仔细打量着他们的脸。"一五七在这里吗？"我问，"莱利？"

"在，他和几个人去打猎了，应该很快就回来。"他对我笑了笑，"他见到你一定很开心，他一直说起你呢。"

我认识的莱利没那么爱说话，说不定米凯有些夸张。不过，我还是松了口气。我和莱利之间的友情没有和艾薇的那么深，不过我以为他死掉的时候心里还是非常难过。

米凯把我带到特区后方的一个中型帐篷里，这里暂时用作休息室。帐篷里四处散落着毯子和枕头，几个重启人在角落里熟睡，后面的桌子上堆放着很多衣服。

"挑合身的拿去穿。"米凯指着衣服堆说，"我让大家把多余的衣服交上来，新来的重启人可能用得上。"

我迅速瞄了一下四周，不知道特区重启人会不会私下怨恨我们这些新来的。如果是我，我会的。

我抓起一条裤子和一件长袖衬衫，看起来还算合身，跟米凯一起走出帐篷。

"你弄好后到火堆那里跟我碰面，我们一起吃早餐。"他说。

我点了点头，朝淋浴区走去。昨天有个重启人告诉过我，特区几年前就有管道系统了，而且运行得非常好。厕所是用木板隔成的一个个封闭小隔间，淋浴区更简单，相邻的两个淋浴间只用一面墙隔开，没有门，完全是开放式的，连可以遮挡身体的帘子也没有。

我抓起一小块碎布，看来他们把所有的毛巾都裁成了两半，匆忙跑到最里面的淋浴间，打开冰冷的水快速冲洗身体，同时小心地遮住胸前的伤疤。我在这里已经是人们眼里的怪胎，不想再听人私下议论我丑陋的疤痕。

我哆嗦着擦干身体，然后伸手去拿衣服。

"嘿，瑞恩，你在吗？"

我停了下来，听出是爱迪的声音，"有事吗？"

她的脚步声越来越近，从墙边探头进来。

"嘿！"我生气地喊道，急忙用毛巾挡住胸部，示意她走开，"你不能等一下吗？"

"哎呀，对不起！"她听起来有些恼火，向后退了一步，从我眼前消失了，"没想到你还有这个怪癖。"

我赶紧把衬衫套在头上，"我快穿好了。"

"很好，因为我们有麻烦了。"

我叹了口气，穿上裤子，用毛巾擦干头发。好极了，真是怕什么来什么，又有麻烦了。

我走出淋浴间，看见爱迪双臂交叉站在几英尺远的地方。我把换下的脏衣服丢到贴着洗衣标记的桶里，她跟着我从淋浴区走到外面的阳光下。

"什么麻烦？"我问。

"管理这个地方的那些疯子就是麻烦。"爱迪的大嗓门让我们周围的几个重启人纷纷注目，皱起了眉头。

我停下脚步看着她。

"我觉得，现在去得罪他们不太明智。"我低声说。

"我才不管呢。"她用手指着什么东西，我顺着她的手指望去，不知道她指的是什么，"那个疯丫头把所有的女孩叫了过去，让大家把避孕芯片取出来。"

我扬起眉毛不解地问："哪个疯丫头？"

"红头发那个，嗯，叫裘丝，米凯的死忠。"

"你跟她说不愿意了吗？"

"有啊，我跟她说了。但她认为生孩子是我的义务。这里鼓励生育，因为我的号码是六〇以下，所以我更要努力生育。"她挥动着双手，"有些奥斯丁重启人竟然还觉得她说得对！"

我不安地动了一下，瞥见裘丝正站在不远处的一个帐篷外面。她眯起眼睛看着我们，一头红发在微风中轻轻飞扬。

这件事是很奇怪，我可不想被牵扯进去。

"你不必这么做啊。"我说。

"我当然不会这么做！"

"有什么问题吗？"

我转头发现米凯正站在我身后，一脸的疑惑。他看了看我，然后目光转向爱迪。

"你的死忠要拿掉我的避孕芯片。"爱迪说。

他显得更加困惑了，"我的死忠？"

"裘丝。"我连忙说道，同时递给爱迪一个眼色，让她冷静下来。我和爱迪算不上熟悉，可她的大嗓门让我实在受不了。

"就是她。"她毫不理会我的眼色，"她说，那是我的义务。"

"嗯，我不清楚义务的事，不过我们这里的重启人都非常喜欢孩子。"米凯不动声色地说。

"我才不要呢。"

"HARC 强迫你绝育。"米凯说。

"我愿意。`"

米凯的下巴动了动，像是正努力压下怒火。

"这件事应该让她自己决定。"我平静地说，"你不会强迫她吧？"我用轻松的口气问道，其实心里非常担心。

"对，应该由她自己决定。"他叹了口气，似乎有些失望。

"那我现在算是放心了。"爱迪冷冷地说，"我这个生育机器要去那里告诉其他人。"

听她这么说，我不知道应该狠狠地瞪她一眼还是哈哈大笑。看到我脸上又好气又好笑的表情，她嘴角轻轻上扬。我赶紧板起面孔，转向米凯。

"她竟然能在 HARC 活下来，真让人意外。"米凯看着爱迪离去的背影说，"她好像不太听从命令。"

我耸了耸肩。爱迪在 HARC 待了六年，想必一定有自己的办法。但我转念一想，说不定她只是厌倦了听从命令。我也一样。

两个重启人小孩围着火堆跑来跑去，米凯注意到我在看她们。他笑着说："很可爱吧？"

"很怪异。"我喃喃地说。跑在前面的重启人女孩大概四岁，矮一些的女孩快追上她时，她连声尖叫。她们离火堆非常近，但似乎没人在意她们所面临的危险，我心想，即便她们掉进火堆里打滚也没人在乎吧。

即便这里鼓励生育，但很多重启人看起来也不太想生孩子。昨晚我只看到了一个婴儿，今天除了火堆旁的两个小女孩以外，也就只见到一个小男孩。

"这里有很多孩子吗？"我问。

米凯朝摆放食物的桌子走去，示意我跟上。"没有。"他垂下目光，递给我一个碗，"本来有很多，后来都走了。"

"去哪里了？"我问。一个和我年龄差不多大的女孩把燕麦铲进我碗里。事实上，这里每个人都跟我年龄相仿。特区的重启人结构和HARC类似，绝大多数重启人都在十二到二十岁之间，那么其他年龄段的重启人在哪儿呢？不是应该有很多跟米凯差不多大的重启人吗？或许年纪更大些？

他没有回答，我们坐在地上后他才开口。

"一年前，我们的人比现在多。"他的声音有些低沉。

"他们去哪儿了？"我握紧了手中的勺子。

"差不多有五十个人一起走了。"

我扬起眉毛不解地问："为什么？"

"你应该注意到这里年龄大的重启人不多吧？"

我点点头。

"我们闹翻了。"他回答说，"年龄大的重启人觉得留在这里不愉快，他们不喜欢我的管理方式，所以就离开了。大多数有孩子的重启人都决定跟他走。他们认为离开这里会比较安全。"

"你知道他们去哪儿了吗？"想到可能有第二个安全的重启人社区，我觉得安心多了，这里待不下去的话还能有条退路。

"他们都死了。"米凯的脸上掠过痛苦的神情，"我劝过他们，外面不安全，我们最大的优势是身上的号码和手里的武器，可他们还是走了。一周后我打猎时发现了他们，看起来像HARC干的。"

"他们往南走的？"我惊讶地问。

"算是西边吧。"米凯用手遮住眼睛，盯着太阳的方向，"HARC布下天罗地网，到处追踪和猎捕我们。"

我吞下一口燕麦，心头闪过一丝恐惧。如果米凯说的是真的，那么我跟卡伦一起逃走的计划就行不通了。

"HARC是怎么杀死他们的？"我问，"难道他们没有武器吗？"

"几乎没有吧。我们的武器是属于特区的，我不会把武器送给抛弃我们的人。他们拿走了自己的武器，但对付HARC还远远不够。从当时的现场来看，HARC派出了大批守卫，他们根本就对付不了。"

听起来那时候米凯拥有足够多的武器。我心想，当年米凯让那些几乎手无寸铁，根本无法保护自己的重启人离开，不知道留下来的重启人会作何感想。

"现在这里有多少人？"我问。

"一百多一点，大概一百一十五吧。昨天你们来之前，我们有一百二十七人，我现在还不知道准确的死亡人数。"他跳起身，清了清嗓子，"好了吗？我带你四处看看吧。"

找还想问问那些重启人到底为什么离开，米凯刚才说，是因为他们不喜欢他的管理方式，不过听口气他像是有所保留，我最好去问莱利或者这里的其他重启人。

我们放下手中的碗，留给其他人去清洗，然后我跟着他开始参观特区。他指给我制作衣服、肥皂和家具等必需品的区域。有个帐篷是他们的学校，米凯说，年龄小的奥斯丁重启人应该去上学。也许他是对的。我曾经努力让自己接受教育，不过十二岁之后就彻底中断了，说不定多去那个帐篷走走，对我也有好处。

他带我去特区的外面，一直走到大片的农田处，那里种植着燕麦、小麦和豆类。大牲口棚是特区少数几个固定建筑之一，里面养满牲畜。

米凯确实非常优秀，在他的领导下，特区呈现出一派井井有条、欣欣向荣的景象。我觉得如果 HARC 让米凯去管理城市，不出一个月，他就能让城市步入正轨，人民丰衣足食，社会井然有序。

"多了我们一百个重启人，会不会没有足够的食物吃？"返回特区的路上我问他，"我不懂种地，不过你们已经收完上一季的作物了吧？"

他点点头，"可能会有些紧张，不过没事的，特区里面还有一些菜园。我正在想办法，尽量会照顾好这里的每一个人。另外，那些重启人虽然离开了，我们还一直为他们制作各种物品。"

每次提到他们，他似乎都很难过，让我突然有点同情他。他一定承受着巨大的压力，在 HARC 不断追杀的情况下，还要照顾那么多重启人。

"这时候狩猎队应该回来了啊。"米凯望着天空自言自语，"他们说好今天上午就回来。"

"他们通常会准时回来吗？"

"会的，莱利去就一定准时。你知道他这个人，一向严格遵照计划执行。"

这是实情。莱利是个比我还要严格的教练。如果是他，也许就会让梅尔长官杀死卡伦，而且没有半点异议。

"他们在哪里？"我问，"可以去找他们吗？"

"我们去看看运输飞船修得怎么样了。"他说，"他们去的地方很远，大约往北一百三十英里，但我们坐运输飞船去的话，一下子就到了。"

我惊讶地扬起眉毛。他们竟然跑那么远去打猎，一定是附近找不到猎物了，或许打猎就是要跑到很远的地方吧？不过我从没打过猎，或许这很正常。

我们进入特区，沿着土路走向前门。周围的重启人正忙着搭建帐篷，清理杂物。我跟着米凯转了才不过几个小时，这些重启人已经让特区变了个模样，让这个地方看起来像什么都没发生过一样。

特区大门外有两架运输飞船，一些重启人围在飞船四周，还有几个重启人在附近捡垃圾。其中一架运输飞船受损严重，船身的一侧完全毁了。另一架的情况稍微好一点，虽然有凹痕又肮脏不堪，后侧驾驶座也缺了一角，但其他地方倒是完好。

我们走近状况较好的那架运输飞船，发现卡伦竟然坐在飞行员的座位上。他眉头紧锁，正鼓捣着仪表板上的一个东西。他的手和胳膊上全是油污，看来一直在修理飞船。

"这架能飞吗？"米凯问。

卡伦抬起头，看见我，露出笑容，"可以啊。我们可以从毁损严重的运输飞船上拆些零件，换到这架飞船上。我刚刚才修好导航系统。"

米凯惊讶地看了一眼卡伦，俯下身检查仪表板。

"谢谢你，干得不错嘛。其实我不知道怎么使用导航系统。"他轻声笑道。

卡伦跳下运输飞船。

"没问题。想学的话，以后我可以教你。"他在裤子上擦了擦手，"你要出去？"

"我们的狩猎队还没回来，我有点担心。"他转身对我说，"你要一起去吗？如果遇到麻烦，可能需要你帮忙。"

我迟疑地看了卡伦一眼，实在不想跳上运输飞船去惹什么麻烦。

"我们应该不会去太久的，最晚今天夜里就能回来。对了，要是他们没事，我们可以一起去打些猎物。"米凯在我的肩头轻轻捶了一下，"打猎可有意思了，我觉得你会喜欢的。"

也许他是对的，打猎跟罗莎的追捕任务有点类似，只不过鹿和兔子跑得更快。在我看来，也更具挑战性，因为没有人类一直在我耳边发号施令。

"嗯，好吧。"我说。

"愿意的话，你也可以一起去。"米凯对卡伦说。

卡伦对我做了个鬼脸，表示才不要去呢，我差点笑出声。我无法想象卡伦会喜欢射杀动物，他连肉都不喜欢吃。

"我就算了吧。"他指着另一架运输飞船，"还要修理另外一架。"

米凯点点头，"那我叫上裘丝和凯尔。"他碰碰我的胳膊，"你在这里等一会儿好吗？我去给你拿武器。"

我点点头，他朝大门慢慢跑去，消失在转角处。

"一切都还好吗？"卡伦靠近我问道。

我点了点头，低头看着他沾满油污的手臂，脸上现出一个大大的笑容。他看起来十分轻松愉快，我不记得以前在他脸上见过这种表情。

"还好。"我不打算告诉他爱迪和避孕芯片的事，因为这件事难以启齿，而且眼下跟我们也没什么关系。

我握紧手臂植入避孕芯片的地方。我会留着它，以防万一。

"我不跟你一起去，你不会介意吧？"他笑着说，"你知道的，我根本不会打猎。"

我走上前，踮起脚轻吻他的双唇，"我可没这么说。不过，嗯，你最好还是别去了。"

他呵呵一笑，俯身再次亲吻我，手臂老老实实贴在身体两侧。我双手放到他的胸口，全身心沉醉在他的热吻中，完全不在意周围的重启人。

"你今晚回来后，我再吻你。"他说着身体稍稍向后，亲了一下我的脸颊，"没有战争，没有社交，没有打猎，只有我的吻。"

"好啊。"我抚摸着他的脖子，叹了口气，"现在我真希望可以不去。"

"你答应去也挺好啊。要是我们留下来，你可能会成为这里的猎手。打猎和救人，你最喜欢的两件事。"

我轻声笑了出来。救人的事可说不准，他是我唯一救过的人，不过打猎也许真的是"我喜欢的事"。想到我在这里能有用武之地，感觉还不错。除了为 HARC 追捕人类，我不擅长做任何事，我也再不想去追捕人类了。

"瑞恩，准备好了吗？"

我回头看见米凯、裘丝和凯尔站在运输飞船旁。一个年轻重启人坐进驾驶座，然后飞船发出巨大的轰鸣声。我叹了口气，从卡伦身边走开，"再见！"

"再见，别中弹啊！"

第五章

卡伦

我皱起眉头，看着面前严重毁损的飞行仪表板，碰了碰本来有个按钮的位置。这架运输飞船的状况比瑞恩和米凯刚刚开走的那架糟糕多了，但也不是没的救。

"需要这些东西吗？"

艾撒克站在船舱门旁，手里拿着一袋杂七杂八的零件。

"也许吧。"我接过袋子，丢在隔壁座位上，"谢谢你！"

"不客气！"艾撒克双手插进口袋，靠在船舱门上，总是一副没精打采的样子，"你知道吧，清理运输飞船的活儿大部分人能躲就躲。"

我笑着仔细翻看袋子里的东西。

"可能是因为必须先搬走尸体残骸。"我耸了耸肩，"我对高科技的玩意儿挺在行，说不定能帮得上忙。"

"已经帮了大忙啦。"他说，"来这里的大多数重启人除了打人什么都不会。"

我翻了个白眼，那是因为 HARC 和他们愚蠢的训练，"那是一定的。"

"你是从哪里来的？"他问。

"奥斯丁。"

"没去过，不过我所有城市都没去过。那里好吗？"

我不解地看着他，"你从没去过城市？你是在这里出生的吗？"

"是的。"

"你生下来就是重启人？"我惊讶地问。可他们不是说，重启人的孩子没号码吗？

"不是。"

"哦。"我等着他解释，可他却什么也没再说。他隐瞒了些什么，避开了我的目光，一副心事重重的模样，不太对劲。

我迅速瞄了一眼他身后，附近大约有十个重启人，他们正忙着收集运输飞船的零部件和修理围墙。虽然昨天的凝重气氛不复存在，但是特区重启人似乎不太愿意跟我们这些新来的讲话。事实上，除了艾撒克以外，根本没人找我说话。

我继续专心解决眼前的烂摊子，也不打算主动去跟特区重启人讲话，我们还需要适应彼此吧。我找到一个按钮，试着装在仪表板的小孔里，结果不行。

"嗯，奥斯丁。"艾撒克双臂抱在胸前，"那里好吗？"

我耸了耸肩，"还行吧。"一想到奥斯丁，我的眼前就浮现出爸妈把我关在门外的画面，耳边响起我扼住那个男人喉咙时他发出的喘息声。

我闭上眼睛，艰难地吞了一下口水。不过我感到有点欣慰，那些曾被我遗忘的记忆又回来了。

昨晚，我的记忆一点一点渐渐恢复。我跳到餐厅里的那个女人身上，她散发的人肉味道令我无法克制自己；瑞恩去外面找爱迪时，我听到隔壁房间里有动静，然后破门而入，扑倒了那个男人。

我叹了口气，睁开双眼，艾撒克正满脸同情地望着我。

"你们这些待在 HARC 的人一定吃尽了苦头吧？"

"也许吧。"我有点打趣地说。

"那里是什么样的？"

"机构里还不算太糟。刚去的几天我被揍得很惨，然后就没人打我了，倒是瑞恩让我吃尽苦头，其实还挺有趣的。"

他莫名其妙地看着我，"看来真是吃了不少苦头，你们所有人。"

"她是我的教练。"我笑着说，"一个很棒的教练。"

"哦，好吧，就算她很棒吧。"

"我们的任务挺可怕的，必须出去追捕人类。如果继续留在那里，我大概活不过一年。"我叹了口气，"人类非常痛恨我们。"

艾撒克点点头，向后退了一步，"嗯，有时候人类也不是没有道理，对不对？"

我惊讶地看着他，"你是什么意思？"

"如果我是人类，一定会害怕重启人。重启人更厉害、更强壮，HARC 的训练让大多数重启人变得非常厉害。"

他说得挺有道理。我还是人类时就对重启人非常好奇，同时也很怕他们。成为重启人之前，我从没见过重启人，不过那时即便看见了，我也会掉头就跑。

但是，我可以肯定地说，我永远也不会用球棒打爆人类的脑袋。一想到在罗莎被人类痛殴，我就浑身发抖，突然间理解了瑞恩为什么会厌恶人类。

"你喜欢这里吗？"我问。

"喜欢。"他耸耸肩，"我的意思是，其他地方可能更糟，对吧？

比如我在 HARC 的话。"

"那倒是。"

"这里还不错啦。我来的时候，他们已经解决了大部分问题，有稳定的收成，大家有饭吃、有衣穿。"

"成为重启人之前，我一直在奥斯丁的农田里干活。"我说，"我可以去帮忙干农活。"

"太棒了。"艾撒克一脸无比钦佩的表情，"你本事可真多。米凯可能会喜欢上你的，就像他喜欢你的女朋友一样。"

我生气地瞪了他一眼，他扑哧一笑。他的笑声突然停了下来，看向远处，我从船舱门探头出去，贝丝和爱迪正朝这里走来，全都阴沉着脸。我转头去看艾撒克，他已经走了。

我跳下运输飞船，在裤子上擦干净手。她们越走越近，爱迪脸色苍白，贝丝则紧张地揪着头发。

"你看见瑞恩了吗？"爱迪问。

"她和米凯一起走了。"我压低声音靠近她说，"她今晚就回来。一切都还好吗？"

贝丝和爱迪惊恐地对看了一眼，强烈的不安让我的胃部开始翻腾了。

"去打猎吗？"爱迪的声音轻得像在耳语。

"说是去找那些还没回来的重启人，不过有机会的话，他们会去打猎。"我咽了一下口水，"怎么了？出什么事了？"

"他们告诉过她什么是打猎吗？"爱迪的眼睛瞪得大大的，里面混杂着担心与恐惧。

"我……我不知道。"我的目光从她脸上转向贝丝，"什么是打猎？

第六章

瑞恩

我在运输飞船上坐好，飞船离开了地面。米凯坐在通常是 HARC 守卫坐的宽大座位上，我们脚下是一大堆枪支。凯尔一四九坐在我旁边，他宽阔的肩膀挤占了我的部分位置。裘丝坐在我另一侧，我避开她的目光，担心她要对我讲一堆大道理，劝我取出避孕芯片。

"我们的燃料够吗？"我问。我可不想飞到离卡伦一百英里远的地方，结果却回不去了。

"够。"米凯靠在座位上说，"不过我们可能要去一趟奥斯丁，找那些乐于助人的叛军要些燃料。他们弄燃料倒是挺在行的。"我不明白他为什么笑得那么得意，像是在说反话，我不舒服地挪动了一下身体。我不喜欢那种欠叛军人情的感觉，让我差点忍不住要帮他们说话。

运输飞船在空中平稳地飞行，像是 HARC 的人在驾驶飞船。

"你们怎么学会驾驶运输飞船的？"我问。

"修理被我们击落的飞船时，自己学会的。"米凯伸直双腿，"不难学，我教会了所有年轻的重启人开飞船，非常简单，连 HARC 那些笨蛋都会开嘛。"

大家听了哈哈大笑，我却突然想到爱迪的父亲勒伯，不是所有的

HARC 守卫都是坏人。

我四下扫了一眼，明白这种话不能跟他们讲。我靠在座位上，大家渐渐安静下来。我感觉像是跟 HARC 机构一二〇以上的重启人在一起，周围的安静让我安心。

"你今天看起来好多了。"裘丝终于打破沉默，她对我微笑着，把垂落的红色长发撩到肩后，"你昨天好像累坏了。"

"的确是这样。"米凯同情地说，"真是的，你前几天一定很难熬吧？"

"是啊。"我淡淡一笑。昨晚我跟他们讲了我的经历，简明扼要地讲述了从逃离罗莎到闯进奥斯丁救出爱迪，然后帮卡伦拿到解药的过程。这一切似乎遥远得像一百万年前的事情，其实昨天早上我才从 HARC 奥斯丁机构的大厅跑出来。

"你在罗莎机构待了多久？"裘丝问。

"五年，从我十二岁开始。"

"你是被枪杀的吧？"米凯问，"莱利告诉过我你是怎么死的。"

"对。"

"谁干的？"

我无所谓地耸了耸肩，"我不知道。"常常有人问我这个问题，我自己倒是一点也不关心。一定是某个毒贩或者我父母的狐朋狗友干的，但我现在无所谓。很有可能 HARC 已经抓到那个杀死我和我父母的人，并且处决了他。

"人类——"凯尔翻了个白眼，"永远都在互相残杀。"

米凯摇了摇头，用手摸着下巴上的胡茬，"他们像是打算把自己彻底灭绝。"

大家又被逗得哈哈大笑，不过我还是没觉得他的话哪里好笑，不安地挪动了一下。

我轻咳了一下，指着堆在一旁的枪支问："你们从哪里弄到这些武器的？"

"有的是从击落的 HARC 运输飞船里搜集的。"米凯说，"有的是我们自己制造的。不过大部分是我们找到的。嗯，我不应该说'我们'，是'他们'，是那些几年前从 HARC 逃走的重启人，他们非常聪明，战争一结束他们就开始清理遗留的武器。虽然他们输了，但还是时刻处于战斗状态。"

米凯的话有道理。战争结束后，HARC 开始围捕并杀死重启人，后来他们才发现，可以让年轻的重启人帮助肃清城市。所以，那些设法逃走的重启人必须想办法保护好自己。

"HARC 忙着在得克萨斯州兴建城市和他们的机构，等到他们想起派人去得克萨斯州以北的旧军事基地时，里面早被打扫一空了。"

"汉克总喜欢说那个故事，有一天他把坦克直接从一个 HARC 守卫旁边开了过去。"凯尔笑着说，"他就这么大摇大摆过去了，HARC 的家伙根本不会多看一眼。他们不知道自己放过了多少重启人，我们就在他们眼皮底下偷东西。"

"那时候 HARC 还以为我们智力低下呢。"米凯说，"其实在我看来，重启人有组织地清空了从东海岸到西海岸的每一个军事基地，才促使 HARC 现在拿我们做实验。他们发现根本不了解我们，或者说，不知道我们有什么能力。"

"那时候重启人不是没有反击吗？"我问。我从来没听说战争结束后重启人发动过攻击。

"没有，人数太少了，他们搜集武器只是为了保护自己。我带大家搬到外面时，把所有的武器都带来了。"

我想要问他为什么会带大家搬到外面，这样不是很容易遭到HARC的攻击？我刚要开口，运输飞船开始下降，米凯朝飞行员走去。他坐在副驾驶座上，指着东方对飞行员低声说着什么。

"他们就在前面。"他笑着转头对我们说，"看来大家都没事。"

我俯身去看下面的几个人影。特区周围的平原已经消失不见，下面是一块块像小山一样的巨石，看上去就像有人在得克萨斯州中央随便挖了一个巨大的洞。

"你应该去看看更北面的地方。"凯尔注意到我的表情，"跟那里比，这个峡谷太小了。"

我看见不远处有一条河，地面散布着星星点点的树木，这里比米凯选作特区的地方好多了。

运输飞船轻轻降落到地面。凯尔递给我两支枪，一支猎枪和一支手枪，以及一些弹药。这些重启人做事不抱任何侥幸心理，我非常欣赏他们这一点。

船舱门拉开了，我突然有些期待，不知道在HARC外面跟莱利要怎么相处。我把他当朋友看的，虽然他不太和我说话。

我跟在裘丝后面走下飞船，迎面而来的狂风让我的脸皱成一团。

才不到一天的时间，我就已经受够了这里的大风，以前我还从没这么讨厌过刮风呢。

米凯跟着矮个飞行员爬出船舱，朝远处举起手。我用手遮住阳光，眯起眼睛向前望去。

四个，不对，是五个重启人正朝我们走来。他们身后有两辆摩托车，其中一辆倒在地上，有个轮胎爆了。

最前面的重启人比其他人走得快一些，应该是他们的头儿。他的头发比我上次见到他时长多了，算起来已经快一年了，浓密的深色金发一缕缕垂到他的颈部。他的眼睛是浅蓝色的，目光锐利，是莱利一五七。

"嘿，米凯。"他接近时喊道，"抱歉，我们……"

然后他对上我的目光，一下子停住脚步，瞪大了双眼，"瑞恩？"

米凯呵呵一笑，转身看了我一眼，"惊喜。"

"瑞恩？"莱利微笑着又叫了一次。我朝他挥了挥手，他向我飞奔而来，我愣住了，不知道他想干什么。他把我一下子抱在怀里，我的脚几乎离开地面。我整个人僵住了，觉得太不可思议了——莱利以前从来没碰过我。他冷漠的态度和一板一眼的举止是我最欣赏的地方。这一点我们非常相似。

他放开我，脸上洋溢着我从没见过的兴奋。他和卡伦差不多高，但要强壮得多，不过比我上次见到他时瘦了一些。健身是莱利在 HARC唯一喜欢做的事。

"你怎么会在这里？出什么事了？是勒伯帮你的吗？"他的问题一个接着一个，等他问完最后一个问题时，我不知道还要不要回答他的第一个问题。

"是的。"我缓慢地说，"勒伯帮了我。我……呃，逃了出来。"

莱利哈哈大笑，像是听到这辈子最好笑的事，然后又给了我一个大大的拥抱。怎么回事？莱利什么时候会拥抱了？莱利什么时候会大笑了？

"她忘记说，她救出了奥斯丁机构的全部重启人，并且把他们带到了这里！"米凯一边向对面的其他重启人走去，一边回头喊道。

莱利不解地皱着眉头，"奥斯丁？你在奥斯丁做什么？"

"说来话长。"裘丝插了进来，同情地看了我一眼，指着摩托车问，"那是怎么回事？"

"爆掉了一个轮胎。"莱利说，"我们正在想办法修，至少要能骑回去，现在还没修好呢。"他望着我身后，"是新的运输飞船？"

"瑞恩带来的新款。"裘丝笑着说。

米凯跪在爆胎的摩托车旁边。

"我们可以把这辆摩托车抬到运输飞船上，找两个人骑另一辆回去。"他站起身四下张望着，"这次没有打到猎物？"

"抱歉，老兄，我们找不到。"莱利说。

米凯用猎枪指着东方，"我刚刚看见他们在那边。你可大不如从前了，朋友。"他向我点了点头，"瑞恩，跟我来。裘丝和凯尔，你们沿南面搜寻。"他看着莱利说，"你们留在这里看好飞船，把那辆摩托车搬上去。"

我朝米凯走去，却被莱利一把抓住，他冰冷的手指扣紧我的手腕。相逢时的喜悦从他脸上退去了，曾经熟悉的冷漠表情再次出现。

"也许瑞恩可以留在这里？"莱利问道。

米凯瞪了他一眼，"我保证，你以后有的是时间跟她叙旧，我答应过带她去打猎的。"

莱利迅速看了我一眼，然后松开我的手腕，我困惑地皱起眉头，搞不清他脸上的表情是什么意思，难道他在……担心吗？从他当上我教练那天起，他从没为我担心过。

"走吧！"米凯说。他冲我眨眨眼睛，"很好玩的。"

我跟在米凯身后，回头又看了一眼莱利，他只是面无表情地盯着我。真是奇怪。等到只有我们两个人时，我一定问问他是怎么回事。

我们脚下踩着断裂的枯草，周围是稀疏的树木，米凯整理了一下背着的猎枪，接着咔嚓一声打开手枪的保险。打猎用手枪似乎有点奇怪，但他肯定比我在行。

"你有没有想过报复？"走了几分钟后，他压低声音问我，"去找那个杀了你和你父母的人类复仇？"

"没有，我相信 HARC 已经抓住了他。他杀了我们，自己也难逃一死。"

"如果他们没抓住他呢？你会回去杀了他吗？"

我摇摇头，"我真的不在乎。我对自己的死没有任何感觉，对我父母的死也是一样。"我迅速瞟了他一眼。也许我不应该说最后一句，卡伦听到一定会吓坏的。

米凯却理解地点了点头，"是啊，反正一旦你成为重启人，你的父母也不会认你了。"

我想起卡伦妈妈盯着儿子时脸上的表情。米凯是对的，我爸妈在我还是人类时都不太愿意接受我。

"我很佩服你这一点，能够不夹杂任何感情成分。"他小心地越过一块石头，然后伸手要帮我，我装作没看见，"我有时候就做不到。"

我吃惊地扬起眉毛，但他没有接着往下说。我记得卡伦曾经说过，号码并不重要。我是个很少七情六欲的人，究竟因为我是一七八，还是因为我本性如此？

想到自己是个冷血无情的人，这感觉实在很糟糕。

米凯带我们走进一片繁茂的树林。我隐约看见前面不远处有一条河，这时米凯深吸了一口气，躲在一棵树后，伸手去拿他的通信器。

"就位了？"他对着通信器轻声说。

"就位了。"裘丝回答。

他把通信器放进口袋。"准备好了吗？"他赞许地看着我的手枪，"开枪时，要朝成年人的头上开枪，对付可以重启的年轻人，要朝他们的胸口开枪，懂了吗？"

我僵住了。

米凯转身从树后走了出去，手枪指着正前方。我的手指慢慢移到衬衫下伤疤的位置。

"对付可以重启的年轻人，要朝他们的胸口开枪。"

我们不是要狩猎动物。

尖叫声划破了宁静，我吓了一跳，差点扣动了扳机。

我跌跌撞撞地走出树林，看见米凯大踏步朝着一小群人类走去，一次又一次地扣动扳机。人类四散奔逃，肮脏的河水被他们搅动得水花四溅。

裘丝和凯尔在我们对面的树林现身，正在干掉米凯枪下的漏网之鱼。

没有还击的枪声，他们没有武器。

我看着眼前的一切，帐篷、篝火和丢弃的食物，没有任何HARC的装备，他们只是生活在这里的普普通通的人类。

"瑞恩！"米凯转头喊我，一脸的狂喜。难道这就是他刚刚说的情感吗？杀人取乐的情感？

"动手啊！"他喊道。

我轻轻摇了摇头，垂下了手中的枪。我不会去杀这些手无寸铁的人类。

我不是那种怪物。

米凯恼怒地瞪了我一眼，转身继续追逐人类，现在只剩下两个人了。

也许我应该去救他们。也许我应该挺身而出，一个人解决掉三个一二〇以上的重启人。

可我什么都没做，只是一动不动地站在那里，看着米凯把子弹射入最后两个人类的胸口。那个男孩太小了，我转过脸不忍去看。另外一个是女孩，年纪和我差不多大。

"有什么问题吗？"米凯放下手中的枪，扬起眉毛挑衅般地看着我。

"他们没有武器。"我强压下想要对他大吼的冲动。

他朝我走来，似乎并没有生气，只是一脸同情地看着我。他想把手放在我的胳膊上，我侧身躲开了。

"我知道一开始你会觉得怪异。"他柔声说，"但是，他们眼下没有武装，并不表示一旦有机会他们就不会杀死我们。我们先动手并不等于我们做错了。"

我不知道这个逻辑是不是说得通，只能回去后问问卡伦，因为我几乎能够理解米凯的看法。

他把枪塞进口袋，期待地看着我，可我不知道他想让我说什么。我不会同意他的观点，也不想争辩，沉默似乎是此时此刻最佳的选择。

"收拾一下吧。"米凯转身朝营地走去。

"他们没什么东西。"裘丝叹了口气，扯掉一根支撑帐篷的树枝。

我转头去看那两个孩子。我们要等待他们重启吗？然后呢？我们这么对他们，他们会加入我们吗？

我清了清喉咙，问道："这里有很多人类吗？"

米凯得意地笑道："过去有很多。"

"我还以为 HARC 把所有人类都集中起来，带去了得克萨斯州。他们是逃出来的吗？"

"逃出来的很少，战争结束后 HARC 不可能把所有人类都集中到一起，尤其是北边那个国家的人类。"他回头看着裘丝和凯尔问，"那个国家叫什么名字来着？"

"加拿大。"裘丝说。

"对，加拿大。留在加拿大的人类几乎都逃过了 HARC 的追捕，后来他们以为安全了，就开始向气候比较温和的南部迁徙。"米凯咧嘴一笑，"他们错了。"

"这些重启人会心甘情愿跟你走吗？"我问，"在你杀了他们全家之后？"

"他们能去哪儿呢？"米凯顺手把一块兽皮夹在腋下，"他们要么独自待在这里，要么去城里当奴隶，要么加入我们，非常简单的选择题。"

换作我的话，我绝对选择独自留在这里，连想都不用想。

"不过，没错，会有一个过渡期。"他指着两个死去的少年，"你们带上一个，最好在重启前把他们抬上飞船。"

看来他们并不是心甘情愿的。

凯尔伸手抓住男孩，拽着一只手臂让他成站立姿势。男孩的 T 恤已经被鲜血浸透了，我叹了口气。

"他们有急救包吗？"我揉着额头问。

"有。"裘丝说，把她已经打包的袋子拿了出来，"怎么了？"

"给我，现在应该帮他们缝合伤口。"

"为什么？"米凯皱着眉头问，"他们不一定会重启的。"

"但是有可能重启。"我朝裘丝走过去，"现在缝合的话，伤口会愈合得比较好，尤其是那些超过一二〇的重启人。"

"对啊，那倒是真的。"凯尔说，"伤口敞开时间过长，皮肤有可能不会正常愈合。"

米凯瞥了一下我的胸部，脸上闪过一丝同情。我受伤的创面比这些孩子要严重，那时我的年龄比他们小，弹孔又特别大。我知道我自己现在在说什么。

"快点。"他的语气柔和了些，"裘丝，你来缝另一个。"

裘丝递给我一根针和一条线，"剩下的给我，这里没多少。"

我点点头，接过针线朝女孩走去。她深色的长发遮住了一部分脸，我没有拨开，暗自庆幸不必看到她的眼睛。我掀开她的衬衫下摆前向后瞄了一眼，没人在看我们。米凯在和凯尔谈话，裘丝正俯身查看那个死去的男孩。

我拉开她的衬衫，以最快的速度缝合了两个弹孔。我用自己的衬衫下摆为女孩擦拭身上的鲜血，但她出血太多，没办法擦干净。我帮她整理好衣服，把剩下的线递给裘丝，再转过身时，米凯已经把死去的女孩扛到了肩头。

"拿着这些。"他指着脚下的一堆兽皮和衣服说。

我抱起那堆东西，跟在米凯后面朝运输飞船走去。我看见女孩的长发随着米凯的步伐摆动，心想不知道哪一种结果对她更好，是彻底死去，还是醒来后发现自己变成重启人，而所有认识的人都被杀死了？

如果换作我，我不知道自己会选择哪一种。

米凯放慢脚步，让裘丝和凯尔走到前面，我只好跟他并肩一起走。

"我知道这样不太好。"他轻声说，"但我们需要更多的重启人。"

"为什么？"

"因为现在人类的数量比我们多。如果我们想消灭 HARC，就需要一支军队。"

我立刻看着他问道："消灭 HARC？"

"当然了，难道你不想找他们报仇？"

我没有回答。我偶尔会想象自己能亲手折断梅尔长官的脖子，听到悦耳的咔嚓声，但我更多时候只想摆脱他们。

也许卡伦死在他们手上的话，我的感觉会不同，但卡伦没死。我赢了，而且情愿远离他们去享受我的胜利。

"不想。"我说。

"那些留在城里的重启人呢？"他问，"你想救他出来吗？"

我明白了他话里的意思，不由得胸口一紧，难道我还要重返得克萨斯州的城市，去袭击 HARC？四家机构，四次攻击，四场战斗，也许是五次，假如 HARC 把一些重启人转移到奥斯丁机构的话。

我想说我根本不关心其他重启人的死活，但米凯热切的目光让我犹豫着说不出口。现在还不是跟他争论这些的时候，我需要先回特区见到卡伦，然后弄清楚到底该怎么做。

"我觉得那太难了。"我慢吞吞地说。

他露出开心的笑容，"不会的，我已经全部计划好了。"

我清了清嗓子，强压下心头的恐惧，"什么意思？"

"为了这场战争我们已经准备了好几年。我设法拿到了所有 HARC 机构的平面图，那些叛军给的。"他笑着轻轻拍了拍我的肩膀，"他们太容易相信人了，对不对？"

这听起来不妙，非常不妙。

"既然我们现在的人数突然增加了这么多，将很快进入下一阶段。我们要释放机构里的全部重启人，让他们占领城市，先从罗莎开始。然后，我们将消灭人类。"

我倒抽一口冷气，消灭人类？所有人类吗？

"袭击罗莎全靠你了。"他接着说，"我们这里只有莱利是从罗莎出来的。"他挪了一下肩膀上的女孩，"不过我有种感觉，你在任何战场都是了不起的人物。"

我咽了一下口水，努力稳住心神，"为什么要消灭人类？"

"因为他们奴役我们，屠杀我们。按照进化论的原则，现在轮到我们了。"

"进化论？"我重复道。

"他们把我们当作邪恶的病毒一样对待，其实我们是人类的进化。人类正在逐渐灭亡。弱肉强食，适者生存。我们应该被歌颂，而不是被奴役。"

"为什么不救出重启人后离开呢？"我问，"跟人类作战你会失去更多重启人。更何况，上次战争我们输了。"

"上次重启人的数量比较少，而且也没有我们现在拥有的武器。一旦我们将另外四家机构的重启人全部救出来，我们的人数会是现在的三倍。如果我们只是离开，人类将继续制造重启人，我们只能不停地回去救他们。一劳永逸是最简单的做法。"

人类完了，彻底完了！

米凯看着我，脸上焕发出希望的光彩，我却尽量不露出任何情绪。但由于我对他的计划没有感到特别兴奋，他似乎很失望。我垂下目光，看着地面。

走到运输飞船时，莱利冲了过来，目光在我和米凯之间游移。他试图掩饰内心的紧张，可我还是察觉到了一些。

莱利告诉米凯，他找不到人类，可人类就在他眼皮底下不到一英里的地方。我不相信莱利会找不到一英里内的目标，除非是他不想找到他们。

我们陆续上了运输飞船，这个想法让我感到些许安慰。莱利不想杀死人类，虽然他并没有公开反对。

死去的两个人和物资一起被摆放在船舱中间，我飞快地瞄了他们一眼。男孩大概十四岁，长得胖乎乎的，有着肉嘟嘟的脸颊。女孩身材高挑，也许还蛮漂亮的，不过瞪着那么一双死人眼睛，很难判断美丑。她的眼睛仍然属于人类，是黯淡的浅绿色。

飞船腾空而起，我转身发现莱利正盯着我看。

"多长时间了？"米凯问。

"十五或二十分钟吧。"裘丝说。

大家沉默着，而我一直盯着死去的人类。我从没见过人类重启。在他们到达 HARC 之前，整个重启的过程早就结束了，而且 HARC 也不允许我在人类尸体旁逗留太久，所以我见不到重启过程。

我用眼角的余光看了他们很长一段时间，然后听到米凯深吸了一口气。

"看那个女孩。"

我的目光立刻转向她，却没发现任何异状。她的眼睛还是茫然地盯着天花板，于是我靠近了一点。

她的手抽动了一下。

"过了多长时间？"米凯问。

"五十分钟左右？"裘丝说，"我们需要死亡计时器，这样才知道她有没有超过六十分钟。"

她的手再次抽动，我紧紧抓住座椅，屏住呼吸。

她的身体开始剧烈抖动，口中发出粗重的喘息声，胸部猛地向上挺起，然后落回地面。

她又静止不动了，但眼睛闭上了。

莱利慢慢解开安全带，挪到她和男孩之间，坐在她身旁。

她又喘了两口气，身体像癫痫发作一样开始抽搐。

"这样正常吗？"我小声问。

"正常。"莱利背对着我说。

她猛地睁开双眼，黯淡的浅绿色消失了，变成了明亮的绿色。

她喉咙里发出哽咽声，好像十分痛苦。重启的过程痛苦吗？我皱起眉头努力回想，除了尖叫和恐慌，我什么都想不起来。

她猛地坐起身，头拼命甩来甩去，似乎没看见我们。她惊慌失措，眼泪顺着脸颊流了下来，然后开始不停尖叫。

莱利一只手遮住她的眼睛，另一只手搂住她的腰，把她拉到运输飞船的另一侧。他转过身，让她面对墙壁，然后紧紧抱住这个不断挣扎和尖叫的女孩。

"别看了，好吗？"他轻声说，"没事了，你不会想看的。"

我看了看另一个人类，他还是一动不动地躺在地板上。莱利轻声安慰着女孩，她全身发抖，开始在莱利怀里啜泣。

"她会没事的。"米凯的声音充满同情，似乎刚刚杀死这个女孩的人并不是他。

我把手压在大腿下面，生怕自己会冲过去勒死他。我深吸了一口气，闭上双眼。

"瑞恩。"米凯说。

我没有理他。

"瑞恩。"

我慢慢睁开眼睛，尽量不流露出心中的憎恨。

"她现在好多了。"他对我点点头，似乎希望得到我的认可，"我们让她好多了。"

我藏在大腿下的双手攥成了拳头。

我们必须离开这些人，马上离开。

第七章

卡伦

一看见运输飞船的影子出现在空中，我立即朝大门跑去，心在胸口剧烈地跳动。飞船降落在离我几码远的地方，一个高大壮硕的家伙走了下来，手里抱着一个衣服已经被鲜血浸透的女孩。跟在大块头后面的是裘丝，她抱着一个死人。接下来是米凯，最后是瑞恩。她脸色苍白，冷若冰霜。米凯对她说了些什么，她径直从他身边走了过去。

我感到无法呼吸。爱迪告诉我，他们猎杀的竟是人类。她还告诉我，米凯他们一直在猎杀所有找到的人类，然后把可以重启的带回来。知道这些后，我似乎无法再呼吸。

瑞恩的脸色令我简直要窒息了。我命令自己不要惊慌，必须保持冷静克制，尽管我很想朝这些疯子大吼，但我必须要先看看瑞恩的反应，再好好思考一下我们陷入了多大的麻烦。

很显然，我们的麻烦是"惊慌失措，走投无路"。

"瑞恩！"米凯对着瑞恩的背影喊道。

她的脸色更加冰冷，她回头看了米凯一眼，他立刻停下了脚步。看到米凯脸色的变化，我艰难地吞咽了一下口水，他对瑞恩热情友好的表情渐渐消失不见。

瑞恩走近我时，把手伸给我，脸色柔和下来。虽然我现在非常惊慌，但看到自己能给她带来安慰，心头依然涌过一股幸福的暖流。我们双手交握，我紧紧攥住她的手。

　　"跟我来。"她拉着我的手继续往前走。

　　"他们告诉我什么是打猎了。"我们并肩向前时我悄声说。

　　她飞快地扫了我一眼，喉间动了一下，然后轻轻点了点头。我更加用力地握紧她的手。

　　我们穿过特区，从后门走了出去。远处的湖泊前面是一片浓密的树林，瑞恩拉着我的手一直走到树林深处。她长舒了一口气，放开我的手，转过身面向我。

　　"我们必须离开，现在就走。"

　　我愣了一下，朝特区方向扫了一眼。爱迪之前已经表明不喜欢这里，她可能会跟我们一起走，可其他奥斯丁重启人怎么办？我们不能把他们留在这里。

　　"卡伦，他们会杀光城里所有的人类。"

　　瑞恩向我转述了米凯关于"我们是人类的进化"的疯狂言论，我听得目瞪口呆。我爸妈和大卫的影子突然出现在我眼前。

　　"他可以救出所有的重启人后离开啊。"瑞恩讲完时我说道，她脸上的表情告诉我，米凯没那么理性。

　　"我跟他说过了。"她揉着额头，紧锁双眉盯着地面，"他说，杀死人类没有错，因为他们一旦有机会就会杀死我们。他今天杀死那些手无寸铁的人类时就是这么说的。他的话没有道理，对不对？这样做根本不对，是不是？"

　　"是的。"我走上前，握住她的手臂。我要让她知道，她的看法是多么正确，她必须坚持自己的看法，"这样做根本不对。"

她点点头，"好吧。那我们必须离开了，我不想跟这件事扯上任何关系。"

我放开她的手臂，托着脸颊陷入思考。即使所有奥斯丁重启人愿意跟我们一起走，我现在也不能离开。我不能眼睁睁看着我的父母、弟弟以及所有我认识的人死去。

"我们刚刚把一百多个重启人交到他们手上。"我缓缓地说，"如果我们离开，所有人类都会死去。"

瑞恩抿紧双唇，"也许不会，上一次战争人类就赢了。"

"HARC 把我们变成训练有素的战士。"我苦笑道，"这次跟上一次不一样了。"

她用恳求的眼神看着我，"如果我们留下来，我们当中的一个，甚至我们两个人，都可能送掉性命，就为了一场我们毫不在乎的战争。"

"我在乎。"我轻声说。

她瞬间变得面无表情，当她不想让我知道她内心的想法时就会这样，所以我也让自己变得面无表情。我不想让她知道，她的不在乎让我很失望。我希望她的第一反应是帮助别人，而不是转身逃走。

我不喜欢这种隔阂的感觉。她不想再次卷入战争没有错，她曾几次冒着生命危险救了我。

"你想怎么做？"她的声音有点紧张。

我靠近她，压低声音说："我想多待一段时间，看看有多少重启人愿意帮助我们。大多数奥斯丁机构的重启人在城里都有家人或朋友。我们可以把米凯的计划透露给叛军。等时机成熟后，我们就离开米凯去城市。"

她眨了眨眼睛，"去帮助人类。"

"还要救出其他重启人，反正这也是叛军下一步要做的事情，让所有重启人离开城市。"

"所以，你希望我们重返城市，救出所有的重启人，然后拯救人类。"

听她的口气，实现我的想法似乎相当困难。我皱了一下眉头，"是的。"

"我立刻照办。"她淡淡地说。

她有些不高兴，但没有怒气冲冲地质问我为什么会有这么愚蠢的想法。我的想法也许确实愚蠢，但我绝不会自顾自离开。如果我离开了，就跟我在奥斯丁杀死那个男人那件事没有两样，只不过这一次我将杀死的是我身为人类时在乎的每一个人。瑞恩说变成重启人后会缺少感情色彩，可我没有改变，我所有的感情都还在。不过说实话，有时候我觉得有感情并不是什么好事。

我听到一阵窸窣的声音，回过头，看见了跟瑞恩一起坐运输飞船回来的那个身材高大的金发男孩。他正穿过树林朝我们走来，米凯跟在他身后。

瑞恩脸上的轻松表情迅速消失了，她双臂交叉抱在胸前，看着米凯和金发男孩。

"莱利。"金发男孩走近我们时，向我伸出一只手。

这个名字听上去有点耳熟，我一边在脑海中努力搜索，一边握住他的手，"卡伦。"

"一五七。"瑞恩说，"我在 HARC 的教练。"

太棒了。他没死我觉得有点失望，这样想不太厚道吧？死了那么多的重启人，他怎么就偏偏逃脱了呢？这家伙不断朝瑞恩开枪，难道只是为了训练她？

"你是奥斯丁机构的？"莱利问。

"不是，我跟瑞恩从罗莎逃出来的。"

"哦。"他眼睛一亮，我的话似乎让他有些开心。他看看我，又看看瑞恩，露出愉快的笑容。

"我想跟你谈谈。"米凯对瑞恩说，同时朝莱利皱了皱眉头，似乎对莱利跟我闲聊不大满意。

瑞恩沉默地看着他，我开始觉得紧张。瑞恩沉默不是什么好事，她可能心里正盘算着如何把米凯撕成碎片。

"我希望可以有一个解释的机会。"他说，我困惑地皱起眉头，解释？他打算怎么解释种族灭绝的行径？

瑞恩和我的目光相遇，停留了片刻后，她叹了口气，转头对米凯说："好吧。"

我刚想开口反对，瑞恩警告地看了我一眼。米凯转头看着我，一副"你敢废话我就用拳头揍扁你"的表情，我猛然意识到，公开反抗不是聪明的做法。特区重启人的数量比我们多，更何况，我们在他们的地盘上，他们手中还有武器。

她跟在米凯身后，莱利也跟了过去，他对我点点头，"很高兴认识你。"走了几步后他又回头笑着对我说："你做得很好，把瑞恩救了出来，我一直担心她会永远当 HARC 的乖乖女。"

听到这句话，瑞恩连头都没回，我却恨不得骂他一声笨蛋。任何有脑子的人都看得出来，瑞恩是被 HARC 洗脑的，而且受到了心理创伤。她绝不是 HARC 的乖乖女。

"是她救了我。"我皱着眉纠正他。

他轻声笑着说："可我觉得，她离开 HARC 跟你多少有点关系。"他赞许地看了我一眼，然后小跑着追上米凯和瑞恩。

第八章

瑞恩

我跟着米凯穿过特区，走到他的大帐篷前。他拉开门帘，回头看着莱利。莱利依然沉浸在见到卡伦的愉快中，他知道我是那种喜欢上了就会一心一意的女孩。

"莱利，你去看看那个新来的重启人好吗？"米凯问道。

"好啊！"莱利瞥了我一眼。

"你们在外面快点说完。"米凯说完走进帐篷。

我白了米凯一眼，似乎"恩准"我与莱利谈话，是他大发慈悲的结果。

我看着莱利，他虽然面带微笑，眼神却十分严肃。

"你能来这里，我很高兴。"他小声说。

我不确定自己来这里是不是很高兴，只能沉默地看着他。

"今天打猎时你表现得很好。"他把手放在我的手臂上，直视着我的眼睛，"非常冷静克制。"

"不知道该怎么办时，就闭上你的嘴。"我们第一周开始训练时他就不断重复的话，此时又在我脑海里回荡，"冷静克制让你活，惊慌失措让你死。"

我点点头，又像以前那样，因为他的赞扬觉得有点骄傲。

他退开一步，严肃的神情消失了，似笑非笑地看着我说："我知道要怎样才能让你离开 HARC 了，天知道你居然有这么一副软心肠。"

我朝他翻了个白眼，他大笑着走远了。我面朝帐篷深吸了一口气，竭力平静下来后走了进去。

帐篷里空荡荡的，只有米凯和排满每面墙上的枪支。他坐在长桌正当中的位置，我在他对面的椅子上坐了下来。帐篷里的紧张气氛让我突然很想拔出身上的枪，但我克制住了，清了清嗓子。

"你不高兴。"他双手交叠，放在桌子上。

我眯起眼睛看着他，"算是困惑吧。"

他的嘴角牵动了一下，"好吧，困惑。"

"你杀死手无寸铁的人类。"帐篷内四周堆满的武器让我小心斟酌着自己的用词。帐篷外那一百多个重启人更愿意支持的是他，而不是我。

"是的。"

"难道你不会……"我在椅子上挪动了一下身体，"有罪恶感吗？"

他耸了耸肩。我突然觉得他看上去没那么大，不像快三十岁的人，而是二十出头。他对我渐渐放松警惕，"我不知道，刚开始确实有罪恶感。但是，你知道的。"他迎上我的目光，"过了一阵子，罪恶感就消失了。"

"是啊。"我轻声说，的确是这样，卡伦让我对罪恶感有了更深刻的认识，"但是，复仇的感觉却没有消失。"

"没错。"他身体前倾，双手平放在木头桌面上，"我死的时候才七岁。我在留置机构里待了整整五年，其中几年是在一个特别小组当他们的实验对象。从一开始，他们就给我们注射各种药物，做各种疯狂的实验，你知道吧？"

我摇了摇头，"我不知道。"

"他们做的是非常肮脏的实验，让我们变得更软弱、更疯狂，全是些狗屁实验。参加实验的孩子中有一半没能活到进入正式机构的那一天。那种实验比他们现在做的大规模实验更加可怕。"

"我的一个朋友就死于他们的实验。"我低声说。

他的脸色柔和下来，"最近的实验是降低智力吧，让我们更听话，对不对？"

"对，卡伦差点也死了。"

"可你仍然不想报复？"

我没有回答，认真想了一会儿才说："也许吧。"

"我一直想讨回公道。以前我每天都盯着苏珊娜看，想着要怎样杀死她，甚至具体到每一个细节。"

"苏珊娜·帕姆？HARC 的董事长？"

"对，我们一起度过了很多时光。"

"真的吗？"我很惊讶。我在罗莎机构待了五年，但见到 HARC 董事长的次数屈指可数。我只知道她负责 HARC 的所有业务，可具体担任什么角色完全不了解。

"大部分重要的实验都是她亲自主持的。她是个控制狂，没办法让别人做。"米凯凑过来，一脸严肃地对我说，"你根本无法想象他们干了什么，瑞恩。我离开那里好几年了，他们研制的那些药物大概进入实质阶段了，说不定已经成功了。"

"他们到底在做什么？"我问。

米凯叹了口气，"每样药物我都试过一点。一种让我的反应变慢，几乎不能动弹；一种让我看什么都是紫色的；一种让我想生吃活人；

一种让复原速度变慢，伤口要好几个小时才会愈合。"

我艰难地吞咽了一下。我是十二岁时被杀死的，从没想过自己没有更早死掉是多么幸运的事。我也从没想过去问问其他重启人，在留置机构的那些年他们经历过什么。

"所以，逃出来之后，我下决心要结束这一切。我们不能相信人类。那些声称愿意帮助我们的叛军，也不过是想利用我们摆脱HARC。他们把话说得很清楚，帮助我们逃脱后，不希望我们留下来，不是吗？谁会在乎我们以前在城市里是不是有家人，有自己的生活？既然我们是重启人，我们就应该离开，永远不要回来。"

我点了点头。"我才不会为他们去冒险。"就在几天前的夜里，戴斯蒙跟我说过这句话，他还努力说服其他叛军不要帮助我们。

"我不是轻易做出这个决定的。"他说，"我刚来这里的时候，曾想过放下愤怒，将全部心思花在特区上，可人类不断攻击我们。攻击我们的不只是HARC，附近的人类也会袭击特区，想要消灭我们。跟城市不一样，这里的人类不害怕我们，是因为他们没见识过我们重启人的厉害。我们竖起标志阻止他们，警告他们，他们却毫不理会。还记得那些离开的重启人吗，年纪比较大的？他们不想跟HARC作战，那才是他们离开的真正原因。他们想远离人类，找个地方安静地生活。"他用手遮住脸，"HARC杀了他们所有人，就因为HARC可以这么做。我把特区搬到这里，是想让HARC知道，我们没有躲藏和逃跑，没有向他们挑衅，可他们照样来这里攻击我们。他们不会罢手的，瑞恩。"

我皱起眉头，盯着桌面。叛军只是很少一部分人类，大多数人类都不在乎HARC囚禁重启人，并且肆意杀戮。

米凯突然凑过来，握住我的手，我抽了回来。他说："我知道并不是所有的人类都是坏人，我真的知道。"

我看着他的眼睛，他没有说谎。

"东尼，那个叛军领袖，他一直对我很好，总是用平等的口吻跟我讲话。我在新达拉斯有个哥哥，说不定他现在还活着，可能也是一个好人。"他的双手握在一起，"但只有几个好人是不够的，仅仅有几个愿意包容我们的人类，没办法让我相信重启人是安全的。让人类活着，就等于我拿所有重启人的生命去冒险。我做了一个非常艰难的选择，但我认为这个选择绝对正确。"他深吸了一口气，"你明白我的想法吗？"

我百分之百明白他的想法，这完全合乎逻辑。他决心拯救自己的同胞——重启人，为此他甘愿承担所有的风险，做出最惨烈的牺牲。为了卡伦，我不是做过同样的事吗？我明知去 HARC 机构十分危险，不是仍然让爱迪跟我一起去了吗？为了救出一个人，我不是拿自己还有至少二十个叛军的生命去冒险了吗？

难道我不清楚救出那些重启人意味着许多人类守卫会被杀死？难道我不认为自己完全可以接受这种后果吗？

"瑞恩。"米凯轻声叫我。

我咽了一下口水，抬起头迎上他的目光，"我明白你的想法。"

第九章

卡伦

当天晚上，我站在火堆旁的人群后面，看着一群年轻的重启人拿出乐器，演奏起一首欢快的歌曲，周围的人开始载歌载舞。如此欢乐的气氛似乎有些怪异，毕竟他们当中的几个人不久前还在大开杀戒。

一些奥斯丁重启人也加入了欢庆的人群，手拉着手开心地大笑，火光照亮了他们幸福的笑脸，但是大多数人阴沉着面孔，三五成群地坐在远离狂欢人群的地方。米凯的计划在我们的人当中渐渐传播开来，大多数人并没有为此感到兴奋。

瑞恩和米凯站在不远处，她板着一张脸，不时对米凯说的话点一下头。米凯脸上没有以往那种毫不掩饰的崇拜神情，他们对彼此的态度似乎都很客气，至少瑞恩从帐篷出来时没有把米凯的脑袋挑在一根棍子上。

她发现我在看她时，微微瞪大双眼，像是很恼火没办法脱身。我哈哈大笑，她的脸上露出淡淡的笑容。我示意她过来，她便对米凯点了点头，但他还在滔滔不绝说个不停，她翻了个白眼。

她的目光似乎停在我身后的某个地方，我回头看到艾撒克正朝特区入口附近的帐篷走去，手里端着一盘食物。新来的重启人在帐篷里，就是那个他们不久前杀死的人类。

"我不明白他们怎么能容忍这种事。"

有人在我旁边小声耳语，我转过头，看见爱迪。我耸了耸肩，我同样不明白。我扫了一眼周围的人群，不知道里面有多少人是被米凯的狩猎队杀害的。

我又朝艾撒克看去，"我觉得，就是运气吧。"我问他怎么会来特区时，艾撒克是这么回答我的。他说他不是在特区出生的。

"没有人试着阻止他们吗？"爱迪轻声说。

"也许他们不在乎吧。"我喃喃地说，示意她跟我走，"来吧。"

见我们走过来，艾撒克愣住了，正要拉开门帘的手停在半空。他的脸上现出紧张的神色，迅速看了看我们身后。

"我不确定你们可以进去。"他说。

"为什么不可以？"爱迪问。

"米凯希望新来的重启人慢慢接受现状，你们知道的，这样才不会被吓坏。"

"你没觉得，他们知道自己是被谋杀时已经吓坏了吗？"我问。

艾撒克看了我一眼，似乎并不觉得我的话好笑，我赶紧闭上嘴，却觉得自己应该没有猜错他的死因。

"我正要给她送食物。"他说，"她现在根本不开口。"说完他走进帐篷。

爱迪双臂交叉抱在胸前，在寒冷的夜风中瑟瑟发抖，"你跟瑞恩谈过吗？"

"一点点。"

"贝丝告诉我，她听说他们死后瑞恩缝合了他们的伤口，这样重启后不会留下太深的疤痕，我认为她做得挺好。"爱迪耸了耸肩，"做了她唯一能做的事，你知道吗？"

我惊讶地朝瑞恩的方向看去，但她和米凯已经不见了。她没有跟我说起过缝合伤口的事，我相信如果当时我跟他们一起去打猎的话，一定会吓得慌了神，当场跟米凯起冲突，但瑞恩却能很好地控制自己的情绪，并镇定地帮死去的人类缝合伤口。放在我身上，我永远都做不到。

艾撒克耸拉着肩膀从帐篷里走出来，双手插在口袋里，似乎打算赶快离开，"你们需要什么吗？要不要去吃点东西？"

"你也是这么死的吗？"我悄声问他，朝帐篷点了点头。

他咳了两声，向周围扫了一眼，似乎在寻找可以逃脱的地方，"我真的不能说。"

"你不能说是什么意思？"爱迪皱着眉头问。

他靠近我们，低着头说："米凯不喜欢我们讲这件事。我们应该放下自己的过去。"

放下自己的过去？难道这是"我们杀了你，但你不许生气，必须闭上嘴，开开心心每一天"的另一种说法吗？

"你是和其他人一起被杀的吗？"我问。我才不在乎米凯喜不喜欢，我就是要问个清楚，"他们也杀了你的家人吗？"

艾撒克迟疑着没有回答。过了一会儿，他终于轻声说道："是的。"然后长舒了一口气，似乎像获得某种解脱，"我父母去世时我还很小，我和哥哥还有其他几个人一起生活，他们都算是我的家人。他们全死了。"

"你那时几岁？"爱迪的声音里充满了恐惧。

"十四岁，那是一年前的事了。他们冲过来朝我们所有人开枪，我醒来时发现自己在裘丝的摩托车的后座上。"他的语速渐渐加快，"然后他们把我带到这里，我似乎应该心怀感激。"

"你应该说，你确实心怀感激。"

帐篷另一侧传来的声音吓了我一跳，米凯走了出来，脸色铁青，满面怒容。艾撒克吓得脸色苍白，向后退了一步，差点被自己绊倒。

"是……是的。"他结结巴巴地说。

自从离开HARC，我还从没见过重启人眼中的那种恐惧，艾撒克的恐惧让我心头泛起寒意。他为什么这么害怕？既然米凯杀了他和所有他认识的人，他为什么仍然留在这里？

米凯看向远处，用手指了一下艾撒克，几秒钟后裘丝就皱着眉头出现在他身边。

"我们去我的帐篷好好谈谈。"他说。

艾撒克吓得瞪大了双眼，他眼中的恐惧让我不敢去猜想在米凯的帐篷里会发生什么事。

裘丝一把抓住艾撒克的胳膊，我走上前想阻止她。

"不要。"艾撒克一脸惊恐地对我摇摇头，"不要管。"

我张口刚要反对，裘丝已经把艾撒克拖走了。米凯双手抱胸冷冷地看着我们，他连手指都不必动就能让人感觉到他的威胁。

"卡伦，不要管。"艾撒克又说了一次，回头用恳求的眼神看着我。

我无奈地叹了口气，退回爱迪身旁。爱迪一动不动，表情惊惧。

米凯向我们走过来，愤怒地打量着我和爱迪，"这里有这里的规矩。"

"没人告诉过我们。"爱迪说。

米凯的下巴动了动，像是在努力压下怒火，"艾撒克一开始就告诉了你们，我们不谈论身为低等人类时的生活。"

身为低等人类时的生活？这家伙是当真的吗？

"我知道你们是新来的，所以这次我放过你们。"他的语气突然变得非常温和，让我觉得这个人完全是个疯子，他的转变就像从"我要杀了你们"突然切换到"我们做朋友吧"。

我向后退了一小步，我才不想跟他做朋友。

"不过，我劝你们最好少管闲事，不要插手自己不懂的事情。"

我有什么不懂的吗？他杀死人类，控制重启人，威胁恐吓他们。这些我一下就能懂。

我和爱迪都没有开口，这让他感到很满意，朝我们轻轻点了一下头，转身朝他的帐篷走去。

"情况似乎非常不妙。"等到确定他已经听不见时，爱迪才长出了一口气说道。

是啊，确实不妙。

当晚我回到帐篷，发现瑞恩已经坐在床垫上，她双腿收在胸前，用手抱住。我关上帐篷门时，她一脸担心地看着我。

"艾撒克怎么样了？"她问，"你找到他了吗？"

我点了点头。我之前跟她讲了事情的经过，然后就去找艾撒克。现在外面很安静，大部分重启人已经回到各自的帐篷，我压低了声音说："米凯很快就放他走了，他看起来没事。不过，他不肯跟我说话。"

"米凯想对他们做什么都可以。"她叹了口气，"他们几分钟后就会复原，没人知道发生过什么。"

瑞恩可能是对的，我不禁打了个寒噤。"太好了。"我坐在她身边，用手托住脸，"我不明白他们为什么要让他当领袖。"

"他有一些不错的想法。"她轻声说，"他们想要生存，而他提供了一个很好的计划。"

我不解地问："很好的计划？"

"合理的计划。"她避开我的目光，换了个说法。

米凯能跟"合理"扯上关系，听得我心头一阵火起，强压着才按捺住。"合理"两个字离他简直十万八千里。我一脸疑惑地看着瑞恩。

"为了保护这里的所有重启人，这个计划是他想到的唯一方法。他的经历告诉他，人类和重启人无法和平共处，所以，他必须做出选择。"

"选择杀死所有人吗？"我问。

"世界不是非黑即白的，卡伦。"她轻声说。

在我看来，谋杀这种事就是黑白分明的，我犹豫了一下，最后还是没说出口。杀人或不杀人，全看你自己的选择。

除非 HARC 让你变疯，害得你失手杀人。想到这里，强烈的内疚感利刃一般划过我的身体。也许世界并没有那么黑白分明。

"但那不会是你的选择。"我说。

"是的。"她立即回答，"但我理解他的想法。"

我用力揉了一下脸。我无法理解，为什么有人想要灭绝整个族群，可我却连杀死一个人都感到良心备受折磨。

"我做过那样的选择。"她看着自己的膝盖说。

我握住她的手，"什么意思？"

"我闯进奥斯丁机构的时候，明知人类会被杀死，有些重启人也会因此丧命，可在我当时看来，为了救你，牺牲他们是值得的。而在米凯看来，为了救重启人，牺牲全部人类是值得的。"

我用力握紧她的手，"那不一样，你从没想要杀死任何人，你那么做是不得已的，是为了自保，为了保护我。你不会因为能够杀人就去滥杀无辜，你清楚两者之间的不同，对不对？"

瑞恩眯起眼睛认真思索。在我看来这么一目了然的事情，她竟然需要努力思考，反而吓到我了，难道她真的要思考很久才会明白吗？

她注意到我脸上的表情，立刻把手抽了出来，脸颊开始泛红。"我清楚。"她回答。她明显在撒谎，这么说只是为了安慰我。

她有些发窘，我伸手揽住她的腰，把她拉到身边。我不喜欢她认同米凯的想法，但她的不安让我感到内疚。

"嘿。"我用手抚摸她的颈部，"他们说，那个被米凯杀死的孩子，是你帮忙缝合了伤口。"

她点点头，伸手拉紧了衬衫领口，我假装没有注意到。我没有告诉过她，她越是不让我看她的伤口，反而让我更好奇。可我想不出一个·理由去问她伤口的事，总不能说"我真的很想看看你的胸部"，所以我只能绝口不提。

"你做得很好。"我轻轻地拉开她抓住衬衫的手，然后握在我的手中。

她耸了耸肩，"我会希望别人为我这么做的。"

我们的目光碰在一起，我点了点头，表示理解。我俯下身，轻轻亲吻她的双唇，把她紧紧拥在我怀里。

第十章

瑞恩

第二天我跟米凯在特区外碰面。特区大部分的重启人已经聚集在湖泊附近的草地上，他们边等边四处闲逛。米凯向我解释说，有战斗能力的重启人每周要参加几次对打训练课。他提到训练课时我立刻自告奋勇地要参加，我很高兴今天上午能有件事可以散散心。

我在人群中发现了卡伦的身影，心中不由得一沉。他双臂抱胸，站在艾撒克旁边，我们目光相遇时他对我微微一笑。我也对他微微一笑，尽量不去想我们昨晚的谈话。我眼前总是不断浮现出我说米凯的观点合理时他脸上的表情，他似乎被我的说法吓坏了。

其实话一出口，我就知道自己错了，可我应该怎么做呢？说谎吗？米凯没有发疯，他是有战略眼光的。他正是基于逻辑分析和过去的经验做出的决定，且没有让感情影响自己的判断。最终的结果确实令人震惊，我说过我不会做出那种选择，我是真心的，可把他看成疯子也并不明智。

"你还好吗？"

我吓了一跳，迅速收回目光，看见爱迪站在我旁边，正一脸关切地看着我。

"还好。"

她皱着眉头，似乎想跟我说什么，却瞥见米凯和莱利朝我慢慢走过来。爱迪轻轻捏了一下我的手臂，我躲开她的手，不想跟她谈话。我不想再有一个人像看疯子一样盯着我。

"早上好！"爱迪转身离开，米凯微笑着对我说，"准备好了吗？"

"好了。"

"我想让你训练最需要提高技能的重启人。我觉得最多再过几个星期，我们就会出发去城市，所以必须加快进度。"

我咽了一下口水，这么快！我希望能有更多的时间想清楚该怎么办。离开这里有风险，以前那些重启人的结局证明了这一点，可留下来意味着认同米凯的计划，同时还要为卡伦劝说特区重启人帮助人类的事伤脑筋。留下来还意味着要帮助训练特区重启人，他们将会用学到的技能去杀死人类。

我扫视着要接受训练的重启人，他们人都看起来很小，许多人也就十一二岁。

"他们看上去年龄很小。"我指着人群说。

"十二岁以上的都要参加训练。"米凯说。

他所谓的"参加训练"其实是"必须训练"。十二岁是重启人在HARC开始接受训练的年龄。我看了一眼莱利，他似乎有些不安。

这件事我没办法保持沉默。

"十六岁。"我说。

米凯不解地问："什么？"

"十六岁以上的，十二岁的不行。"

"我看十二岁很好。"

"我死的时候是十二岁，随后就开始在 HARC 接受训练。你不知道那是一种怎样的经历。"话刚出口我就想到，他当然知道。我还不太习惯跟一个几乎是我翻版的权威人物打交道。

"我死的时候是七岁，也是十二岁开始接受训练的，所以我知道十二岁很好。"他说，"而且这里的训练不一样。"

"我不会训练十二岁的孩子上战场。"

周围的人群突然安静下来，许多重启人紧张地盯着米凯。有个女孩在米凯背后拼命向我摇头，一脸恐惧的神情。

我轻轻吸了一口气，目光扫过一张张面孔。卡伦说得对，他们都很害怕，但是跟怕我有些不同，他们到底在怕米凯什么？

米凯的下巴动了动，目光探究地看着我，"十三岁？"

我看着卡伦的眼睛，他似乎在用目光告诉我，他为我感到骄傲。艾撒克则畏缩地站在他旁边。

我朝米凯用力摇了摇头，"十五岁。"

"十四岁？"

"十五岁。"我在 HARC 训练过太多小孩了，我绝不会再这么做。

他没再开口，眯起眼睛盯着我。我们陷入长时间的沉默，我看见他身后的裘丝开始不安地挪动身体。

我的目光转向米凯身后的其他重启人。凯尔跟他们站在一起，还有莱利，大概有十五个。他们这些一二〇左右的重启人站在一起，远离其他重启人，看上去并不害怕米凯。事实上，其中几个正愤怒地瞪着我。

"好吧，十五岁。"米凯的表情放松下来，我几乎可以感到周围的人群同时松了一口气。

"十五岁以下的回营地。"米凯说。他飞快地瞥了我一眼，"只有今天。"他歪着头，像是等着看我的反应，我盯着他没有说话。

我转身朝卡伦走去。也许我应该训练六〇号以下的重启人，我今天很需要他们的乐观和健谈。

"那么……"米凯的声音让我停下脚步，我转过身去，他拍了拍手，笑着对我说，"想不想先做个示范？"

"示范？"我重复道。

"应该挺有趣的，不是吗？"他说的每一个字都带有挑衅意味，"让他们见识一下怎么样？"

我们的目光撞到一起，我突然感到一阵兴奋。莱利离开后，我已经很久没机会跟号码接近的重启人对打了。

"好啊。"我说。米凯脸上的笑意越来越深，他满意地看着我，眼睛闪闪发光。看来他确信能赢我，我暗自冷笑。

他脱下运动衫，露出里面的T恤，重启人迅速向后散开，给我们让出一大片开阔地带。

"不使用武器，不折断脖子。"米凯说，"其他都不限制，谁倒下五秒钟站不起来，就算分出胜负了。"

我点点头，快速扫了一眼人群。我能感觉到周遭兴奋的气氛，不过有几个重启人看上去很担心。他们不可能是在担心我们会受伤，一定是有别的原因。

米凯走近我。他脸上的兴奋消失了，眉毛拧到一起，看来是非常认真地对待这场对抗赛。

有那么一瞬间，我想过故意让他赢。他显然需要巩固在特区的领导地位，另外，让大家见证他是个比我更厉害的高手，可以帮助他更好地实现目标，说不定还能帮我赢得他的信任。

但我从没让任何人赢过。我几乎就没输过。

我舒展手指，然后握成拳头。我今天也不想输。

"莱利？帮我们倒计时开始。"米凯看也不看地说。

"三——二——一，开始。"

我们两个都没动。我在等他冲过来，然后闪身避开，顺势折断他的手臂。他的嘴角轻轻上扬，原来他也在等我冲过去。

"这又不是大眼瞪小眼比赛。"莱利在我身后打趣道。

米凯以为莱利的声音会让我分心，于是猛地向我挥拳打来。我微微一笑，轻松地躲开了。

我还没站直身体，他就向后退了一步。他的长处不是速度和力量，而是耐心和判断局势的能力。他没有因为我个子小就低估我。

我快步上前，一记左勾拳击向他的面部，右手直拳朝他的腹部而来。他挡住我的左拳，却被我打中腹部，微微喘了一声。

他挥动双手，又快又狠地朝我打来，我以同样的速度狠狠反击。我躲闪和阻挡着他的进攻，他一拳打在我脸上，我差点栽倒。他的拳头是我见识过的第二狠辣的，排在第一的仍然是莱利。

他猛地向下扑倒，抱住我的双腿。我闷哼一声倒在地上，米凯按住我的肩膀，整个人压在我身上，让我动弹不得。

我最恨被人压在下面。

我飞起一脚，险些踢中他的要害部位，他倒吸一口冷气被我掀翻。我猛地向前一冲，没让他抓住我的脚踝。周围响起欢呼声，我飞快地瞟了一眼。他们在为米凯欢呼吗？我一直没太留意。

我从地上一跃而起，他扑了过来，我差点没笑出声，看来他的耐心没能维持多久。我躲开他挥来的一拳，转身砰的一声击中他身体侧面，然后听到肋骨断裂时发出的清脆声音。

他稍微踉跄了一下，我再次挥拳，这次断裂的是他的鼻梁。他眨着眼睛，似乎已经失去了方向，直到我的膝盖被他狠狠踢中时我才知道，他根本没迷失方向，一点也没有。

我的膝盖裂了，单脚跳着逃开，然后让受伤的左腿支撑在地上，强忍住腿上的阵阵剧痛。

米凯停下来，目光从我的膝盖移到我的脸上。"真倒霉。"他笑着说。

我露齿一笑，点头示意他过来。

"你干吗不蹦到我这里来？"他笑着退后一步。

我忍不住大笑起来。我过去打斗时都是在 HARC 的监视下，他们密切注意我的一举一动，让我感受不到打斗的乐趣。这种感觉很奇怪，连我自己也不清楚，相比 HARC 的绝大部分人类，我是不是更喜欢米凯？

米凯也放声大笑，我突然拖着受伤的左腿猛地冲向他。他惊讶地瞪大双眼，一愣神的工夫我已经抓住他的一只胳膊。我绕到他身后，飞快地猛拽他的胳膊。

我喜欢骨头断裂的声音，有点像回到家的感觉。

笑容从他脸上消失了，他挥拳向我打来时带着一丝愤怒。我们没再出声，只是绕着场地不断出拳、躲避。

我逮到一个可以把他撂倒的机会，于是俯身去扫他的双腿，伴随着骨头的断裂声，他气喘吁吁地摔倒在地。他急忙爬起身，趁他还没站稳，我使出全力给了他一拳。

很快，他又跳了起来，疯狂地朝我挥拳，我向后退了一小步，找准要对他腿部下手的位置。我向前俯冲，双膝跪倒在他前面时左腿一阵剧痛。我对准他已经受伤的地方猛击一掌，他大声呼痛的同时，我又踢向他另一条腿的膝盖。

他一下子摔倒了，手指插进草地，刚一起身又倒了下去。他挥了挥手，喘着粗气说："我输了。"

周围沉默了几秒钟，然后紧张的气氛被一阵笑声打破了。我扭头看见卡伦脸上介于难受和微笑之间的表情。我擦了擦嘴，手上沾到鲜血。

"我说得没错吧。"莱利走到我旁边，双手叉腰，低头看着米凯，"我不是说过你会被揍得很惨吗？"

"下一次你来示范。"米凯用手指着他，莱利听了呵呵一笑。

"好啊，没问题，反正我早就被瑞恩揍惯了。"

我朝他翻了个白眼，其实他赢了很多次。好吧，也许没有很多次，大概十分之一吧，已经很厉害了。

转过头，我看见卡伦站在我面前。他皱着眉头，拉起衬衫擦拭我的脸，擦到我的嘴唇时对我做了个鬼脸。

"你呢？"莱利眯起眼睛看着卡伦，"下次要不要做个示范？你大概早就习惯被瑞恩揍得屁滚尿流了。"

卡伦淡淡一笑，注视着我说："我还是算了吧。"

我朝他微微一笑，他低头亲了一下我的脸。训练卡伦似乎已经是一百年前的事了，想起他被打的样子，我的胃一阵痉挛。每次我想起自己曾经痛殴他，都觉得不太好受。

"我不参加训练可以吗？"他轻声问，"今天特区那里可能需要我去帮忙。"

我摇了摇头，"可以，你去吧，你再也不需要参加训练了。"

他感激地看了我一眼，俯身又吻了我一次，然后朝特区走去。

"好了。"米凯呻吟着站起身，"两人一组。"他冲我点点头，"开始训练吧。"

当天下午结束训练后，莱利让大家排队回特区。我套上运动衫，绑好马尾辫，发现他在等我。

"很高兴看到你还是那么难相处，爱得罪人。"看我走近时莱利笑着说。

"我才不难相处呢。"我的唇边泛出笑意。

"不难相处？记得就在我离开前不久有人说过'你躲快点我就不揍你了'。"

"你一把年纪了，速度变慢又不是我的错。"他现在才二十岁，一把年纪时是十九岁。

他哈哈大笑，我仍然不习惯听到他的笑声。他在 HARC 一定非常不开心，可我那时从没留意过。

"对了，你至少应该让我知道你没有死。"我说，"我那时还挺难过的。"

他的脸色柔和下来，"你会有难过的时候，真让人难以置信。"

我对他皱了皱眉，他叹了口气。

"对不起，说实话，我没有十足的把握你不会出卖我。"

"感谢你的信任。"

"你知道当时的情况，你是他们的人。他们说什么，你做什么，从不问为什么。我甚至以为你喜欢那里。"

"我是喜欢那里。"我轻声说，"就算这样，我也不会出卖你。"

他探究地看了我一会儿，"那么，我向你道歉。"

我叹了口气，双手插进口袋，"没关系，这事不能完全怪你，卡伦出现后一切都变了。"还有艾薇。每次说她的名字时我的喉咙都会哽咽，莱利大概已经不记得她了。

"所以，卡伦，嗯？你训练二十二号？"

"对啊。"

"我能问问为什么吗？还是说你开始依据可爱程度来挑选新人了？"

我瞪了他一眼，"是他自己要求的。"

"他自己要求的？嗯，可恶。早知道这样就能让你按我说的做，老早以前我就该试试这个法子。"

我用手背捂住嘴，却还是忍不住笑出声来，"你用这个法子照样行不通的，莱利。"

他开心地笑了，"噢，你现在变成绕指柔了，真可爱。"

"如果你需要提醒的话，我很乐意向你展示一下我的拳头是不是绕指柔。"

"那就不必了，不过还是谢谢你啊。"

我对他笑了一下，注意到他后方的重启人已经消失在特区围墙内。周围没有人会听到我们的谈话，莱利朝四下看了看，似乎也注意到了。

"你喜欢这里吗？"我轻声问。

他歪着头，神情变得严肃起来，"还好吧，这里总比 HARC 强。"

这一点毫无疑问。

"米凯，他……比较强硬。"

"是的。"莱利似乎在思索要怎么开口，他看着我的脸，仔细斟酌着每个字，"你们好像相处得不是非常好。"

"我们彼此很客气。我注意到，这里的重启人似乎有点怕他。"

"也许吧。"莱利眯起眼睛，"我的意思是，是啊，他们的确怕他。

他用铁腕手段管理，认为这是保证我们安全的最好方式。"

"你认同吗？"

"有时候吧。"他看了看身后，然后对我说，"你听说过去年离开后全部遇害的那些重启人吗？"

"听说了。"

"那是我刚到这里时发生的，特区那时乱得一团糟。有一群重启人聚到一起，他们觉得受够了米凯的管理方式。有一天，他们没有交出狩猎武器，决定要推翻米凯的领导。"

我惊讶地扬起眉毛，米凯故意跳过了这段没讲。

"是啊。"莱利注意到我惊讶的表情，"我们不应该谈论这件事。事实上，要是你不跟米凯提是我说的，我会很感激的。"

我点头答应，他们不准谈论这件事吗？实在太奇怪了，"后来怎么了？"

"反抗没有成功。"莱利说，"他们中的大多数人是年纪大的重启人和孩子，没在 HARC 待过。一些高号码的重启人立即站出来支持米凯，这些重启人不是从 HARC 逃出来的，就是在特区重启的，最后那些反抗的重启人只得离开了。"

"米凯就这样让他们离开了吗？"

"那时候他就是这么做的。特区不欢迎他们了，你知道吗？几个星期后，我们在一座旧城打猎时发现他们全死了，旁边还有几具 HARC 守卫的尸体。从那以后，再也没人敢公开反对米凯。"他指了指特区，"那里的确是唯一安全的地方。"

也许这是一个令人遗憾的事实。

"你肯定是 HARC 干的吗？"我问，"米凯不会……"

莱利摇摇头，"肯定是 HARC。米凯恨透了 HARC 的人，不会去通风报信的，他本来打算解决完人类的事情后再把那些重启人找回来。"

我心中的疑惑现在有了个答案。自从卡伦告诉我艾撒克非常害怕米凯之后，我一直在想到底是什么原因让他这样。

"说实话，我看米凯很怕你和你带来的重启人。"莱利接着说。

"为什么？"

"因为你质疑每件事。"他向我比画着，"你拒绝训练孩子，你有很多疑问，米凯很不喜欢这些。自从反抗事件后，他说什么，大家就做什么。"

"也包括你吗？"我问，"你常常没办法找到离你只有半英里的人类吗？"

他的嘴角牵动了一下，"是的，我常常找不到。"他捋了捋金色的头发，"我不喜欢那么做，因为这会让我想起在 HARC 的日子。"

"我理解你。"我打量着他，"所以，等到时机成熟，他们要去城市杀死所有的人类……"

他耸了耸肩，脸皱成一团，"我不知道。其实，我有点希望这件事永远不要发生，但现在来了这么多重启人，看来无法避免了。米凯今晚会带几个人去奥斯丁，也就是说，他准备动手了。他要和东尼、戴斯蒙碰面，设法弄些燃料。叛军有新情报要给我们。"

"东尼和戴斯蒙吗？"我惊讶地问。

"对啊！"

"你们怎么跟他们联络？"

"无线电。"他说。

"HARC 不会监听吗？"

"他们当然会监听，但我们会使用代码。"

我突然感到一阵内疚，不禁轻轻叹了口气。虽然我不喜欢那种欠东尼和戴斯蒙人情的感觉，可米凯这么利用他们让我很不舒服。卡伦的想法也许有些道理，我们应该提醒他们小心。

"去奥斯丁的话……"我装作不经意地问，"米凯应该会带几个人吧？"

"是啊，我会去，裘丝大概也会去。怎么，你也想去吗？"他哼了一声，"我不知道米凯会不会同意，但我可以帮你问问。"

我迟疑着没有回答。如果我主动要求跟去，会让米凯起疑心的，他一定会留意我的一举一动。有米凯在旁边监视，我没办法跟东尼讲话，最好是能偷偷塞给他一张字条，但如果连接近都不行，就更别说递字条了。

"我就算了吧。"我突然想到一个主意，于是朝莱利做了个鬼脸，"我刚从奥斯丁逃出来，再说运输飞船破成那样，你们去了也飞不回来，说不定还要走几百英里的路呢。"

"飞船不成问题。"莱利说，"我们以前修过。"

"你应该问问卡伦要不要一起去。"我说，"他是机械方面的行家。还能顺便教教你们怎么使用导航系统。"

莱利侧头打量着我，"卡伦？"

"米凯似乎很欣赏他修运输飞船的本事。"我耸了耸肩，"只是个建议而已。"

"我也许会带特区重启人去，毕竟他们已经在这里待了一段时间。我们自己有几个懂运输飞船的人。"

他看着我的眼睛，似乎在鼓励我说出让卡伦去的真正原因。

"你看着办吧。"在这件事上我不信任莱利。警告人类重启人要发动攻击的话，我们就会成为重启人中的叛徒，这时候莱利很可能会站在米凯那一边。

他嘴唇动了一下，"说'拜托你，莱利'。"

我忍住笑意，板着脸对他说："拜托你别这么讨厌，莱利。"

他笑出声来，"我会问问米凯的意思，你应该很清楚我知道你在打什么主意吧？"

"我不知道你在说什么。"

"你不信任我，我很难过。"

我朝他肩上打了一拳，然后立刻逃开，"记仇的小气鬼。"

第十一章

卡伦

"老兄，你疯了！"

我哼了一声，把一根圆木桩用力插进地面，弄好帐篷的一侧，然后起身，站在艾撒克面前。我眯起眼睛抬头看了看夕阳，远处的重启人正忙着把水抬进已经充当食堂的帐篷。我和艾撒克在特区的角落位置，离其他重启人很远，不会有人偷听到我们的谈话，但我还是压低了声音。

"为什么说我疯了？"我脑海中再次闪过杀死那个男人的画面，连忙克制住内心的恐慌。艾撒克口中的"疯了"不会是指这件事。

"他们把你当犯人！"艾撒克困惑地看着我，一根绳子在他手中晃来晃去。他停下手里的工作，两眼直直地瞪着我。

爱迪朝我挑了一下眉毛，将帐篷另一侧的木桩敲进地面。我之前跟爱迪说，我们先问问特区重启人的想法，看看他们会不会想去杀死人类。我的第一个测试对象是艾撒克，他似乎并不赞同大家联合起来反抗米凯。

"他们想要杀了你！"他凑过来压低声音说，"等你到二十岁，他们绝对会杀死你，可你现在居然想回去救他们？"

"HARC确实想杀死我，可我不能因为HARC干的事就痛恨所有人类。"我侧头看着他，"你知道HARC那么做的原因吗？杀死年满二十岁的重启人。"

"说是为了控制重启人数量，他们不需要太多的重启人，而且机构里的重启人到了十九或二十岁会变得焦躁不安，做出一些疯狂的事情，比如开始为自己考虑。"

"太恐怖了。"

"可你居然要回去！"艾撒克向四周偷偷瞄了一眼，然后笑着说，"也许我不应该那么大声，你大概不希望别人听到你的计划。"

"你真的想杀死城里所有的人类吗？"爱迪低声问，她双手叉腰走了过来。

艾撒克的脸皱成一团，"嗯，那倒没有，可我没的选。我相信米凯会赢，我也不想被赶走。从长远来看，你们的想法不太明智。"

"假如我们召集到足够多愿意帮助人类的重启人——我们把机构里的重启人救出来，然后说服他们加入我们，这样米凯就奈何不了我们了，他的人没有我们的多。"我说道。

艾撒克摇了摇头，把手里的绳子丢给爱迪，"听着，我知道你们是新来的，可说这种话会让你们被吊起来的。"

"吊起来？"爱迪惊骇地问。

"对，昨晚我没被吊起来真是走运。"他向后退了一步，"如果我是你们，最好闭上嘴。"他转过身去，几乎狂奔着逃离我们。

"嗯，还蛮顺利的。"爱迪叹了口气。

"你觉得'吊起来'是什么意思？"

"我觉得那意思是，米凯是个浑蛋。"

我嗯了一声，"是啊，我猜到了。奥斯丁重启人的情况呢？跟他们谈过了吗？"

"谈了，我和贝丝一直在探大家的口风。他们很多人还有人类的家人，所以对米凯的计划并没觉得兴奋。他们也不想再回 HARC 的城市，不过至少愿意帮忙救出机构里的重启人。我们在想，也许离开前可以去米凯的帐篷里把平面图偷出来，目前的情况就是这些。"

还算不错，虽然不像我期待的那么顺利，但至少没有人断然拒绝我们。

我的目光被远处的一头金发吸引了过去，我眯起眼睛，看见瑞恩和莱利走进特区。她四下张望着，看见我后，她抛下莱利朝我快步走来。她直接走到我面前，踮起脚像是要吻我，我觉得有点奇怪，因为昨晚她还在跟我闹别扭。听到她说米凯的想法合理时我惊骇不已，虽然我尽力想掩饰自己的情绪，但似乎并不成功。

她没有吻我，而是将一只手放在我的胸口，凑到我耳边说："如果他们问你要不要去奥斯丁，答应他们，不要表现得太兴奋。我觉得你可以趁机递个字条给东尼或戴斯蒙。"

她站直身体，对我笑了笑，然后转身走了。我想抓住她的手，对她说声谢谢，可直觉告诉我她现在不希望跟我多说。莱利站在大帐篷外面注视着我们。

"怎么回事？"爱迪问。

我摇了摇头，"没什么。"

"卡伦！"

我朝声音的方向看去，莱利正挥手叫我过去。

"来吧，我们需要你！"

我对一脸困惑的爱迪笑了笑，小跑着来到莱利面前。他脸上的表情让我有些糊涂，像是又好笑又好气。

"去准备一下，我们半小时后出发。"

"什么？去哪里？"我觉得最好还是装作并不知情，莱利向我翻了个白眼。

"奥斯丁，我们要去找叛军拿些燃料，米凯希望你在路上教他使用导航系统。"

"没问题。"

"等下在这里跟我碰面，我去帮你拿武器。"

我点了点头，然后朝当作学校的帐篷走去。里面空荡荡的，只有一个四十多岁的重启人。他是我在特区见过的唯一一位年纪大的重启人，几乎很少见他离开学校帐篷。这也难怪，没人乐意自己是这里唯一的老人。

"我可以拿些纸笔吗？"我问。

他指着一个柜子，"去吧，别拿太多。"

我拿了一张纸和一支铅笔，感激地看了他一眼，"谢谢你！"我一路小跑着回到我和瑞恩的帐篷，里面没有人，我一屁股坐在地上，匆忙写了一张给东尼的字条。我尽量将内容写得没那么可怕，不过"别害怕"几个字似乎只会适得其反。

我刚把字条折好放进口袋，帐篷的门帘就被人掀开了，探头进来的是瑞恩，我对她微微一笑。

"嘿。"我说，"我正要去找你，我们要马上出发去奥斯丁了。"

"现在吗？"她惊讶地眨了眨眼睛，钻进帐篷在床垫上坐了下来。

"对啊，谢谢你想办法让我上飞船，这主意很棒。"

她嘴唇微微翘起，"不用谢。"

"你告诉莱利原因了吗？"

"没有，他好像知道些什么，可是告诉他实情还是有点冒险。他不是米凯的坚定支持者，不过我们打算干的事情大多数重启人都不会认同的。"

我惊讶地扬起眉毛，"你认为他们不会吗？"

"我们算是站在人类一边。"

"我们？"我问，"就是说，你愿意去城市帮助他们了？"

她紧紧抿住嘴唇，转头看着帐篷的另一侧，"你去的话，我应该也会去。"

她的语气里没有我所期待的热情。我不由得心头一阵火起，深吸了一口气，脱口而出，"你真的一点也不想帮助他们吗？"我没想用这么重的批评口气，可这也许是我内心的真实想法。

她把膝盖抱在胸前，叹了口气，说："你提醒东尼和戴斯蒙小心是对的。他们帮过我们，我们应该还他们人情。可我确实不想帮助人类，我没有强烈的意愿去帮助憎恨我的人类。"

"不是所有的人类都憎恨我们，你太不信任人类了。"我越来越愤怒，双手渐渐攥成拳头。她和人类两不相欠后，难道会去支持米凯吗？

"可你太信任他们了！就在不到一周前还有一群人类想杀死你我，就连你的父母……"她突然住口，把剩下的话咽了回去。

"不用你提醒我父母的事。"我接过她的话，"我记得很清楚。"

"我知道你记得。"她看着地面说，"所以，我不明白你为什么急着回去帮助他们。"

"我也不明白，既然我们有机会帮助他们，你为什么要拒绝？我们不只是帮助人类，也是帮助重启人。你带着一个重启人就救了奥斯丁机构的全部重启人，一个重启人，瑞恩。你能想象出，带着一百个重启人你能做多大的事吗？”

她皱起眉头看着我，没有回答。

"他们全部会死在那里，而你一点也不关心吗？"我的声音越来越颤抖，"看看他们对我干了什么，对艾薇干了什么，我们可以阻止这一切。"

她看上去像是被我扇了一记耳光，我后悔提到艾薇的名字，也许我这么做是因为她提到我的父母。

"我没有义务去救所有人。"她瞪着我。

"那么谁有义务呢？"

"是你拼命想去救所有人的！你自己去救！"她的声音跟耳语差不多大，但是充满愤怒。

"我希望你帮我，我希望你想要帮我。"

她没有说话，沉默地看了我很长时间，看得我有些发毛。最后她终于轻声说道："我不想。我不想帮你。"她摇了摇头，双臂交叉抱在胸前，"也许你需要好好看清我是谁，而不是你希望我是谁。"

我吃惊地眨着眼睛。

"也许你并不喜欢真正的我。"她耸了耸肩，"我不怪你。"

我伸手去碰她的胳膊，她闪身躲开，退到我碰不到的距离。

"你这么说太可怕了，我喜欢的当然是真正的你。"

"为什么？"她看着我的眼睛，"为什么你杀了一个人会自责不安，却毫不介意我杀了几十个人？为什么你可以接受我杀人不眨眼，还可以接受我在 HARC 五年来毫不迟疑地执行命令？我做了很多你甚至不知道的事情，而你到那里不过几周的时间就开始违抗 HARC 的命令。为什么这些事情我可以做，你却不可以做？"

"我……我没……"我张口结舌，不知道怎么回答。

"好好想想吧。"她柔声说。

可我不愿去想这些，我只想把她拥进怀中，告诉她我当然喜欢她，告诉她我不在乎那些。

可我真的不在乎吗？

她低头走出帐篷，我没有阻止她。我呆坐在地上，努力思索着她刚刚对我说的每一句话，想理出一个头绪。

我知道瑞恩杀过很多人，多到我根本不想去数。她为了救我，甚至就在我眼前杀过人，可我不能因此责怪她。她是自卫，她从来就不想杀人。

我也从没想要杀人，可我还是杀了人。如果我为了那些她不得已做的事情而指责她的话，那么我是不是也应该指责自己？

"世界不是非黑即白的，卡伦。"她昨天的话突然让我领会到更深刻的含意。在我眼中，瑞恩绝不是一个黑白不分的人，但我也许应该先弄清楚，为什么她会觉得自己跟米凯是同一类人？为什么她不明白，她杀人的原因跟米凯是完全不同的？

或许也没有什么不同，杀人就是杀人。或许瑞恩、米凯和我也没有不同，我们全都杀过人。我敢说，在人类的眼中，我们三个不会有太大差别。

想到这里我倒吸一口冷气，颤抖着爬出了帐篷。我努力不去想人类如何看待重启人，因为有时候我觉得自己还是人类。有那么一会儿，我不禁在想，瑞恩说对了一点，人类不想要我们帮忙。

第十二章

瑞恩

我也许不该在这时问卡伦那些问题。现在我独自坐在帐篷里，听到外面大家准备去吃晚餐，觉得那些问题我应该永远藏在心里才对。

但我们终究是要面对那些问题的，我不明白，既然他厌恶我做的那些事，为什么又会喜欢我这个人，也许他是该好好想想了。

我咽了一下口水，害怕他最终可能得出的结论。

火堆旁的阵阵欢笑声飘了进来，我不情愿地起身拉开帐篷的门帘。我想远远地躲开所有人，可我没吃午餐，现在肚子饿得咕咕叫。

我朝火堆走去，看见两个人站在离食物桌不远的地方，拼命比画着什么。

"就因为我觉得自己的父亲是个好人，难道……"爱迪喊道。凯尔打断了她，"拍人类的马屁，你很快会被空投的！"

"空投是什么鬼东西？"爱迪生气地说，"你简直是……"

"喂。"我一把抓住她的手腕，防止她说出一些会传到米凯耳朵里的话。我不懂什么是空投，可猜得到不是什么好事。周围的重启人担心地看着我们，让我想起反驳米凯时有个女孩一脸恐惧的表情，看来米凯曾使用过极为严厉的惩罚手段。

"你得管好你的手下。"凯尔厉声对我说,宽阔的胸脯剧烈起伏着。

我不由得心头火起,刚刚和卡伦之间的不愉快也起了推波助澜的作用,"抱歉,我不知道爱迪要我来管。"

爱迪扑哧一笑,赶紧用手捂住嘴。凯尔怒冲冲地瞪着我,四周安静了下来,过了好一会儿他才跺脚走了。

"你实在太棒了。"爱迪说。

"你实在太爱惹事了。"

她哈哈大笑,跟着我朝餐桌走去,"怎么了?"

"我觉得你应该少说人类的好话,更何况你跟裘丝为避孕的事吵过一次后,我注意到她一直死盯着你。"

"那个女孩自己要发疯,我有什么办法。"

我生气地看了她一眼,她叹了口气,说:"好吧,对不起,我说话会小心的。"我又叉起一块肉丢到盘子上,她笑了笑,说:"你看,你把我这个手下管得多好啊。"

我差点被她逗乐了,可心头压的大石头让我笑不出来。

她瞄了我一眼,关心地问:"你没事吧?"

"没事。"我低着头,找了个空位坐下来,爱迪坐在我旁边。右边的几个重启人注视着我们的一举一动,有艾撒克,还有新来的重启人女孩。她深色的头发垂在背后,看起来像是两天没合过眼。她注意到我的目光,嘴角动了动,勉强挤出一个微笑,朝我点了点头。我转头去看盘子里的食物,不知道如何回应她。

"我能问问在帮助人类这件事上你的立场吗?"爱迪低声问。

"我不想帮。"我直截了当地说,"但是去提醒一下东尼和戴斯蒙是对的,卡伦今晚会试试看。"

"太棒了，我猜到他会去的。"她看了我一眼，"可是，你不会生气吗？我爸冒着生命危险让我们来到特区，到这里却被一个疯子控制了，他想让我们生一堆孩子，杀死全部人类，真是活见鬼。"

"你真的很不爽生孩子的事，嗯？"

"全是胡说八道。我现在都不跟人上床了，因为我担心他们晚上会偷偷溜进来，趁我不知道的时候取出避孕芯片。"

爱迪顽皮地翘起嘴角，我哈哈大笑，"好像有点极端了。"

"他们全是疯子，什么事都干得出来。你检查过你的芯片吗？米凯有没有让你取出来？"

我摇了摇头，"没有，不过也无所谓。"

"什么意思？"

"我还从没……"

她突然扬起眉毛，"从没？跟卡伦也没有？"

"没有。"我用手轻轻抚摸着衬衫下的伤疤。我想过跟卡伦做爱，自从来到特区，我不止一次想过。我一直在想，他会怎么开口，做爱时他看到我的伤疤会是什么反应，也许不会太糟，毕竟伤疤只是伤疤。

我突然想到这一切可能再也不会发生了，接着像是有一团东西堵住了我的喉咙。我赶紧甩掉这个念头。

"为什么没有呢？"爱迪问。

"我这个人，你知道的……很古怪。"

她放声大笑，"你的确是。"她的笑容渐渐消失了，非常认真地问我："一切都还好吗，你和卡伦？"

"还好。"我吃了一口肉，避开她的目光。

"他对你很着迷，你懂吧？"她似乎没听见我刚才的回答，轻声说道，"我注意到有时候别的女孩会看他，可他根本都不知道，他眼里只有你。"

我拼命眨着眼睛，忍住就要夺眶而出的泪水，清了一下喉咙。

"对不起！"爱迪说。她挥了挥手，同情地看着我，"是我多管闲事。"

我又吃了一口肉，然后把叉子放到盘子上。我很想躲进自己的帐篷，可又想身边有个人说说话。直到艾薇走了，我才知道自己其实很喜欢她这一点。

"你和米凯常常在一起。"爱迪轻声说。

"算是吧。"

"他有没有跟你说过他的计划？"

"没怎么说，他不信任我。他让我感到害怕，我敢肯定他知道这一点。"

爱迪嗯了一声，"是啊，我就没办法做到你这么冷静，我会直接跟他翻脸。"她指了指我背后的方向，"不过，他允许你进他的帐篷，他的计划放在那里对不对？包括所有机构的平面图？"

我缓慢地点了点头，"他是这么跟我说的。"

"也许你可以找机会拿出来，比如我们准备离开的时候？我觉得那些东西一定能派上用场。"

我拿起叉子，拨弄着盘子里吃剩的肉。"也许吧。"我轻声说。我不想谈论米凯杀死人类的计划，也不想谈论我要如何阻止它，因为这会使我想到卡伦。

爱迪叹了口气，似乎很失望。我想对她说，感到失望的不止她一个。

一个身影挡住了前面的火光，我抬头看见艾撒克站在我们面前。他的手一直摸着另一只手臂，显得十分紧张，清了清喉咙后跪坐在我面前。

"我们想到，"艾撒克朝之前跟他坐在一起的几个重启人歪了一下头，"我们杀死所有人类后会出现一些新的重启人。"

我不解地眨了眨眼睛，不知道对他这番话该怎么回应。

"他们会像我们一样醒来，发现家人全死了，有一群疯子想当他们最好的朋友。"他低声说。

我差点笑出声来，但艾撒克的表情十分严肃。爱迪和我交换了一个眼神，她的脸上充满期待。

艾撒克靠近我，"所以，如果奥斯丁重启人想阻止这种事的话，算上我们。"

第十三章

卡伦

我们接近奥斯丁时，运输飞船开始下降，米凯关掉所有的灯，避免我们被人发现。我和莱利坐在船舱后面，米凯跟裘丝在驾驶舱轻声交谈。

我头靠着金属舱壁，闭上了眼睛。

"为什么你杀了一个人会自责不安，却毫不介意我杀了几十个人？"瑞恩的话在我脑海里不停回响，让我陷入沉思。

"为什么你可以接受我杀人不眨眼？"

我一直以为她内心深处藏着愧疚，只是没有表现出来，会不会她的确觉得愧疚，只是自己没有意识到？

"也许你应该好好看清我是谁，而不是你希望我是谁。"

我抓了一下头发。我真心喜欢瑞恩现在的样子，但是离开HARC之后我也真心希望她可以有所改变，我以为她会关心其他人，以为她会愿意将在HARC学会的技能用于帮助人，而不是杀人。

我瞟了一眼身边的莱利，第一次意识到也许他比我更了解瑞恩。莱利认识她好几年了，她还是个新人的时候就认识了。

他发现我在看他，奇怪地看了我一眼。

"瑞恩刚来的时候是什么样子？"我轻声问。

"一个安静的小人儿。"他想了一下，"吓坏了。"

"吓坏了？"我怀疑地问。

"没错。"他笑着说，"她的号码让大家对她另眼相看，再说，她年龄又那么小。因为被枪杀，她有严重的心理创伤，稍微大点的声音就会吓得她全身瘫软、抖作一团。她总想躲到角落和桌子底下。"

我的胸口一阵绞痛，几乎无法呼吸。我想象不出她那时的样子，即便只有十二岁，我也无法想象出她会惊恐万分地躲在桌子下面。

"我差点没选她。"莱利接着说，"我想要最高的号码，可我担心自己没办法对她狠心。我觉得她太可怜了。"

"我简直无法想象。"我垂下目光低声说。

"你完全能够想象。"莱利说，"你在那里待过。"

"是啊，不过我十七岁了，我没有训练过任何人，我只是照瑞恩说的做。"

我一直照瑞恩说的做，虽然我内心深处还在期待她愿意去拯救人类，然后告诉我到底该怎么做。

但她说得对。我才是想救他们的人，我才是必须救他们的人，所以应该由我自己决定要怎么做。如果我不站出来，我们就必须跟着米凯去城市杀死所有人类。那不是瑞恩的事，是我的事。

我的心思又回到莱利身上，我皱着眉不解地问："既然她那么害怕，为什么你还一直朝她开枪？"

莱利的脸上闪过愤怒的神色，"就是因为她太害怕了。老兄，要是我不能让她克服对枪的恐惧，不出半年她就会没命。HARC 不会因为她只有十二岁就放过她，我也不会。"他耸了耸肩，"你真的愿意

114

随随便便训练一个十二岁的孩子，结果却害她送了命？我不能……"莱利摇了摇头，他清了清喉咙后说："我做不到。"

我叹了一口气，向后靠在椅背上。我真是个浑蛋。听莱利说完，我反而觉得应该感谢他，而不是生他的气。

"她跟我离开的时候完全不一样了。"他继续说道，"我认识的那个瑞恩是绝对不会逃走的。"

"真的吗？"

"绝对不会，她喜欢HARC，不只是接受，而是喜欢。"他摇了摇头，"据我所知，她的人类生活非常糟糕，比较起来，在HARC的日子好多了。"

瑞恩从没跟我说过她之前的人类生活。我零星知道一点，得出的结论跟莱利完全相同，她的人类生活一定很悲惨。

莱利向后靠在舱壁上，闭上了双眼，"她一定很喜欢你，否则不会离开那里。"他睁开一只眼睛看着我，"可我看不出你哪里好。"

我轻声笑了。有时候我会忘记瑞恩把HARC当作她的家，我突然想到，我们争吵时她没有提起HARC。其实她完全可以提醒我，她不止一次救过我的命，也许我亏欠了她，不，我确实是欠她的。

运输飞船降落到地面时我揉了一下脸。米凯关掉引擎，我解开安全带站起身。我后腰两侧各挂了一把枪，可大家陆续走下飞船时，只有我没有拔枪。

我们降落在距离奥斯丁大约两英里的树林里，我和瑞恩逃离罗莎的途中曾在这里藏身。我们沉默地朝奥斯丁走去，米凯和裘丝领先我们几步，莱利不时举起枪扫视着四周。他跟瑞恩一样警觉，总能察觉到一些我无法看到或听到的东西。奇怪的是，感觉这么敏锐的人却缺乏同情心，也感受不到别人的情绪。

当奥斯丁的轮廓出现在前方时，我垂下目光，看着地面。上一次看见奥斯丁时我是多么兴奋啊，满心期待能再次见到爸妈，同时也很好奇他们知不知道我变成了重启人。一开始我担心会吓到他们，但我相信惊讶过后他们就会上前拥抱我，求我留下来，不要去重启人特区。

也许等到我们帮助人类战胜米凯和 HARC 的那一天，我会去另一个城市定居下来，而不是奥斯丁，也许我和瑞恩会去新达拉斯或者看看"死亡之州"。我不再那么渴望留在奥斯丁了。

我们离奥斯丁越来越近，我已经可以听到 HARC 的电网发出的滋滋声。我立刻认出了这个地方，找到了藏在树叶下的入口，底下就是叛军修建的进出奥斯丁的密道。

"我们在这里等着。"莱利指着地道入口，"他们应该很快就到。"

没有人坐下来，大家都端着枪保持警戒状态，我不安地变换着姿势。感觉口袋里的字条变得沉甸甸的，我小心翼翼地掏了出来，捏成一小团藏在掌心。

身后传来的沙沙声让我猛地一惊，我急忙转身，伸手准备拔枪。其他人的反应跟我一样，莱利走到我旁边，周围一片寂静，只听得见越来越近的脚步声。

我倒抽一口冷气，看见树枝后面露出一个黑色的脑袋，然后是东尼看见我时满是笑容的脸。他身材高大结实，满头黑发中夹杂着一缕缕银丝。他两手各拿了一个装满燃料的大塑料桶，看见我们时显得特别高兴。莱利收起手中的枪，裘丝和米凯也把枪放下了。

"天哪，东尼。"莱利长出一口气，"你差点把我们的魂吓飞了。"

东尼咧嘴一笑，"抱歉，我们这次不需要走地道。"

戴斯蒙跟在他身后，手里也拿着燃料。我和叛军在一起的时候处于迷迷糊糊的状态，不过我记得戴斯蒙看我的眼神跟东尼完全不同。东尼把我当作十七岁的人类看待，而不是重启人。

"哦，真不赖。"戴斯蒙冷冷地说，"他们把那个想吃掉我们的家伙也带来了。"

我身体一颤，"我很抱歉。"

米凯呵呵一笑收起枪，上前握住东尼的手。他对人类摆出一副虚情假意的笑脸，让我忍不住生厌。

"你们为什么不走地道？"裘丝狐疑地问。

东尼脸上再次现出灿烂的笑容，他今天好像特别开心。想到我要告诉他的事，我不禁暗自替他难过，握紧了藏在手心的字条。

"现在大部分时间只有一半人员把守围墙。"他朝电网方向点了一下头，"HARC正忙着对付奥斯丁的居民，他们调了大批守卫过去。"

"什么意思？"我迅速瞟了一下奥斯丁的方向。

"机构现在还是一团糟。"东尼说，"他们还没恢复运作，因为里面没有重启人。他们想从罗莎和新达拉斯运送一些重启人过来，但是这样那些城市中的重启人数量就会太少，会太危险。他们甚至没有足够的守卫。重启人逃走后，很多守卫都辞职了。他们觉得一七八肯定会回来，所以不想留下来送死。"

我惊讶地扬起眉毛。我原以为对HARC来说，奥斯丁的重启人逃走只是个暂时的问题，最多二十四小时他们就能把其他地方的重启人运送过来。

"奥斯丁没有重启人吗？"莱利问，"一个也没有？"

东尼做了一个表示零的手势，"没有。住在贫民窟的人翻过围墙跑到富人区，没人理会宵禁。我们上次袭击时弄到了很多武器，足够武装半座城市。"他转身对米凯说，"我觉得现在是时候了。"

米凯用手摸了摸下巴，"你说的应该没错。"

我的目光从东尼转向米凯，我艰难地咽了一下口水。

"HARC必须从其他机构抽调一些守卫来奥斯丁。"东尼兴奋地说，"他们的战斗力被削弱了很多。瑞恩在几乎孤立无援的情况下就能闯进去，有了她，你拿下四座城市绝对没问题。"

米凯的脸上闪过一丝怒意，我抿紧双唇不让自己笑出来。他因为打不过瑞恩而恼羞成怒，我心里暗暗好笑。事实上，他不如瑞恩的地方太多了。

米凯挤出一个笑容，我突然想到瑞恩有一天也许会变成他这样。他的号码是我听到过的第二高的。他拥有和瑞恩接近的技能和能力，还有同样冷静从容的举止。我真希望瑞恩也在这里，我会握住她的手，告诉她，米凯根本无法同她相比。

"我们大概过几天就会行动。"米凯说，"所有人都受过训练，已经准备好了，而且你们拿来的这些燃料，足够我们把所有人运送过来。"

我打了个寒噤，戴斯蒙注意到了，微微皱起眉头。我有点庆幸不用亲口告诉他们那个坏消息，因为他很可能会朝我开枪。

"明天我会用无线电联络你，告诉你我们的想法。"米凯说，"很可能后天行动。我们先袭击罗莎，然后是另外三个，一鼓作气，全部拿下。"

"听起来是个不错的计划。"东尼用力摇了摇米凯的手。

莱利和裘丝拿起燃料，准备沿来路往回走。东尼转身准备离开，我连忙抢上前去。

"嗯，我想对你说声谢谢。"我把手伸了过去，掌心藏着那张字条，"谢谢你帮瑞恩弄到我的解药。"

"不用客气，孩子。"东尼握住我的手。他感觉到了字条，目光飞快地向下扫了一眼，他再次看向我时，眼神中的兴奋淡了很多。

我慢慢地松开手，字条已经安全地交到他手里，他飞快地把手放进了口袋。

"以后有机会我会回报你的。"我轻声说。

他点了点头，我转身看见米凯正面无表情地盯着我。他的目光一直跟着我，让我觉得一阵紧张。

"拿着。"莱利把一桶燃料塞给我，我接了过来，急忙跟上他的脚步。

米凯从裘丝手中拿过一桶燃料，脸上慢慢浮现出笑容，"终于到时候了。"

第十四章

瑞恩

听到运输飞船的轰鸣声,我胸口的一块大石头才算落了地。现在天已经快亮了,和卡伦吵过后我一直睡不着。虽然我知道他训练有素,完全有能力照顾好自己,却还是放心不下,我希望自己能在他身边,可以确保他的安全。

几分钟后他拉开帐篷门帘,看见我时他有些惊讶。

"嘿。"他爬进帐篷时轻声说,"你醒了。"

"睡不着,顺利吗?"

他点了点头,在我身边躺下,"顺利,我把字条给了东尼。"他神情严肃地注视着我,我紧张地等待着最坏的结果。

他把手伸进我的头发,轻轻托起我的头,然后轻柔地亲吻我的双唇,我惊讶地深吸了一口气。

"我今晚一直在想,我告诉你如何去感受,也许对你并不公平。"他轻声说。

我的手放在他胸口,摆弄着他的衬衫。我不知道该说什么,于是继续保持沉默。也许确实不公平。

"我喜欢你，因为你有趣、坚强、与众不同……"

"别再说了。"我把头藏到他怀里，觉得脸颊开始发烫。

"是你说我喜欢的不是真正的你。"他笑着说，"所以我要列出所有我喜欢你的地方。"

"我知道，我现在后悔了。"

他轻声笑了出来，一只手托起我的下巴，让我看着他，"好吧。"他吻了一下我的脸，然后退开一点，看着我的眼睛。

"我不介意你杀人，因为你是不得已的。"他说，"你第一次去杀一个无辜的人时，你吓坏了，你应该相信自己。我今晚看着米凯的时候，想着有一天你会不会变成他，但你不会的。"他抚摸我的头发，"绝对不会。"

我咽了一下口水，正想开口问他，是不是真的确定，可他已经吻上我的双唇，我的手臂环绕着他的脖子，和他紧紧拥在一起。

"对不起。"我从他的热吻中挣脱开来，"你知道我会留下来帮你的，对不对？我知道这件事对你很重要。"这件事情对我并不重要，我们之间的分歧仍然没有化解，但是，假如他说的是真心话，他不再要求我如何去感受，那么，我可以接受。

"我知道。"他说，"谢谢你！"他再一次吻我，比之前更加热烈，他的身体向我压过来。我轻轻抚摸着他的头发。我们每晚都是如此，可今天有些不同，我的心跳在加速，释怀中夹杂着些许伤感。

他的手指滑过我的脸颊和颈部，接近我的衬衫领口时，我没有像往常那样紧张，但他没碰我的衬衫，也没碰我的胸部，其实他从来都没碰过。我心里明白，他是在等待我准备好的那一天。他从背后搂住我，把我紧紧拥进他怀里。

我把脸埋在他的颈窝，长出了一口气，然后闭上眼睛，全身放松地依偎着他。

我醒来时卡伦还在熟睡，这很少见，我一动也不敢动，怕吵醒他。明亮的阳光从帐篷缝隙射进来，不知道我们是不是睡到快中午了。

大概又过了半个小时，卡伦动了一下，像每天早上那样伸手过来抱住我。

"很高兴你在我身边。"他睡眼惺忪地在我耳边说。

"不然我会在哪里？"我笑道。

他的手掌贴在我背上，一阵酥麻的感觉顺着我的脊椎蔓延，"哪里也没有。我只是想让你知道，有你在我身边，我永远都开心。"

欢喜渐渐从我心里荡漾到脸上，我微笑着俯身亲吻他。

外面突然传来叫喊声和嘈杂的脚步声，我猛地翻身坐起。那些喊声不对，是惊慌失措的声音。

我匆忙爬出帐篷，穿好鞋子，卡伦跟在我后面。重启人全部朝火堆的方向跑去，贝丝从我身边飞奔而过，满脸怒容。

"出什么事了？"我大喊着追了上去。

"是爱迪！"她回头对我喊道。

我的心一下子揪紧了，脑海中闪过艾薇出事那天的情景。那天也是这样，人们惊慌失措地奔跑，等我赶到时，一切都太晚了。

我拼尽全力向前飞奔，超过其他重启人，抢先绕过一排帐篷。

然后我停住脚步。

是爱迪。她双脚悬空吊在空地中央，手腕被绳子固定在一根木横梁上。她的衬衫上全是血,头无力地垂在胸前。我注意到围在四周的大多是特区重启人,他们神情严肃,但没有一个人上前去帮爱迪。

米凯站在爱迪正前方,裘丝手持一根长棍站在米凯旁边。

我听到自己的心在狂跳,她死了吗?

爱迪的头动了一下,我心里突然一松,差点瘫软在地上。

"怎么……"我转头看到贝丝攥着拳头冲向米凯。

"退回去!"米凯一脸不善地挡在爱迪前面。贝丝立刻停下脚步,不敢直视他的眼睛。米凯指着人群,"我说了,退回去。"

贝丝瞪了他几秒钟后退回人群,跟身边的重启人嘀咕了一句什么,然后他们迅速把贝丝的话传了下去,摆出一副准备战斗的架势。连一些特区重启人也向前挪动了一下,满脸怒容地瞪着前方。

"不要让伤口愈合!"米凯猛地转身面对爱迪。裘丝点了点头,举起一根粗大的棍子,狠狠地打击爱迪,我听到骨头断裂的声音。

我胸中像有一团怒火在燃烧,伸手推开站在我前面的重启人。过去五年来,我一直严格服从命令,却眼睁睁看着我喜欢的人受伤或死去,我不会再让这种事发生。

米凯看见我过来时瞳孔猛地一缩,他站直身体,准备跟我动手。

我停在他面前,深吸了一口气,说道:"为什么她被吊在那里?"我直直地盯着米凯,生怕自己再多看一眼爱迪,会忍不住扯下他的脑袋。

"我不会容忍有人散布背叛重启人和拯救人类的言论。"他平静地说,"让重启人去救人类是绝对不能接受的。"

我扫视着人群,看来某个爱迪信任的人出卖了她。我的目光落到艾撒克身上,他看起来非常震惊,他旁边的几个重启人则是满脸怒容。

他们没有说谎，他们确实想跟我们一起干。

我收回目光，看着米凯说："你不会容忍这种言论？真的吗？"

他的下巴动了动，"没错。背叛同胞是我在特区见过的最可耻的行径，在我看来，她还没得到应有的惩罚。"他朝爱迪的方向挥了一下手。

想起昨晚跟爱迪的谈话，我感到深深的愧疚，胸口像压了一块石头。她问到那些平面图时，我随便敷衍了她几句。她和卡伦帮助人类的计划我一直都没兴趣，尽管我心里清楚，一旦他们的计划泄露出去，肯定会激怒米凯，为什么我一点也不肯帮助他们呢？到底能有多大的麻烦，捅破天吗？自从来到这里，奥斯丁重启人一直期待我为他们拿主意，也许该是我站出来的时候了。

特区一片寂静，只有微风轻轻吹过，我轻声说："把她放下来。"

"不行。"

"你已经达到杀鸡儆猴的目的了，把她放下来。"

他上前一步逼近我，我不得不抬起下巴才能直视他的眼睛，"我说不行，要不要我把你也吊上去？"

"你试试看，我很乐意让你试试。"

我用眼角的余光看到周围的重启人稍稍向前移动，似乎在表示支持。他们是在对我表示支持。米凯也看见了，脸上的怒意越来越深。

他瞥了一眼身后，"再给我打。"

愤怒让我眼前变成一片红色，我向他猛扑过去，挥手朝他的胸口打去。他大叫一声摔倒在地，倒地的同时伸手去抱我的双腿，我纵身闪开。趁着他还没站起身，我用膝盖撞向他的下巴，他身体一晃，嘴里吐出一口鲜血。

我跳到他身上，锁住他的脖子，把他的头用力往地上按，然后俯下身靠近他。

"我会放她下来。"我大声说，"你可以坐在这里乖乖看着，不然的话，我会把你吊上去。"

我松开他的脖子站起身，他只是拼命喘着气。我大步朝爱迪走去，眼角的余光看见几个重启人正要伸手拿武器。我朝他们轻轻摇了摇头，他们吓得赶紧收回了手。

看我走近，裘丝举起木棍，米凯挥了一下手让她不要阻拦。

"让她把她放下来。"他说。

我松开拳头，松了一口气。我回头看了一眼米凯，他正坐在地上擦拭着嘴里流出的鲜血。他表情严肃，却没有怒意，我不由得心里一紧。

我咽了一下口水，转身去看爱迪，从口袋里掏出一把刀。她身上的伤口全部没有愈合，我走过去时她几乎无法睁开眼睛。她一侧的肩膀明显脱臼了，背部的衬衫只剩下丝丝缕缕的布条，上面的血已经凝固。从伤情来看，她已被拷打了一段时间，可能之前被关起来受过刑，后来才被拖出来示众。她的手腕红肿，绳子勒出的伤口愈合后好像又被撕裂。他们把她绑得太紧，由于血液不流通，双手已经变成紫色。

我拉过来一个凳子，大概他们之前就是用它把爱迪吊了上去。我用一只手扶住她的腰，另一只手则拿刀割断绳子。我解开她的一只手，她动了一下，疼得吸了一口冷气。我接着割断她另一只手上的绳子，她立刻瘫软在我怀里，我急忙用另一只胳膊从后背抱住她，不让她摔倒。

"谢谢你！"她靠在我肩头低声说，然后颤抖着开始抽泣。

我听到脚步声，回头发现卡伦站在我身后。他的脸上既是愤怒又是担心，还有一种我很少见到的神情——他在为我感到骄傲。

"我来抱她。"他小心地托住爱迪的腰。我向后退开一步，让他把她抱在怀里。

我跳下凳子，跟着卡伦朝特区后方走去，爱迪的帐篷在那里。我回头看到贝丝带着一些重启人跟在我们身后。米凯还在看我，他依然坐在地上，一只胳膊搭在膝盖上。他一脸冷酷的表情，恶狠狠地瞪着我，胸口在剧烈起伏。

第十五章

卡伦

我停在爱迪跟其他人共用的帐篷前，慢慢把她放到地上。我拉开门帘，伸手要扶她进去，但她没动，仅示意瑞恩过来帮她把胳膊接回去。瑞恩帮她复位时，我打了个寒噤，她却几乎一声也没吭。

她点头向瑞恩表示感谢，蜷起双腿抱在胸前。她手腕上的伤口开始愈合，她却把头埋在膝盖上哭了起来。

"接着。"贝丝递给瑞恩一条干净的湿毛巾。她接过来，迟疑了一下后跪坐在爱迪旁边，轻轻擦拭她胳膊上的血迹。

一些重启人站在远处悄声交谈，另一些在帐篷之间跑来跑去，手上抱着衣服和生活用品，看来我们的特区之行结束了。

爱迪不断抽泣着，作为这里唯一一个号码六〇以下的重启人，我轻声安慰着她。

"对不起！"瑞恩低声说，她手里紧握着那条带血的毛巾，"我应该……"

我立刻住了口，惊讶地看着她。我不确定她为什么要道歉。当她痛殴米凯，把爱迪放下来时，我几乎想大声欢呼。

爱迪摇了摇头，用手擦着眼泪说："不，是我太傻了，我跟太多重启人说了我们的计划。艾撒克站在我们这边后，我兴奋过头了。"

我身后响起脚步声，我转头看见一脸惊慌的莱利，"怎么回事？米凯让杰夫和凯尔守在他的帐篷前面，奥斯丁重启人似乎正准备发动攻击。"

"贝丝，你可以把话传下去吗？说我们要离开了。"我看了瑞恩一眼，用眼神询问她，"不管去哪里，我看我们现在都必须离开了。"

她点头表示同意。我还没告诉她奥斯丁的事，现在可能是我们赶走 HARC 的最佳时机。

一声枪响打破了特区的平静，我立刻站起身，四处寻找枪声的来源。贝丝朝响枪的方向冲了出去，身后带起一团尘土，瑞恩也一跃而起，从口袋里掏出刀。

她扶着爱迪站起身，指着她的帐篷问："你可以吗？能尽快收拾好你的东西吗？"

爱迪点了点头，走进帐篷。

瑞恩转头对莱利说："你跟我们一起走，还是留在米凯身边？"

"我跟你们一起走。"他干脆地说，瑞恩的唇边现出一个微笑。

"我去设法绕开凯尔和杰夫，看能不能从帐篷那里弄些武器出来。"莱利离开后她问我，"我们去哪里？"

我差点脱口而出，问她希望我们去什么地方，可一旦由她决定，我们就会抛下人类，走得远远的。她这么想并没有错。我没有资格要求她挺身而出，带领我们投入一场她根本不愿卷入的战斗。

我深吸了一口气，"我……我有个想法。"

"什么想法？"

"东尼说，奥斯丁现在没有重启人，说不定我们可以搭运输飞船过去，不用费什么力气就能把 HARC 赶走。另外，如果人类能帮……"

瑞恩扬起眉毛看着我，像是在表示怀疑。

"我知道你不想回城市，可是……"

"不用说了，我们走吧。"她打断我，朝我们住的帐篷走去。

我眨了眨眼睛，紧赶几步追上她，"你确定吗？因为……"

"卡伦，这里有个人想到个主意。"她揶揄地看了我一眼，"那个人就是你。所以，我们走吧，开始行动。我去帐篷里收拾东西，然后帮莱利搞定武器的事。"

我抑制不住内心的兴奋，笑着冲过去飞快地亲了她一下，"几分钟后我去找你。"

第十六章

瑞恩

　　我跟卡伦分开后走进帐篷，突然听到身后有窸窣的声音，接着一只手按在我的脖子上。

　　然后是咔嚓一声。

　　我立刻全身动弹不得。

　　我的眼睛被遮住了，刚张开嘴想要呼喊，就有人用布条堵住了我的嘴，再绕到我脑后绑紧。

　　我想要挣扎，伸手抓住对方，可我的身体一点也不听使唤。

　　从眼罩边缘漏进来的一丝光亮突然不见了，我的脸被人用力压向膝盖，整个人被塞进什么东西里面。

　　我被塞进了袋子里。我想尖叫，却感到连呼吸都困难。我拼命用鼻子呼吸，可是根本吸不到空气，开始觉得惊慌。

　　周围的一切都陷入黑暗之中。

　　"重启人缺氧会死吗？"

　　我想眨一下眼睛，却连眼皮也动弹不得。

　　"不会。"是米凯的声音，"相信我，我亲自实践过。"

　　我突然用力吸了口气，米凯轻声笑了。

"看到了吗？"他说，"她没事。"

"她真的死了我也无所谓。"裘丝说。

"米凯不杀重启人，在这方面他比人类要高尚。"是爱迪的声音，语气充满鄙夷。

我仔细分辨着周围的声音，有呼呼的风声和发动机的嗡嗡声。

我努力睁开眼睛，我们是在运输飞船上。

米凯和裘丝坐在座椅上，腿上放着枪。爱迪胸前绑着绳子，躺在我对面的地板上。

我低下头，看见自己的双手被紧紧绑在身后，不过嘴里的布条被人拿出来了。

我回头朝爱迪看去，她正竭力抑制内心的恐惧，但胸部在剧烈起伏，一双眼睛瞪得大大地看着我。

卡伦？我转头四下张望，搜寻着飞船里的其他地方。没有别人，只有我们四个和运输飞船的飞行员。

"我告诉过你，特区的生活是大家求之不得的。"米凯说。

我挣扎着坐直身体，倚靠在飞船的舱壁上，"我们正准备离开你那个愚蠢的特区。"

"我猜到了，你真幸运，我会帮助你离开的。"

我试着挣脱身上的绳索，但没有用。米凯很清楚，不能给我留一点点机会。

我看着他的眼睛，"卡伦呢？"我尽量让自己的声音保持平稳，但还是带着一丝颤抖。

米凯扬起眉毛问："你看见他在这里吗？"

"你伤害了他？"

"我猜，你口中的'伤害'应该是指'杀死'。"米凯说。他身体前倾，胳膊撑在大腿上，"你的朋友刚才说了，我不杀重启人，你的男朋友没事，我回去再解决他。"

他为什么没带上卡伦呢？他没理由信任卡伦的，卡伦早就表明会站在我这边。

难道因为我是唯一一个公然反抗他的重启人？米凯似乎有种奇怪的道德准则，而且还非常坚持，也许卡伦不会遭受类似的惩罚。

我深吸了一口气，强迫自己相信是这样的。

"我们要去哪里？"我问。

米凯笑着向后靠在座位上。

他没有回答我的问题。

运输飞船飞了很长时间，似乎太长了，有几个小时。如果是向南飞的话，应该是去城市，或者更远的地方；如果是向北飞，我就不知道会去哪里了。

想到这里我的胃一阵抽痛，飞了这么远，我会很难找到回去的路，也许根本不可能找到。

飞船开始减速，米凯走到飞行员旁边，跟他说了几句话，然后又坐回原来的位子。他朝爱迪点点头，裘丝从座位上一跃而起，抓住爱迪的头发。

米凯猛地一拉捆住我胳膊的绳索，让我面对着他。

这时身后强大的气流吹得我头发乱飞，挡住了我的脸。

我朝飞船舱门看去，裘丝把爱迪拽到门边，似乎她随时会掉下去。船舱外是湛蓝的天空，地面离我们很远，零零星星点缀着树木。

难道他们会把我们从飞船上丢下去？我努力稳住心神，可心底的恐惧正慢慢朝全身蔓延开来。

米凯抓住我的衬衫衣领，把我拖到飞船舱门旁。

"去跟你热爱的人类问声好。"裘丝狂笑着对爱迪说。

我感到有东西在碰我的手指，是爱迪正摸索着想握住我的手。我握住她的手，竭力镇定，想安慰惊慌失措的她，不知道她会不会因此好受些。

米凯把我拉过去，冷冷地盯着我。

"千万别撞到头。"他轻声说。

他松开我的衣领，双手朝我的胸口猛地一推。

我和爱迪同时从飞船上摔了出去，我们的手紧紧握在一起。

第十七章

卡伦

帐篷里空无一人，我们的衣服和毯子仍然堆在角落。

没有瑞恩的身影。

我把头伸到帐篷外面，然后站直身体，迎着阳光朝特区四处张望。凯尔和杰夫仍然守在米凯的帐篷外面，他们旁边多了十五个特区重启人，号码大多在一二〇以上。

贝丝双手叉腰站在火堆旁，很多奥斯丁重启人匆忙朝她奔去。他们似乎在排某种队形，脸上又是害怕又是期待。

莱利走出人群，朝我慢慢跑过来。他神情紧张，目光一直在我周围四处寻找。

"瑞恩在哪里？"他问。

"我不知道，她说去找你。"

"我没看见她。"我们的目光碰到一起，他一脸关切地问，"多久以前？"

"卡伦。"

我回头看见艾撒克带着至少三十个特区重启人走了过来。之前被米凯杀死的那个新重启人也在其中，另外则是大部分号码在六〇以下的重启人。

"怎么回事？"艾撒克问。

"我们要离开了。"我轻声说。瑞恩告诉过我，艾撒克愿意跟我们走，不过我还是有些害怕，不知道他们会不会加入帐篷前的那些重启人，把我们当敌人，"我们去奥斯丁。"

"什么，我们要去哪里？"莱利难以置信地看着我。

"奥斯丁。"我重复了一遍，看着艾撒克的眼睛，"HARC 快要控制不住那里了，我们要去弄些武器，好去接管奥斯丁。"我看了莱利一眼，"你还有飞船燃料吗？"

"有。"他看起来仍然一头雾水。

"我们给两架运输飞船加满油，然后飞往奥斯丁。"我深吸了一口气，看了看艾撒克身后的重启人，大概有三十个，再加上我们从奥斯丁带来的一百个重启人，即便那些一二〇以上的重启人手里有武器，我们也能解决他们，"你会帮我们吗？"

艾撒克略微迟疑了一下，"到了奥斯丁之后，如果有重启人想离开，可以吗？还是我们必须留下来战斗？"

"你们全部来去自由。"我回答道，其实我很希望他们能留下来帮忙。

"好吧，我跟你走。"

他回答得这么快让我有点意外，"真的吗？"

"真的。"他朝身后的重启人点了点头，"我不知道他们的想法，我会跟他们解释一下，让他们自己决定。"

"如果他们愿意帮忙，去加入贝丝的奥斯丁重启人队伍吧。"我微笑着对他说。

"明白。有人去给飞船加油了吗？"

"还没有。"

"我去吧。"他问莱利，"燃料在哪里？"

莱利朝特区大门走去，示意艾撒克跟上，他边走边回头对我说："找到瑞恩后告诉我一声好吗？"

我点点头，然后朝爱迪的帐篷跑去。我从几个重启人身边经过时，他们警惕地看着我。我看见那个带着婴儿的女孩正跟几个朋友飞快地收拾帐篷。我放慢脚步，以为她们是要准备跟我们一起走，那个女孩狠狠地瞪了我一眼，我急忙走开了。

我在爱迪的帐篷前停下脚步，拉开门帘，里面只有一个年轻的重启人正忙着把衣服塞进袋子。

"你看见爱迪了吗？"我问。

"没有。"他看着我说，"一七八把她救走后就没见过了。"

我放下帐篷门帘，心里越来越不安。瑞恩说过，她要去帮莱利，她这个人说去哪里一定会去哪里。

我开始奔跑，跑遍了特区的每一条路，到处问有没有人看见瑞恩或爱迪，可没人见过她们。

最后，我朝火堆走去，内心的不安渐渐变成一块沉甸甸的大石头，压在了胸口。

莱利和艾撒克站在贝丝旁边，我看见他们身后的重启人时心里一惊——除了全部的奥斯丁重启人，还有很多特区重启人，足足有一百五十人，完全超出我的预想。

凯尔、杰夫和其他一二〇以上的重启人站在存放武器的帐篷前面，全部拔出了枪对准我们。他们的表情似乎都很镇定，不过我看得出他们内心的恐惧。他们寡不敌众，米凯此时不见踪影。

我转头去看莱利，他和艾撒克脸上的严峻表情让我的呼吸开始变得急促。

"怎么了？"我冲到他们面前。

"米凯和裘丝不见了，没人见过他们。"艾撒克用手捋了一下头发，叹了口气，说，"还有一架运输飞船也不见了。"

我全身变得冰冷，开口时仍然尽量保持镇定，"他把她们抓走了。"

"应该是这样。"莱利说。

"去哪里了？"

"我不知道。"莱利皱着眉头想了想，然后示意我跟上，"过来一下。"他回头对贝丝说："等我一会儿好吗？我会给你信号的。"

贝丝点了点头。我匆忙跟上莱利，觉得自己的心在狂跳。瑞恩不会有麻烦的，她不会出任何事。

"这个。"莱利递给我一把手枪，"拿着。我这里的武器大概只够十个人的，不过应该够了。"

我没有推辞，伸手握住枪管。

"上好子弹了。"他说，"你很快就会用上。我看事情不妙。"

我点点头，把手枪放进口袋。如果米凯带走了瑞恩，情况会变得非常不妙。

我和莱利站在凯尔面前，阵阵寒风正卷过特区，他额头上却冒出了汗珠。他挺直宽阔的肩膀，握紧手中的枪，朝我们身后的大批重启人瞄了一眼。

他连看都不看我一眼，只是全神贯注地盯着莱利。莱利的号码比他高，很可能级别也比他高。我恨不得冲上去掐住他的脖子，逼他告诉我们所有的事。

"有架运输飞船不见了。"莱利说。

"没错。"凯尔回答。

"米凯和裘丝为什么要用运输飞船？"莱利的声音听上去镇定冷静。

凯尔有些胆怯，"米凯今晚就回来了。"

"他去干什么？"

凯尔面无表情地看着我们。

"空投？"莱利轻声问。

我立刻转头看他，什么是空投？

"没错。"凯尔的嘴角上翘，轻蔑地对我说，"我想，这不难猜到吧？"

莱利抓了抓头发，脸上是担心的神情，"米凯以前会把不听话的重启人空投到赏金猎人的地盘，不过这已经是很多年前的事了，听说会让这里的人乖乖听话。"

"什么？在哪里？"

莱利转头看着凯尔，他却无所谓地耸了耸肩，"米凯说，飞到空中后再看哪里合适。他不确定。"

"通常会在奥斯丁附近。"莱利说，"因为大多数逃出来的重启人都来自那里。"

"是啊。"凯尔附和着，"想想看奥斯丁那里的人类……"

那里可能到处是HARC派出去的赏金猎人，专门追捕想要逃跑的人类。

莱利看了我一眼，我眼睛一眨不眨地盯着凯尔。他知道米凯要带走瑞恩，却根本没去阻止。

我向前迈了一步，眯起眼睛看着他。

"他把重启人空投到赏金猎人地盘后会怎么样？"我缓缓地问道。

"赏金猎人会把重启人交给 HARC。"凯尔迎着我的目光，"不过我也说不准，因为他们再没回来过。"

我向后退了半步，握紧拳头用力挥了出去。

凯尔倒在地上，一阵疼痛顺着我的手传到胳膊，我还从来没这么狠地揍过一个人。

他没过几秒就站直身体。我闪身躲开他打来的一拳，瑞恩的速度比他快五倍。他用力过猛，趔趄了一下。我一拳击中他的下巴，他又一次摔倒在地。

我看见莱利扬起眉毛，脸上有掩饰不住的惊讶。他挥了一下手，我听见身后传来一百多个重启人跑过来的脚步声。

我原本想再给凯尔一拳，却深吸了一口气，努力调整好情绪，让自己恢复理智。换作瑞恩，她会这么做的。她会保持理智，还有冷静。

听到重启人的脚步声停在我身后，我拔出枪，抬高枪口，直视着凯尔的眼睛。

"你会想让开的。"

第十八章

瑞恩

我一动也不能动。

全身都在痛，看来断掉的骨头我数都数不清了。从身体的瘫痪情况判断，应该是颈椎或脊椎断了一截。我用眼角的余光看到自己的一条腿弯成一个滑稽的角度。

太阳在我正前方，低垂在空中，已经接近黄昏时分了。这里感觉比特区要温暖些，那么米凯可能是带我们朝南飞的，或许是朝西？

我告诉自己不要慌乱，然后眯起双眼，在有限的视野范围内搜寻爱迪的身影。我发现自己躺在道路当中，四周是破裂的沥青和碎石。我的右边是一栋普通的白色建筑，左边是一栋砖楼，我以前还从没见过这么高的建筑物，难道米凯把我们丢到了某个城市里？

"爱迪？"我大声呼喊，"爱迪！"

四周一片寂静，我深吸了一口气，闭上双眼。也许她掉落的位置离我太远，根本听不到。

身体的疼痛几乎让我忍不住想大喊，这意味着伤口开始愈合了。我叹了口气，想转移注意力来减轻疼痛，卡伦、爱迪，还有米凯被我打伤的脸。

我的手突然可以动了，虽然身体还被绳子捆着，不过撞击的力道让绳子有些松动。我挣扎着坐起身，先慢慢地把胳膊挣脱出来，然后把断腿扳回原位。

我皱起眉头看着眼前的景象。我在一条大街的中央，两旁是高大的建筑所组成的街区，建筑之间还有一排排树木，但这里却一片死寂。米凯之前说，去跟你热爱的人类问声好。照他的意思，他应该是把我们丢到一个遍布人类的地方了。

可我一个人类也没看见，事实上，我连一个活物都没看见。

一分钟后我能站起来了，我四处张望着寻找爱迪。她的号码是三十九，愈合速度应该比我慢，说不定还躺在某个地方动弹不得。

她没有死。绝对不会死。

一想到爱迪可能死了，我的胃一阵抽痛。她不会死的。

"爱迪？"我呼喊着，转了一圈朝四面看。如果她掉落到建筑物的顶部，也许能看到我在下面。我挥舞双手又转了一圈，有个像是HARC运输飞船的东西出现在道路尽头，我的心猛地一颤，伸手去摸武器。

我眯起眼睛仔细分辨，这架飞船的颜色不对，HARC运输飞船全部是黑色的，这架却是红色的，而且前面几乎被撞烂了。

那是一辆汽车。但是，HARC建立得克萨斯共和国后已经全面禁止了汽车。我不解地侧头思索着，转身仔细打量着周围。难道我们是在一座旧城吗？

这时，我突然看见一个人的脑袋，心里一松，差点笑出声来，爱迪正举起手臂向我挥舞。我跑到砖楼的转角,跪在她身边,迅速查看她的伤势。她浑身脏兮兮的,黑裤子上沾满泥土,身上挂着树枝,看来是先掉到了一棵树上。她的另一手臂蜷缩着,似乎断掉了,而且脸上有血,一侧的面颊高高肿起。她指着自己的脸摇了摇头。

"下巴断了?"我问。

她点了点头。我如释重负地长出一口气,然后站起身,叉着腰查看周围的情况。我还没来得及判定方向,就发现一辆 HARC 运输车正朝我们的方向驶来。

这次真的是 HARC。

车子飞快地翻过山坡,然后绕过路面上的一个个大坑,向我们渐渐逼近。

"快起来!"我抓住爱迪的手臂,把她拖了起来。她摇摇晃晃,勉强用一条腿支撑着身体,脸上露出痛苦的表情;但一看见运输车,她立刻瞪大了双眼。

我扶着爱迪朝前面的十字路口走去。到了宽阔的大街上,我飞快地朝两边张望,除了高大的建筑物和几辆废弃的汽车,什么都没有。躲到建筑物里面似乎不是个好办法,我翻遍全身的口袋,发现米凯拿走了我的枪和刀。

我们绕过街角,运输车一个急转弯,朝我右侧驶来。如果他们从车上跳下来,我应该能够干掉他们,只要我夺下他们的一把枪,刚想到这里,有个尖锐的东西刺中了我的脖子,我痛得吸了口冷气。爱迪也发出同样的声音,她也被针扎到了脖子。

汽车就停在我们不远处,一侧的车门打开了。两个男人探出身来,手里的武器指着我们。

爱迪在我旁边惊呼一声，我转头看见她摔倒在地，一根绳子缠住了她的脚。我勉强躲过第二根绳子，感觉眼前直冒金星，他们到底给我们注射了什么东西？

我从脖子上拔出针丢掉，这时一个男人跳下车，手里的枪对准我的脸。

我抓住枪管时感觉天旋地转，然后猛地向上一推，枪撞到那个男人的下巴。我掉转枪口，凭感觉朝他的方向开枪。似乎有一团白雾钻进我的大脑，让我看不清他在哪里。

我模糊地看见爱迪一动不动地倒在地上，这时有个东西撞上了我，我重重地摔在地上，听到胳膊着地时发出的断裂声。一只手抓住了我的脖子和手上的武器，黑暗正慢慢遮住我的双眼。

一张人类的脸在我眼前若隐若现，我伸手去推他的肚子，接着朝他的胸部开了一枪。

他砰的一声倒在地上，周围安静下来，我慢慢闭上了眼睛。

我醒来时，太阳正要消失在一栋建筑物的后面。我睁开又闭上眼睛，这样好几次后才终于可以看清了。清醒后我首先感觉到有个东西压在我的腿上。

我用手肘撑起身体，觉得胳膊很疼，看了一眼才发现胳膊还是断的。脖子上被针刺中的地方火辣辣地疼。我看着太阳仔细思索着，它现在的位置比之前低了很多，那么我昏迷了至少一个小时。

压在我腿上的是个死人，我从他身下慢慢挣脱出来。另一具死尸倒在运输车旁边，爱迪躺在几英尺远的地方，腿弯成一个奇怪的角度，不过下巴似乎已经愈合了。我戳了戳她的肩膀，她没有任何反应。

我跳过路面上的坑洞，打开 HARC 厢型车的后门。之前司机驾驶汽车直接撞上了一栋建筑，他趴在方向盘上，已经死了。除了死掉的司机，车里没有其他人。

我在车上找到两把猎枪，挎在了肩上，然后朝死尸走去。他们各有一把手枪和一把刀，我毫不客气地全部拿走了。

我把武器放进口袋，断掉的胳膊还在剧痛，我皱起眉头摸了摸脖子上的针孔。米凯说 HARC 拿他们做实验的药物有什么作用来着？

我打了个冷战，想起他提到过一种延长愈合时间的药物。真是好极了。为什么当时我没多问问他关于药的事？比如说会"延长"多久。为什么我没跟他聊聊要特别当心哪些 HARC 的药物？

因为他是个疯子，我不想跟他待在一起。我恼火地叹了口气，别给自己找借口了。

我用手揉了揉脸，又看了一眼爱迪。不知道她还要昏迷多久，可我不能一直坐在这里等她醒过来，HARC 很可能会追踪那辆运输车。

我抬起头，想看看能不能找到什么标志，确定自己在哪里。厢型车撞到的那栋大楼挂着一块歪歪斜斜的白色大招牌，上面只剩下字母 S和 W。招牌顶部有个字母 P，被各种颜色环绕着，看来以前是用灯泡装饰的，我不明白那是干什么用的，而且大多数灯泡不是破掉就是不见了。

我转向街道的另一侧，看见一栋漂亮的三层建筑，有着宽敞的窗户和高大的圆柱，比我在贫民窟看到的任何建筑物都要精美。隔壁那栋建筑要小一些，一栋栋的建筑沿着大街一直延伸下去，彼此紧密地挨在一起，人类似乎不会放过任何一寸空间。

　　我眯起眼睛看着其中一栋建筑物顶部的黑底白字招牌——剪影美食酒吧。

　　嗯，没有任何帮助。

　　我转身朝北面看去，突然瞪大了双眼，那里非常有帮助。

　　那里是奥斯丁国会大厦，原来的奥斯丁。

第十九章

卡伦

我的声音回荡在空中，"你会想让开的。"

凯尔向前迈了一步，用枪指着我的胸口。

"你试试看。"

我朝他冲了过去，我们两个的枪同时响了，子弹穿过我的身体左侧，我感到一阵剧痛。我身后的重启人大喊着往前冲，守在帐篷前的一二〇以上的重启人开始射击。

"别过来！"有人喊道，"不要逼我们开枪！"

凯尔的拳头击中我的下巴，我摔倒在地。更多的子弹从我身边呼啸而过，重启人不理一二〇们的警告继续往前冲，恐惧让我的胸口发紧。我倒在地上，发现自己又在盼着瑞恩赶来，好帮我摆脱眼前的困境。

我挣扎着站起身，凯尔一脚踢中我的肋骨，我疼得哼了一声。

"站起来，举起手，挡住下一次攻击。"我的耳边突然响起瑞恩的声音，于是我滚动身体避开凯尔的靴子，摆好防御的姿势，然后一跃站起。

他举枪瞄准我，我这才发现刚刚摔倒时手上的枪飞了出去。他射中我的肩膀，我不顾手臂传来的剧痛，猛地挥拳朝他打去。

"声东击西，出其不意。"

凯尔再次开枪时我握住他的枪管，把枪口抵在我的肩膀上，他不解地看着我。子弹击中我之前受伤的位置，撕裂了还没来得及愈合的皮肉，我疼得全身一抖，把枪夺了过来，凯尔被拽得趔趄了一下。我握住枪，照着他的脸上挥了过去，他飞快地向一旁闪开。

"我怎么跟你说的？速度要快。"

他冲上来想要夺枪，我突然用脑袋去撞他的头，他痛得大口吸气，踉踉跄跄地向后倒退。我也被撞得眼冒金星，但还是找准机会抓住了他的衣领。我不停地挥拳，一拳，两拳，三拳，他跌倒在地，挣扎着想要逃走。

我抓住他的脚，把他拖了回来。这时听到有人在喊我的名字，莱利把一副手铐朝我丢了过来，掉在我旁边的地上。我捡起手铐，铐在凯尔的手腕上。他坐起身，双脚朝我乱踢，我一脚踏在他的胸口上，用力往下踩。

身后突然传来一声尖叫，我转头看见帐篷倒了下来。支撑帐篷的横梁断成两截，接着所有东西都倒了，巨大的响声在特区不断回荡。

"让开！"莱利用枪指着一个重启人的脸，她不情愿地举起手，胸部剧烈起伏着。

"米凯会杀了你。"凯尔在地上瞪着我低声说。

我扬起眉毛，朝四周看了看。那些一二〇全都倒在地上，大部分戴着手铐，被奥斯丁重启人用枪指着。看来等米凯回来时，他的人也没剩多少了。我觉得他没有机会杀死任何人。

狂风不断朝我脸上吹来，我发现自己又在下意识地寻找瑞恩，希望她平安无事，等待她告诉我下一步要怎么做。我吸了一口气，低头看着脚下的凯尔。

"我会先杀了他。"

太阳开始落山时，运输飞船降落在特区大门外。

我右手握着枪，看了看周围的重启人。我们这边有些人伤得不轻，我担心地看了贝丝一眼，她刚刚清点完奥斯丁重启人。

凯尔他们坐在几英尺远的地方，不是被绑着绳子，就是戴着手铐。我们让这二十多个重启人待在米凯一眼就能看见的地方。

剩下的特区重启人显然分成了两派：一些人或者躲在帐篷里，或者在整理行李，不想跟外面的事情扯上关系。他们既不想跟我去城市，也不想站在米凯那边；另一些重启人则表示愿意跟我们走。

"死了两个。"贝丝轻声说，她用手指绕着头发，站在我身边盯着正在降落的运输飞船。

我身体微微一颤，飞快地朝四周看了一下。我可能还不认识他们，但仍然感到深深的内疚。

"比我预期的要好多了。"莱利在我另一侧说道。

飞船舱门打开了，我的心在期待中狂跳，也许瑞恩还在里面。也许她打败了米凯，再或许米凯改变了主意。

米凯走了出来，然后是裘丝。

再也没有其他人。

我的心沉了下去。

我缓缓地吐了一口气，保持冷静，几个赏金猎人怎么可能抓得住瑞恩？说不定她已经干掉了那些人，正在前往奥斯丁的路上。

我离开人群，大步朝米凯走去。他一脸扬扬自得的表情，我们的目光相遇时，他的神色一僵，眼中掠过一丝怀疑，然后看向我身后的人群和被我们捆起来的同伙。

我站在他的面前，"瑞恩在哪里？还有爱迪。"

米凯卷起袖子，"我说过，这里有这里的规矩，瑞恩和爱迪不守规矩，我必须教教她们。"

"你把她们空投到了赏金猎人的地盘。"

他对我笑了笑，似乎对自己的行为十分自豪，像是在说他赢了。我感觉身体瞬间停止了运作——我无法移动、无法呼吸、无法思考。

我慢慢地向后退了一步，突然觉得手中的枪变得异常沉重，急忙牢牢攥住。

"上飞船。"我朝身后喊道。

我身后的重启人立刻大喊着冲向运输飞船。艾撒克提着两桶燃料从我身边跑了过去，手脚麻利地为米凯开回来的那架飞船加油。几个特区重启人围在艾撒克四周保护他，其他重启人则陆续登了飞船。

"停下！"米凯喊道。

没人听他的。米凯的目光再次看向被捆得结结实实的凯尔和其他亲信，愤怒扭曲了他整张脸。

他向我扑来，我急忙向一旁闪开，他用力过猛，重重地摔倒在地。然后他一跃而起，我则举起手中的枪，打开保险。

他满面怒容，眼睛一眨不眨地盯着我。

"开枪啊。"他逼近一步，枪口几乎要碰到他的前额，"来啊。让大家看看你跟人类没什么两样。"他朝特区方向甩了一下头，"你干得真不错，把我们所有人往死路上推。"

我慢慢放下枪。他带走了瑞恩，这个杀人犯和变态狂，他应该去死。

可我并不想杀死他，想到这里我舒了一口气，像是有块大石头从胸口移开了。虽然杀了他我也许会开心些，也许会感觉好些，可我仍然不想这么做。

"我们把运输飞船的燃料全部带走了。"我关上保险，"还把你的计划告诉了叛军。"我朝被我们打败的特区重启人点了一下头，"所以，叛军不会再跟你联络了。"

运输飞船开始轰鸣，我回头看见莱利正挥手让我上飞船。

我向后退了一步，看着米凯的眼睛说："你真的以为，只要干掉她，所有人就能听你的吗？"我的唇边露出一个讥笑，"你真的以为，把她交给几个人类，就能杀死她吗？"

我低头钻进飞船，用手把住舱门，注视着米凯说："瑞恩不会死的。"运输飞船离开地面时我对他喊道："如果我是你，一定会很害怕。"

第二十章

瑞恩

我试着再次发动汽车，但是发动机多了个洞显然不是件好事。虽然我不知道从旧奥斯丁到新奥斯丁的距离，但感觉走起来应该不会太远，也许二十英里吧。一旦卡伦知道米凯干了什么，一定会到城市找我的。我们曾经打算去奥斯丁，而且那里又是我们的家乡，所以我相信他一定会先去奥斯丁。

我丢下猎枪，把一把手枪放进裤子口袋，另一把放进爱迪的口袋。离开前我把汽车里的弹药全部拿光了，不过原本也没多少。

我走到爱迪身边跪下来。"爱迪。"我低声叫她，摇了摇她的肩膀。我不知道自己为什么要压低声音，据我所知，旧奥斯丁已经废弃二十多年了，街道空荡荡的，一片寂静，只有风吹过树叶的沙沙声。

"爱迪！"我用力摇她，她还是一动不动。

我看着HARC的运输车长叹了一声。他们很可能会派人过来查看为什么有辆车停在旧奥斯丁的中心。

我眯起眼睛看着前面的国会大厦，那是北方，而新奥斯丁是在西北方向，我不确定偏西多少。我揉了揉脸，努力回忆着旧得克萨斯州地图，可我记不起来新城和旧城的相对位置。我需要一张地图，哪怕是旧的也好。

我抓起爱迪的手臂，把她扛在肩上。此时的我闷哼一声才能艰难地站直身体，但愿她很快会醒过来，我不知能背着她走多远。

我一瘸一拐地向前走，双腿火烧火燎般疼。我把断掉的手臂护在胸前，右手勾住爱迪的脖子，让她不会掉下来。

国会大厦的确非常雄伟。我之前听说过这里，也知道新奥斯丁富人区的国会大厦不过是个小型山寨货，可我仍没有想到真正的国会大厦会这么大。巨大的基座上是圆形穹顶，顶端似乎有一尊人像，而仿冒版疏忽了这个细节。

我一边沿着宽阔的道路往前走，一边打量着两旁的建筑。我一直希望能和卡伦一起去看看旧城，可惜他此时没在我身边。他比我更了解这座城市。

道路两旁仍然停放着一些车辆，上面锈迹斑斑，零件也不见了，有些汽车干脆被直接遗弃在马路当中。

能随时有车开，那感觉一定挺棒。尤其是现在，能有辆车就太好了。

我步履蹒跚地朝街道尽头走去，向西的道路刚好是从国会大厦前面穿过。我转头看着这栋雄伟的建筑，很想进去看看，不知道里面还有什么，可又觉得进入任何一栋建筑都不太安全。这里的一切看起来都不牢固，我可不想被活埋在一座死城中心。

我又转向北方，走到一条相对干净的街道上，道路旁边是一栋栋二三十层的高楼，光窗户就有几百扇。

这里的建筑有些残破，一些街道上的建筑几乎已经成为一片瓦砾，不过总体来说，没有我之前想象的那么糟糕。我原以为奥斯丁早已消失，被摧毁了，但现在看起来，这里更像是一座荒废的城市，难道所有的人都死于 KDH 病毒了?

想起人类对重启人的排斥,我有些伤心。米凯至少有一点是对的,我们必须找到一条活路。假如人类不是那么惊慌失措,我们也许还留在这个城市里。人类或者重启人也许还住在这些建筑里,而不是待在帐篷和临时搭建的房子里。

HARC 总想控制一切,所以他们更愿意建立自己的城市,把人类用围墙圈起来。或许这么做真的是遏制病毒和保护人类的唯一方法。我又怎么知道呢?

天快黑时我腿上的伤口终于开始愈合,爱迪也发出呻吟声。她在我肩膀上动了几下,我便停下脚步,慢慢跪下来,把她轻轻放到水泥地上。

她对我眨了眨眼睛,然后用手去摸胳膊。她胳膊和腿上的伤口还没开始愈合,而且一条腿也断了。我的伤口都要等待几个小时才能愈合,更何况她了。

我走了大概两英里,可能还不到。我们站在路中央,右边是一栋高大的红砖建筑,左边是一栋有着宽大窗户的灰色建筑,上面的蓝色招牌上写着科贝巷咖啡馆。爱迪看看左边,又看看右边,然后又转头向左看。

"我们在哪里?"

"奥斯丁。"我说,"旧的那个。"

她抬头看着我们周围的建筑,突然睁大了眼睛。

"厢型车上的那些家伙呢?"她问。

"他们想抓住我们。"

她开心地看着我说:"显然他们的本事还不到家。"

我扑通一声挨着她坐在路中间，"没错。"

她仔细打量着四周，转动身体时露出痛苦的神情。她摸了摸胳膊，研究着上面的一道长长的伤口。

"他们延长了我们的愈合时间。"我说，"我的伤口几个小时后才愈合。"

她呻吟道："你都要几个小时，那我就要一个星期了。"

"应该不会那么久吧。"我笑着说。

"所以你一直背着我……"爱迪朝身后看了一眼，"我们走了好一会儿了吧？"

"只有两英里。"

"哦，只有两英里啊。"她翻了个白眼，笑嘻嘻地靠在我的肩膀上，"你实在了不起，对不对？你无聊时会不会一直感慨，我怎么这么了不起啊？"

我莫名其妙地看着她，完全不知道该怎么回答。她哈哈大笑，把深色的头发撩到肩后。

"谢谢你！"她认真地说。

"不客气！"

她沉默了片刻，用手揉着额头说："是我不好，连累了你。"

"又不是你把我们从运输飞船上推下去的。"

"是我在特区把计划告诉了太多人，要不是我，这件事根本不会发生。"

"我不知道。"我耸了耸肩，"我本来可以让你继续吊在那里受刑，反正也不会对你造成太大的伤害。"

她先是扑哧一声，然后哈哈大笑，"嗯，没错，你本来可以那么做。

可我更喜欢现在这样。"她用手理了一下头发，"我那时太不理智了。"

"我跟你一样。"我跳起身，把手伸给她，"你能走路吗？我们最好找个地方过夜。"

她抓住我的手，慢慢站起来，用左腿支撑全身的重量。她试着往前迈了一步，疼得全身发抖。

"还是断的。"她说，"我可以拖着腿走，或者……"

"我们去那里。"我指着咖啡馆说，"窗户大部分还是好的，看上去也不会倒塌。"

她感激地看了我一眼，我示意她靠在我身上。她一瘸一拐地跟着我慢慢朝咖啡馆走去。

咖啡馆的大门大概很久以前就坏了，残留的部分被风吹得打开又关上。我们刚走进去，一只小动物就飞快地跑了过去，爱迪嘟哝了一句。

"我讨厌老鼠。"

"它们的味道还不错。"

"我的天哪，千万别再往下说。"

我关上门，拖了一把椅子挡在前面。咖啡馆里面原来可能是亮绿色的，现在墙上的油漆大都剥落了。桌椅到处散落着，沿一侧墙有一排卡座，塑料表皮破裂开来，露出了里面的填充物。我扶着爱迪慢慢坐到卡座上，觉得最好还是别告诉她，座位下可能藏着老鼠。

我坐在她对面，用手拂去桌子上的灰尘和蜘蛛网。

"我们要去哪里？"爱迪向后挪了挪身体，靠在墙壁上，"奥斯丁吗？真正的那个？"

"对，假如我们能找到的话。"我抬起眉毛看着她，"你记得得克萨斯州的地图吗？"

"不记得，抱歉！"她眯起眼睛看着肮脏的窗户，"我们应该能在这附近找到一张地图吧，比如旧加油站之类的地方？那里会卖各种各样的东西。我敢说战争期间人类只会拿走食物，没人要地图。"

"真是个好主意。"

"我会假装没听见你惊讶的口气。"

我笑着把膝盖抱到胸前，头枕在上面说："抱歉！"

"你觉得卡伦和其他重启人还是会去奥斯丁？"她问。

我点点头，手指拨弄着桌上的裂纹，"他们不会留在特区，卡伦知道我会去奥斯丁找他。"

"有道理，说不定他知道这一切后会杀了米凯，然后取而代之。"

我怀疑地看了她一眼，"卡伦不会轻易杀人的，他有自己的道德准则。"

"什么道德不道德的，我敢说，他一旦知道米凯干的好事，绝对不会再讲什么道德了。"爱迪把头靠在墙上，"他之所以高高在上，不肯杀人，是因为他在 HARC 只待了几个星期，他不清楚我们经历过什么。"

我点点头，掩饰着内心的惊讶问："他跟你谈过杀人的事？"

"也没有啦，是我自己看出来的。有时候我真想跟他说：'老兄，高处不胜寒，你有时候待的地方未免太高了。'"

我放声大笑，又赶快用手掩住嘴。我清了清嗓子，说："他不是高高在上，只是有点固执。"

"随便你啦。"她挥了挥手，"我可不喜欢老是当坏人。"

我耸了耸肩，"我倒是习惯了。"

"随便你啦。"她挪动了一下身体，皱着眉头把断腿放到卡座上，"谢谢你没把我丢在那里。"

"我会假装没听见你惊讶的口气。"

爱迪笑了，"我是有点惊讶。"

"别净说好听的。"

"得了吧，你在特区几乎没跟我说过话，你这个人好像不愿交朋友。"

"我没有不愿交朋友。"我轻声说，低头拨弄着从裤脚垂下的线头。

"那就是不喜欢我喽？"

"我只交过一个朋友。"我没有看她，"就在我和卡伦逃走前不久，HARC 杀了她。"

"哦。"她沉默了一会儿，"为什么？"

"她是五十六号，当时正在接受那些让人发疯的药物的第一轮实验。她的情况越来越糟，我猜她失去了希望，每晚攻击我也让她很难过。我们是室友。"我艰难地吞咽了一下，"最后她大闹了一场，杀死了很多守卫，成为 HARC 的又一个牺牲品。"

爱迪长叹了一口气，"真不幸，抱歉！"

我向后靠在墙上，盯着低垂的天花板。

"我那时已经知道有重启人逃了出去。"我轻声说，"至少一星期前勒伯就告诉我了，可我没有帮她。"

"如果你帮她的话，会跟救卡伦时的遭遇完全相同。"爱迪说，"带着一个需要解药的发疯重启人逃跑。"

"可我帮卡伦拿到了解药。"我低声说，"我应该也能为她拿到。"

爱迪沉默了片刻，"我想她不会希望你一直背负着这种罪恶感。"

"她不会的。"

"那你要怎么做才能补救呢？"

我转头看着她，"什么也做不了，她死了。"

"是啊，她死了，但你还是可以用其他方法补救的，不是吗？"

"比如说呢？"

"比如说她会希望你做什么？她会希望你整天不开心，一个朋友也没有，而且……"她突然住口，怯生生地问，"你能保证在药性消失前不会打我吗？"

我轻声笑着说："我保证。"

"她会希望你跟卡伦两个人离开，让所有重启人在城市里自生自灭吗？她有家人吗？她会希望你抛下人类吗？"

"她在新达拉斯有四个姐妹。"我轻声说。

"那么，她会希望你怎么做呢？"

我盯着眼前的桌子，思索着爱迪的话。我猜艾薇从没想过让我去救所有人，也没想过让我为了人类去打仗。她从没想过这些，不过如果我告诉她我会这么去做，我能想象得出她脸上的表情。

她会为我感到骄傲。

第二十一章

卡伦

奥斯丁出现在前方时，天已经黑了。

我坐在乔治旁边的副驾驶座上，这个年轻的重启人正在驾驶运输飞船。他看上去也就十四岁，但操控飞船的动作十分娴熟。他对我解释说，米凯要求年满十岁的孩子学习驾驶，因为这是他们最能"发挥作用"的地方。我听了哈哈大笑，近乎歇斯底里地狂笑，吓得乔治再也不敢开口跟我说话。

另一架运输飞船跟在我们后面，里面几乎全是特区重启人，我一直在担心他们会不会掉转方向，不跟着我们去奥斯丁了，但他们一路都紧跟着我们。

莱利走到驾驶舱门口，双臂交叉抱在胸前，"我们快到了，我让大家全部戴上头盔。"

"谢谢！"

"天哪！"乔治看见奥斯丁的全貌时瞪大了双眼。整座城市灯火辉煌，对一个一辈子住在帐篷里的重启人来说，这是一种极为宏伟壮观的景象。

我转头看着外面沉沉的夜色，满脑子想的都是瑞恩。都是因为我，她才陷入目前的处境。

为什么我要让她留在特区呢？为什么她求我离开时，我不肯听呢？她对我说："我们当中的一个，甚至我们两个人，都可能送掉性命。"虽然她说的是"我们"，我却从没往心里去，我以为她是在担心我。为什么我就认定她是不可战胜的呢？为什么我从没想过，留下来的结果是在拿她的生命冒险呢？

"卡伦。"

我抬起头，莱利和乔治都在看着我。莱利朝乔治看去，"你得告诉他降落在哪里。"

"哦。"我转头去看远处的奥斯丁，"向东飞。我们要降落到贫民窟，靠近学校的位置，快到那里时我会指给你看。"

"降落到贫民窟吗？"莱利将信将疑地说。

"除非你有更好的计划。"我猜莱利大概认为我的计划不怎么样。我在路上向他讲述了整个计划，但他听完后几乎再没开口。

他靠在飞船的舱壁上，手插在口袋里，"要是贫民窟和城里的人类站在 HARC 一边，我们就完蛋了。"

"他们为什么会那么做？"

"因为他们害怕我们。你告诉东尼，米凯打算杀死所有人类，说不定他们就不会站在我们这边了，虽然他们过去是支持我们的。"

我系好头盔，"那么，我们要让他们知道，没什么好害怕的。尽量不要杀人。"

他似笑非笑地看着我，"我会试试看。"他朝身后的重启人歪了一下头，"我看你也需要跟他们解释一下，告诉他们，到那里之后该怎么做。"

我点了点头，从座位上站了起来。莱利走到船舱中间，重启人安静下来，目光全部落在我身上。贝丝和其他一二○以上的重启人也同意由我来负责整个计划。看到所有人都注视着我，我不安地动了一下身体。

我不知道瑞恩会不会有类似的感觉，她对自己的计划总是信心满满，哪怕是只用五分钟就决定的事。我知道她不太喜欢成为众人目光的焦点，成为大家求助的对象，我不知道她会不会紧张。当很多人将性命托付给她时，如此沉重的责任有没有让她觉得透不过气来？

我清了清喉咙，"飞船降落后我要去东尼家，那里不远，走路大概十分钟。你们待在原地，枪法最好的人在运输飞船四周警戒，我不确定 HARC 是否会攻击我们。"

有几张面孔露出期待的表情，但绝大部分人对 HARC 可能会攻击并没感到兴奋。

"记住非常重要的一点，除非万不得已，否则不要杀人。"我低声说，"我的意思是，除非在遭受攻击的情况下，我们希望贫民窟的人类能够站在我们这边。如果我们想去救瑞恩、爱迪和其他被 HARC 控制的重启人，光靠我们自己是办不到的。如果人类接近你们，放下你们的武器，把我的话解释给他们听。"

"如果他们不听呢？"贝丝问。

"不要起冲突。如果不得不动手，可以打伤他们，但不要杀死。"我的目光扫过人群，"你们谁有家人在奥斯丁贫民窟？"

没人举手。这在我的意料之中，因为这里的重启人几乎都是从奥斯丁机构逃出来的，而 HARC 不会把重启人分派到他们的家乡。

"罗莎呢？"我问。

很多人举起了手。

"好的，很好，等我们找到瑞恩和爱迪，把HARC赶出奥斯丁后，愿意去罗莎的人，我们欢迎你们加入。我们接下来会按照米凯计划的第一步去做，把所有重启人从HARC手中救出来。不想跟我们去救人的，或者不愿跟人类为伍的，飞船降落到奥斯丁后你们可以离开。"

这时，突然一声巨响，飞船随之剧烈震动，我差点摔倒，急忙抓住舱壁站稳。飞船向左倾斜，所有人都倒向一边。

"围墙的守卫在开火！"乔治大喊道，然后猛地转向把我们甩向右边。

我跑回驾驶舱，越过乔治的肩头往外看，刚好看到他及时避开地面发射的一枚炮弹。

"需要我们还击吗？"我抓牢他的椅背问道。

"不用。"乔治一边回答一边加速，飞船朝地面俯冲下去，"他们没想到我们会来，一架拦截的运输飞船也没有。"

我点了点头，目光扫向窗外，然后指着映入眼帘的学校屋顶说："在那里，你应该可以降落到路面上。"

"明白。"

"能做到软着陆吗？必要时，我希望你驾驶飞船离开这里。"

他困惑地看着我，"你在开玩笑吧？"

我不知道该如何回答他。飞船继续向下俯冲，然后非常平稳地降落在学校前面的土路上。四周寂静荒凉，学校和土路之间有一片稀疏的草地。远处能看得到房屋和建筑物的轮廓，但一个人影也没有。

"就待在这里，好吗？"我对乔治说，"我离开后一旦情况有变，你随时可以起飞，不用等我。"

他点了点头，"明白。"

舱门慢慢滑开，我和贝丝走下飞船，莱利跟在我们后面。第二架运输飞船降落在旁边，舱门也打开了，艾撒克先朝左右看了看，然后才招呼其他重启人下飞船。

"我和你一起去东尼家。"莱利说着从腰间拔出手枪。

"我跟乔治说过，一旦情况有变随时起飞。"我说，"你会被困在这里的。"

"你也一样。"

"找不到瑞恩，我不会离开。"

他点了点头，看着贝丝说："你听到了？如果到时候你们必须离开，不用管我们。"

我抬头看向天空，没有 HARC 运输飞船的影子，地面也没有，就算有人听到我们这里的动静，也不一定来得及查看。

"走哪条路？"莱利问。

我把方向指给他看。其实我也搞不清具体是哪条路，不过大致位置还记得，对东尼家的外观也有印象。

我和莱利开始向前跑，我偷偷向后瞄了一眼。号码比较高的重启人在运输飞船前一字排开，手中的武器指着地面。如果他们死了或者出什么意外，都是因为我。虽然我让他们自己决定，可不管怎样，是我的计划把他们带来这里的。

"他们不会有事的。"莱利拽着我的袖子，让我朝前看，"你的计划很好，卡伦。"

我不确定他说的是不是真心话，对他勉强笑了一下。我向右转到一条熟悉的道路上，然后加快脚步，和莱利一起飞快地朝贫民窟奔去。

我们跑到东尼家所在的街道，一声枪响划破了夜空的宁静。我心里一紧，急忙抬头朝天空看去，有两组灯光在闪烁，HARC 的人来了。

　　我们接近东尼家时看见他正站在门廊处，手里拿着一把枪在寻找枪声的来源。戴斯蒙跟在东尼后面跑出大门，一看见我们两眼就冒出了怒火。

　　"滚开！"他跳下门廊，大步穿过草坪朝我们走来，枪口对准我的前胸。

　　"我们是来帮忙的。"我举起双手。莱利向前走了一步，我赶紧摇了摇头，示意让他不要动手。

　　"骗鬼去吧！"

　　东尼走了过来，把戴斯蒙手中的枪推开，脸上的表情远没有昨晚友好。

　　"是米凯吗？"他指着空中的 HARC 运输飞船问。

　　"不是，我们把他留在特区。我们带来的重启人都是想要帮忙的。"

　　戴斯蒙哼了一声，"说得可真好听！我们现在会相信你说的话吗？"他恶狠狠地瞪着莱利。

　　"我是站在你们那边的。"我的目光在他和东尼之间移动，然后提高声音说，"我带来的重启人会听从你们的安排。"我指着学校的方向，"他们正在那里跟 HARC 的人交战，你们现在就可以去夺回奥斯丁。"

　　"然后他们会去哪里？"东尼双手抱胸问道。

　　"我们没地方去。"莱利说。

　　"我们会留下来。"我点了点头，"我要留下来等瑞恩，而且，我们去其他机构救重启人也需要人类盟友。"

　　"所以，你嘴上说的是帮我们，其实是想统治我们。"戴斯蒙厉声说。

我握紧拳头，努力压下心头的怒火。瑞恩说过，我太相信人类了，也许她是对的，也许我们应该离开，让人类自己去解决他们的问题吧。

"你想怎样呢？"我尽量让自己的声音保持平稳，"我们来这里保护你们，完事后就该离开？我们不是你们的仆人，你我是并肩作战的盟友。"

天空突然被爆炸的火光照亮，我本能地低下头，东尼和戴斯蒙也急忙躲避。

"重启人在学校那里。"我说，"我命令他们向 HARC 还击，但尽量不要伤害人类。"

"你要留下来等瑞恩是什么意思？"东尼问。

"米凯背叛了她，把她和爱迪空投到了赏金猎人的地盘。"我说，"你不会刚好知道赏金猎人的事吧？"

"不知道，他们是 HARC 一个完全独立的部分，都是些将功折罪的刑事犯。"他抓了抓脖子后面，"还有爱迪？勒伯会杀了我的。"

"她不会有事的。"我坚定地说，"我敢肯定,赏金猎人抓不住瑞恩。"

"我们要先解决这些。"莱利指着空中两架渐渐逼近的飞船说，"我们需要你们帮忙。"

东尼和戴斯蒙交换了一下眼神，我刚压下的怒火又开始在胸口燃烧。我居然指望他们帮忙，我居然以为他们会心存感激，愿意跟我们并肩作战。

"我们会看情况再说。"东尼不置可否地说。

我听了立刻转过身去，心里却期待东尼看到我愤怒的表情后会说出一些令人鼓舞的话。但他什么也没说，只是继续沉默着，我加快脚步离开了。莱利追上我，我们一起朝学校的方向跑去。

"你和瑞恩是对的。"我看着他说。

"我不知道，不过情况比我预想的好，他们毕竟没有杀死我们。"

我摇了摇头，强忍住对人类的愤怒，和莱利一起转过街角。一架断成两截的 HARC 运输飞船出现在我们前方，一个 HARC 守卫被绑在半截飞船旁边，伤口在流血，不过还活着。我差点笑了出来，至少他们听从了我的"只有迫不得已才杀人"的建议。

人类陆陆续续从家里走到街上，我看见远处的贝丝正把一把枪交给一个有点眼熟的男孩。我仔细辨认着他修长的身形和一头鬈发，是盖比，我们跟东尼碰面的那晚他也在。我终于在绝望中看见一点微弱的希望之光，至少有一个人类愿意帮助我们。

他看到我后挥了挥手，这时一架飞船朝我们头顶飞来，接着密集的子弹掀翻了我周围的泥土。我躲闪着跑开，看见艾撒克和另外三个重启人开始朝空中还击。

我跑到贝丝旁边，她指着我身后说："你看。"

我转头看见至少二十个人类朝我们跑来，有些人手里拿着武器。他们一脸的恐惧和担心，不过手中的武器瞄准的不是我们，而是 HARC。

第二十二章

瑞恩

"你觉得吃了这糖果会怎样？"

我看了一眼爱迪手里脏兮兮的粉色糖果说："我觉得，比吃老鼠还糟糕。"

她认真研究着糖果，"我不这么想。我很好奇，广告上把'酸'说得像是很美味的东西。"

"这里只剩下那东西，我看一定是有原因的。"我说着跨过地上破烂的架子和空瓶子。我们离开咖啡馆没多远就找到了一家加油站，这里看起来已经被洗劫过很多次了。

一个蓝白相间的东西吸引了我的目光，我抓住边缘，拉出来一大本精装书，塑料封面上写着"美国地图"。

"找到了。"我翻到书的末尾找到得克萨斯州，紧接着找到了位于新奥斯丁边界的特拉维斯湖，手指沿着一条路线一直往上，"有一条旧的农市路通往那里，只要我们找到那条路，一直走下去应该就能到。"我看了她一眼，"不过我们还是要小心点，照理说，HARC应该会使用那条道路。"

她点了点头，我们跳过满地杂物朝大门走去。外面阳光充足，但还是冷飕飕的，风穿过我裤子被扯破的地方，冻得我两腿发僵。昨晚一直平安无事，没有人类的影子，现在爱迪的伤口已经完全愈合了，我们可以快速朝新奥斯丁行进了。

爱迪走出商店，双臂交叉抱在胸前问："有多远？"

"不远，大概十五英里。"我们还在市中心，道路两边都是随时会坍塌的建筑。

"太好了。"她担心地看了我一眼，"我们找到卡伦之后，会一起去罗莎吗？会去救大家吗？我知道你不太赞同我们的想法，可是只有你和卡伦熟悉罗莎。"

"会。"我说，"我跟卡伦说过，我会去的。"也许我现在对这个想法没那么反感了。假如艾薇还在罗莎的话，我一定毫不犹豫地回去救他们。至于其他的重启人，我认识的那些教练，接受药物实验的六〇以下的重启人，对他们似乎也不应该听之任之。

"好极了。"她笑着说，"而且，我敢肯定，没人相信你死了，他们可能都在等你回去呢。"

"为什么他们会觉得我没死？"

"不是每个人都像你一样被HARC彻底洗脑了，瑞恩。我们有些人早就开始怀疑重启人神秘失踪的原因了，尤其是那些号码比较高的重启人。"

"我才没被洗脑呢。"

"你有，你绝对有。"

"我没有！"

爱迪白了我一眼，像是在说她根本不信，"不管怎么说，大家可能都盼着你回去救他们，或者至少是希望你能回去。"

"那他们可太乐观了。"

爱迪给了我肩膀一拳，"别装出一副根本不在乎的样子，你心里是在乎的，你是个爱心爆棚的人。"

"没错。"我干巴巴地说，"大家都这么说我。"

"我的想法是，罗莎是最大的机构，里面大部分都是你这样的狠角色。我们把他们救出来，让他们帮着赶走 HARC，解放其他城市，救出所有人类，砰！"

"砰？"

"对啊，砰！一切结束，轻松搞定。"

我一脸怀疑地看着她。

"好吧，也许没那么轻松。"她承认。

"也许吧。"我把地图夹在腋下，"一步步来好吗？其他事先放下，我必须先找到卡伦。然后嘛，我不介意亲手勒死米凯。"

"我双手赞成勒死米凯，然后把他从飞船上推下去，最后才砍下他的头。"

我哈哈大笑，她笑嘻嘻地看着我。

"我可没开玩笑。"她说。

"我知道你没有。"

我们走了几英里后，城里的大型建筑渐渐消失不见，道路也变得狭窄。不过，路况倒是比城里的大部分道路好得多，让我更加确信 HARC 在使用这条路。整个区域像是曾经遭受过严重轰炸，两旁的房屋只剩下一片废墟。这里以前大概是富人区，但一栋栋房屋现在都变成了颓垣断壁。

我们转到农市路，这是条维护得十分良好的宽阔道路，空荡荡的，不见人影。我警觉地扫视着空中，然后用手指向道路左侧的树林。

"也许我们应该进树林。"我说，"最好不要走大道。"

"有道理。"爱迪跟着我穿过黑色的柏油路，进入树林。树林里没有足够的遮蔽，令我有些失望，很多树木的叶子已经开始脱落。通往新奥斯丁的河流在我们脚下蜿蜒流淌，河边是岩石和陡峭的斜坡。

"等这一切结束后，你会去哪里？"爱迪问。

"我不知道。"树叶被我的靴子踩得嘎吱作响，"我和卡伦聊过一点，他想去看大海。"

"很棒啊！"

"你呢？"我问，"如果叛军赶走了 HARC，你想跟家人一起留在城里吗？"

"也许吧，如果他们不介意的话。我怀念罗莎。"

"哦，是的，臭烘烘的空气，满地的垃圾，还有冷冰冰的当地人，那里有什么好怀念的？"

她笑眯眯地看了我一眼，"我喜欢那里。"

"我相信你的家人不会介意的。"我说，"勒伯花了很大力气才把你救出去，我猜他那么做就是希望有一天再见到你。"

她的嘴角微微上翘，"是啊。"

这时，我听到一个熟悉的声音，迅速朝四下张望，爱迪则僵在原地。

运输飞船。

我飞快地冲到一棵树后，爱迪紧跟着我。我从裤子里慢慢拔出手枪，打开保险。

运输飞船砰的一声降落到地面，我缓缓地吐了一口气。飞船离我们很近，大概不到五十码。

我瞥了一眼爱迪，她一脸恐惧地紧紧握住手中的枪。我示意她不要动，她点了点头。地面上散落着踩起来嘎吱作响的树叶和枯草，如果我们跑出去，他们就会听到。

运输飞船着陆后悄无声息，我在想他们会不会去了另外一个方向。他们来寻找我们的可能性有多大呢？我干掉那两个HARC的家伙还不到二十四小时。

脚步声粉碎了我的希望，不同的脚步声朝我们直扑而来。

爱迪看着我的眼睛，我们听着轻重不一的脚步声。脚步声越来越近，我从树后偷偷瞄到一个黑色的肩膀，然后又是一个。

我举起枪，朝爱迪点了点头。

我弓身从树后冲了出来，看见HARC的守卫正穿过马路朝我们的方向而来。我举枪准备扣动扳机。

然后我愣住了。

他们是有备而来，每个人都戴着强化塑料外壳的头盔，举着一个长长的黑色盾牌挡住身体。

一个守卫发现我们后冲了过来。我朝他扣动了两下扳机，子弹被他的盾牌弹开了。

我急忙转身抓住爱迪的手腕，拔腿就跑，HARC守卫开始射击，子弹击中了我的肩膀和两条腿。

有个东西缠住我的脚踝，我倒吸一口冷气摔倒在地。我奋力踢腿挣脱，但脚上的线却越缠越紧，勒进我的皮肤。

爱迪猛地停下脚步，伸手要帮我，就在这时一声爆炸震得天摇地动，硝烟中我看到她飞了出去。

有人夺走了我手里的枪，我抓住他的胳膊，他立刻痛得大叫，但另一个 HARC 守卫冲上来按住了我的脖子。

我的两把枪都没了。我从守卫的手里挣脱出来,扭打中我折断了他的几根手指。爱迪离我有几英尺远,正挥拳猛击一个 HARC 守卫,我抓住了守卫的脚踝,把他摔倒在地上。

爱迪从他身上跃过,抱住我用力拉,但金属线的另一头连着远处的某个东西。

这时,两个 HARC 守卫同时扑向她,她闷哼一声倒在地上。我朝她爬去,胳膊却被人按住了,接着腰也被抱住。四个人类按着我,我再怎么拼命挣扎也无济于事。

我看见两个守卫拖住了爱迪的双脚,明白一切都结束了。

"用无线电报告,我们抓住了一七八。"一名守卫说。

他们没有提到爱迪。当然不会提了,我才是他们要抓的人。既然他们没有朝我的脑袋开枪,一定是希望捉活的。

我和爱迪的目光碰到一起。我看向她身后的空阔地带,那里的陡坡通向下面的河流。

我把守卫当支点,双腿离地,用力将他们撞向爱迪的前胸,她大叫一声,整个人向后飞去。

抓着爱迪的一个守卫松开了双手,另一个扑上去抓她的胳膊,结果差点从斜坡摔了下去,吓得尖叫起来。他赶紧撒手,想在岩石上站稳脚跟,另一个守卫抓住他的外套,把他拽了回来。

爱迪消失在岸边。

第二十三章

卡伦

"所有人类立即疏散，请前往最近的 HARC 大门和出口，运输飞船很快就会到达。重复一遍，所有人类……"

"知道，知道。"广播声第一百次从所有的 HARC 瞭望塔传出时，艾撒克低声嘟囔着，"我们听见了。"

"我可以让所有瞭望塔的扩音器都安静下来。"贝丝说着晃了晃肩上的猎枪。

我摇了摇头，站起来拍了拍裤子上的灰尘，"不用，人类愿意走就走吧。"我看了一眼在附近转来转去的人类，虽然学校安然无恙，但周围许多房屋都被摧毁了。

有一家三口正跑着穿过马路，身上的背包晃来晃去，我不禁多看了两眼，不是我的家人。我的家人们也会像现在这样冲向最近的出口吗？还是留下来呢？

大多数人类似乎都没有离开，很多人不愿和我们讲话，他们或者待在家里，或者站在门外。他们没有逃跑，但也没有攻击我们。

几个重启人肩上挎着背包，挥手跟大家告别，我心情复杂地看着他们离去的背影。有将近五十个重启人不想留在奥斯丁，昨晚的战斗中我们又失去了几个重启人，一些没有家人的重启人不愿再继续留下来帮忙，他们走后我们只剩下一百人左右。莱利还在统计准确的人数，不管怎样，都远远低于我心里的期望值。

东尼和戴斯蒙站在街道尽头，旁边是一堆杂乱的运输飞船零件，我跨过一片废墟朝他们走去。看我走近，他们周围的人停止了交谈，只有盖比朝我微笑致意。

"这是卡伦。"东尼拍着我的后背说，"二十二号，这一切都是他筹划的。"HARC 在日出前撤退了，人类重新夺回了奥斯丁。东尼为此对我的态度大为改观，戴斯蒙却依然阴沉着一张脸。

听到我的号码，周围人的表情明显放松下来。我不知道自己喜不喜欢大家的这种反应。如果换作瑞恩，情况一定完全相反，搞不好他们会吓得拔腿就跑。

"我到处都打听过了，可没人知道赏金猎人的事。"东尼抢在我开口之前说道，"而且，目前我跟 HARC 的线人失去了联系。"

"我刚刚检查过，大门没有通电。"盖比说，"如果她想进奥斯丁，很容易就能进来。"

我喉咙发紧，努力克制住心头的恐惧。现在是上午十点左右，却还没见到她的人影。我很想跳上运输飞船去附近找找，可这样做太危险。虽然我们把 HARC 赶跑了，可他们正在积聚力量，准备向我们发动攻击。驾驶运输飞船离开奥斯丁单独行动，结果只会变成 HARC 的活靶子。再说，瑞恩看见 HARC 运输飞船的第一反应就是马上躲起来。

莱利走到我旁边，皱着眉头说："我们应该在瞭望塔安排一些人。一旦 HARC 反攻，我们就能立刻知道，而且还可以留意一下瑞恩和爱迪的行踪。"

"我知道有几个人愿意去。"盖比说完立刻跑远了。

"我们在奥斯丁的另一边也安排些人好吗？"我说，"瑞恩可能会去那边，她应该首先想到从地道进来。"

"我没去过富人区。"东尼说，"也许你可以去那里转一下，看看有多少人留了下来，还有他们是什么态度。"

"我会去的。"我低头看了看身上沾满灰尘和污垢的衣服。我的背包里还有几件衣服，不过我想去一趟原来的家，趁着房子还没被炸毁，再去拿些东西。一些重启人已经开始在贫民窟寻找可以栖身的空房子，他们很快就会在城里住下来。

东尼递给我一个手持通信器。"第三频道。"他说，"如果有不想让 HARC 听到的东西，别用这个说，这是他们的设备。要是我看见瑞恩，会用无线电叫你回来。"

我点点头，把通信器放进口袋。盖比找了两个人类跟我一起去，贝丝则带了三个重启人。他们一路上似乎不想跟彼此说话，我看在眼里，也不想强求，我们跟人类的盟友关系可是脆弱得不堪一击。

围墙没人看守，我抠着砖缝爬上墙头，然后把手伸给站在下面的一个人类，他朝后面看了一眼，像是打算转身回去。

"我向你保证，我不会把死亡传染给你的。"我说道。几个重启人正从我身边陆续越过围墙，其中一个扑哧一声乐了。

那个人类的脸顿时红了，抓住我的手开始攀爬。我把他拉了上来，他则在墙的另一侧找到落脚点后我才松手。我接着又去帮另一个人类，然后才从墙上跳了下来。

"谢谢！"年纪小点的人类对我说，他偷偷看着我，像是在我脸上寻找什么，又不想做得太明显。

我们径直穿过城市，沿特拉维斯湖大道向前走。有几个人类坐在商店外面，自在地边聊边吃，似乎这里什么都没发生过。看来HARC没有袭击这个区域，因为一切都完好无损，我并不觉得意外。

我对一个人类点了点头，"你可以过去跟他们讲一下吗？告诉他们如果想留下来的话，去贫民窟的什么地方了解具体情况，还有下一步要怎么做。"

"没问题。"他朝那些人跑了过去。我停下脚步，迎着阳光看着这个我曾经居住的地方。

"你们自己去瞭望塔可以吗？这里看起来很平静。"我指着我家老房子的方向说，"我要去那边，我打算把所有居民区走一遍，看会不会碰到人类。"

"好的。"贝丝举起她的通信器，"有情况的话我们用无线电联系。"

我转身离开，迎面吹来的风冷飕飕的，我把外套紧紧裹在身上。不知道瑞恩现在是不是待在外面，这天气连我都觉得很冷，那她一定快冻僵了。

我瞄了一眼通信器，希望里面能传来东尼的声音。我主动要求来富人区巡视是想给自己找点事做，不至于情绪崩溃，但现在我又想回去了，去弄架运输飞船或者绕着奥斯丁的围墙转一圈。

我朝老房子所在的街道走去，把通信器的音量稍稍调大。我现在没办法去找瑞恩，能做的就是让自己忙碌起来，这也是她告诉我的缓解焦灼的一个方法。

快到老房子时我瞟了一眼艾德瓦多的家，想看看里面有没有人。艾德瓦多一直是我最好的朋友，在我成为重启人后仍然愿意帮助我，虽然我不知道他父母会怎么想。他们那栋白色房屋前的秋千被风吹得轻轻摆动，这也是整条街唯一在动的东西。

我一直都清楚我家位于贫民窟外最穷的地方，不过我喜欢周围的邻居。住在对面蓝色房子的人每次见到我，都说我长得"像野草一样快"，哪怕他前一天才见过我。

我家门前的拍卖标志仍然立在那里，我深吸了一口气，迈步走进门廊里。前几大我离开时没有锁门，我试着转动一下门把手，门立刻就开了。

家里没有人，跟我上次离开时一模一样，我曾经翻找过食物的橱柜仍旧敞开着。

我沿着走廊慢吞吞地走到自己原来的房间，推开已经有些破裂的门。

我第一眼就看见凌乱的床，我们离开时没有整理床铺。床单皱巴巴的，一个枕头搭在床边。我的胸口突然一阵发紧。那天晚上我几乎彻夜未眠，生平第一次也是唯一一次跟一个女孩睡在我的床上，想起瑞恩蜷缩在我怀里熟睡的模样，我不禁心如刀绞。

我的呼吸开始变得急促，努力不让自己继续想下去，内心深处有个声音告诉我，她或许已经死了，可我不想听。虽然这个念头只在我心里闪了一秒，我却仍感到痛苦不堪，急忙紧紧闭上双眼，赶快去想别的事。

我用力拉开抽屉，抓起里面的衣服塞进空背包，然后装好衣服准备朝房门走去，却突然重重地跌坐在床上，背包滑落到地板上，我闭上眼睛，感觉喉咙发紧。

如果她不在了，我该怎么办？率领重启人去罗莎吗？或者去找赏金猎人报仇吗？

我们在东尼家的那天晚上，我对瑞恩说，要是我死了，她应该帮助人类继续战斗下去。我当时觉得自己肯定活不到第二天，也非常清楚她根本不想帮助或者对抗任何人。她虽然答应了，可我从她的眼睛里看得出来，她答应得极为勉强，现在我明白了她当时的感受。如果瑞恩死了，万念俱灰之下我根本不想再去战斗，即使我去战斗，也只是为了报仇。

我揉了揉额头，如果她能回来，她想怎么做都行，离开，留下，战斗，怎样都好。也许她置身事外的想法是对的，也许我已经为人类做得够多了，我们应该离开这里。领导重启人，进入奥斯丁，这些事我都轻松做到了，可是真要让人类站在我们这边，似乎没那么容易，也许我需要把精力放在解救重启人上，让人类自己去解决他们的问题吧。

这时，我听到开门声，猛地抬起头。

房子里有人。

我从床上跳下来，把背包挎在肩上，难道是爸妈回来了？我怎么会没想到呢？HARC的人走了，只要爸妈愿意，他们完全可以收回自己的房子，或者是瑞恩来找我？我的心开始狂跳，可转念一想，如果真是瑞恩回来了，守在大门处的人应该会用无线电通知我，大家都知道我在等她。

"卡伦？"

我眨了眨眼睛，听见弟弟大卫的声音从屋子前面传来，他怎么会知道我在这里？

我拉开卧室的门朝门厅走去，有脚步声朝我的方向而来。大卫在离我几英尺远的地方停下脚步，看见我从房间出来，他吓了一跳。

"嗨！"他说。

我死了不过才几个星期，他却似乎长大了很多。我最后一次见他，是我和瑞恩在奥斯丁贫民窟寻找我爸妈的时候，跟那时相比，他的变化非常大。他才刚满十四岁，可眼睛下面的黑眼圈和一脸紧张的表情，使他看起来竟然像是我的同龄人。

"嗨！"我迟疑了一下。我时常会想起那天晚上我敲开房门时他脸上的神情。爸妈当时惊骇万分，大卫则像是震惊。我的直觉告诉我，大卫并不像爸妈那样恨我。我现在再次站到他面前，忽然发现自己的双手在不停地颤抖。

他紧张地吞了一下口水，双脚不安地动着。我离家前跟他一直很亲密，是亦兄亦友的关系。我从来没见过他在我身边这么紧张。我倒退一小步，想掩饰自己同样紧张的情绪。

"我和贫民窟的重启人谈过。"他解释道,"他们说你会来富人区,我想你大概会来这里。"

我攥紧背包的袋子,"爸妈知道你在这里吗?"

"不知道。"他耸了耸肩,有些开心地说,"他们躲在公寓里,我是偷偷溜出来的。我一听说城里来了一群重启人,就猜到是你。"

我侧头不解地问:"你怎么猜到的?"

"因为你上次回来的时候,第二天城里先是到处响起爆炸声,接着所有重启人都不见了。现在全城又响起爆炸声,所有重启人又回来了。"他笑着说,"好像你走到哪儿,麻烦就跟到哪儿。"

"嘿,第一次不是我干的,那时我一直神志不清。"看着他一脸的困惑,我笑了笑,"说来话长。"我渐渐放松了,几乎想冲上去拥抱他。不过,我是人类的时候我们也不太会拥抱彼此,现在去抱他似乎很怪异。

他点点头,清了清嗓子,说:"你大概经历了很多事吧?你在HARC 待过?"

"是啊。"

"你的号码是多少?"

我露出胳膊上的条码,"二十二。"

他惊讶地扬起眉毛,"那你,其实,还算人类嘛。"

我差点笑出声来,想告诉他所有重启人也这么想,不过转念一想又把话咽了回去。我还算人类吗?上次我们见面时,我的答案是肯定的,可现在一切都变了,我杀过人,现在更是心心念念想杀了米凯。身为人类时,我从没杀过人,也绝对没有威胁过要杀谁。可从另一方面讲,我也不是爸妈认为的那种怪物。

我耸了耸肩，不知该怎么回答，他的目光落在我的腰间，像是刚注意到那里有两把枪，"爸妈对之前的事很后悔，他们只是没想到……"

我从他身边经过，朝客厅走去，"没关系，有人警告过我，回去见家人会怎样，我当时应该听进去的。"我掉转头，不想让他看见我的表情，知道我受到的伤害有多深。

"不，你不应该听的。"大卫跟着我走向前门，"我们根本不知道你变成了重启人。对我来说，我很高兴你还活着。我是说，复活。"

我微微一笑，伸手去转门把手，"你知道，爸妈要是发现你不见了，肯定会急疯的。"

"我才不在乎呢。"

我打开门，转身看着他，他比我上一次见到时还要瘦。我们过去总是吃不饱，他看上去比那时的状况更糟，我突然想到自己现在看上去反而比当人类时要好。我在 HARC 时体重和肌肉都增加了，身手也变得敏捷多了。我以前从来没想过这些，也许我是个幸运儿。

"你应该告诉爸妈把房子收回来。"我说，"你们总不会希望别人住进来吧。"

"你可以自己去告诉他们啊。"

我走到门廊处，"我还是算了吧。"

"我觉得他们想见你。"

"那他们可以来见我啊，我会告诉你我住在贫民窟的什么地方。"我朝前院的拍卖标志走去时不禁皱起了眉头，"我想我应该先解决这个。"我把拍卖标志扔到门廊处,然后看了一眼大卫。我还不想让他走,很想跟他说说话,让他知道虽然我变成了重启人,可绝不是个怪物。

我朝街道四处张望着,"我要到处走走,告诉这边的人类去贫民窟什么地方跟其他人类会合,要不要一块儿去?有时候人类一看到重启人就逃跑,有个人类一起去会好些。"

他侧头打量着我说:"你确定因为你是重启人他们才逃跑吗?说不定是因为你的长相。"

我忍不住哈哈大笑,"你到底去不去?"

"好的,走吧。"

两小时后,我和大卫朝贫民窟围墙走去。我没想到城里还有那么多人类留了下来,他们根本不理会 HARC 的命令,都在好奇重启人要干什么。东尼和叛军很尽责地把他们跟瑞恩和爱迪联手反抗 HARC 的事散播了出去,所以人类对重启人并没感到恐惧,只是保持着谨慎的态度。还好叛军没来得及把米凯的事情说出去,我觉得不说最好。

"你中过弹吗?"大卫的问题似乎没完没了。

"中过,中过很多次。"

"被刀刺伤呢?"

"也有,还有火烧、电击,我的很多根骨头都断过。"

"电击?"大卫嘴巴张得大大的。

"是罗莎 HARC 的电网,其实电击没那么可怕,我觉得烧伤最疼。"

他皱起眉头踢着地上的土,"我知道 HARC 把你们说成凶神恶煞一般,不过他们明显是在胡说。你有没有觉得其实你们更优秀?嗯,也许他们应该把我们全变成重启人，而不是跟你们对抗。"

"我不知道。"

"为什么？我们全都变成金刚不坏之身啊。"

"那我们会变得一模一样，我觉得我们大家最好保持现状。"

大卫耸了耸肩，"也许吧。"

我走到贫民窟围墙旁，抬头看了看墙头说："上去吧，我今天晚上会待在瞭望塔。"

"为什么？你不确定 HARC 会不会回来吗？"

"有其他事情。"一想到瑞恩不知身在何处，我的胃又开始隐隐作痛。

"好吧。"他攀上围墙，回头对我说："我明天再来找你好吗？"

我开心地笑了，"好啊，不过，你要小心点，下次记得告诉爸妈你要去哪儿。"

他哼了一声继续往上爬，"嗯，知道。"

"大卫。"

"好了，听你的。"他咧嘴一笑，消失在墙外。

第二十四章

瑞恩

几个 HARC 守卫把一个东西套在我头上。

我眼前一片黑暗,他们把我拖向正在轰鸣的运输飞船。头上罩着的袋子让我的呼吸越来越困难,我握紧拳头,扭动着双手,手铐勒得太紧了。

"上飞船前把她的腿捆住,对她绝不能掉以轻心。"

听见梅尔长官的声音,我轻轻吸了一口气,他的声音透着得意。

有人把我推倒在地,我飞起双腿,但什么也没踢到。

"给她打一针,你们必须盯牢这家伙,我可不是开玩笑。"

一根针刺进我的脖子,我咬紧嘴唇,不让自己喊出声来。

然后我陷入黑暗的世界。

我的眼睛没办法睁开,但我醒了,能听到周围的人类在忙碌,可眼皮却像被胶水粘住一样睁不开。

"我觉得,她醒了。"一个陌生的声音说。

"捆结实了吧?"梅尔长官问。

"是的。"

"都好了。"

我听到抖动锁链的声音，然后有东西套上我的手腕。

我深吸一口气，努力眨着眼睛，终于看见了一点点亮光，这时罩在我头上的袋子不见了。我的左腿疼痛难忍，于是微微睁开双眼，发现左膝血肉模糊，鲜血已经浸透了我沾满泥污的裤子。

好极了。

我们是在运输飞船里面。我躺在金属地板上，双手被铐在旁边的栏杆上，脚踝也被套上了锁链。梅尔长官坐在我前面的座位上，一脸心满意足的表情。

他们没想杀我，我从梅尔长官的眼睛里看出来的。我给他们惹了这么多麻烦，难道对他们还有利用价值吗？

我稍微动了一下身体，梅尔长官眼睛一眨不眨地盯着我的脸。他低头看了看我的腿，他们给我注射的药物大概会让我的伤口过好几个小时才能愈合。如果我不能把骨头复位的话，也许需要的时间会更长。他似乎很想在我脸上找到什么。

"有点疼吧，一七八？"

我哼了一声，他在开玩笑吗？

飞船开始下降，我试着挪动身体，想看清降落在哪里，可是驾驶舱的门关得紧紧的。

飞船降落后舱门缓缓滑开，外面有四个守卫，手中的武器全部指向我的胸口。HARC的董事长苏珊娜·帕姆正兴奋不已地站在守卫身后。

"你们四个，"梅尔长官命令守卫，"两个过来抬她，另外两个人的枪口必须一直对准她，不能让她离开你们的视线，一分钟也不行。"

我牵了一下嘴角，露出一丝笑意，真是太抬举我了，他们到底有多怕我啊？

一名守卫解开我身上的锁链，给我戴上手铐。他抓住我的胳膊，拉我站起来，我腿上的伤口一阵剧痛。另一个守卫抬起我的双腿，我的手紧紧攥成拳头，一声不吭地忍住疼痛。

抓住我靴子的警卫皱了皱鼻子，侧过脸不去看我。在他眼里，我就是一具冰冷恶心的尸体。

有那么一瞬间，我觉得米凯杀死全部人类的想法不是没有道理。

他们把我抬到飞船外面，我挣扎着扭动身体，想看清他们带我去什么地方。我没见过眼前这个高大的砖楼，这里既不是罗莎也不是奥斯丁。

我们进入大门时，里面的冷气吹到我身上，我打了个寒战。大楼地面铺的是白色瓷砖，墙壁是漂亮的乳白色。

"去楼下。"苏珊娜吩咐道。

她转头对梅尔长官说："她准备好了吗？"

"好了。"

"很好，先把她关进牢房。"

警卫把我抬进电梯，向下经过几个楼层后电梯门打开了。

这里就没楼上那么漂亮了。

我面前是一排排空荡荡的牢房。HARC 的牢房通常是无菌的白色玻璃房，但这里都是带栏杆的肮脏小房间。

他们把我丢进中间的牢房，我把脸紧紧贴在水泥地面上，希望能缓解腿上的疼痛。

栅栏门在他们身后重重地关上了，我挣扎着坐了起来。牢房里连张床也没有，角落里只有个马桶。眼前的一间间牢房全部是空的，我的牢房更是一片死寂。

我飞快地退到墙边，打量着这个狭小的空间。牢房没有窗户，无法知道现在是什么时候。从刚刚电梯下降的层数来看，牢房应该藏在很深的地下。

我深吸了一口气，心慢慢沉了下去。假如我接受自己会死在这里的结局，也许心里还会好受些。就在几个星期前，我还坦然接受了自己随时死掉并且三年内必死无疑的命运。我必须找回那时的心态。

可是现在很明显，我没办法再回到那个时候。我的心被卡伦占据了，我多希望能跟他有个美好的诀别，想到这里我胸口痛得几乎无法呼吸。我不知道怎样的诀别才是美好的，可我们的最后一面让我心怀遗憾。

我稍稍动了一下腿，却忘了自己的一条腿还是断的。我闭上眼睛忍住剧痛，希望自己可以感觉不到疼痛。伤口越晚开始愈合，疼痛就越发加剧。骨头断了几分钟还没接上，我是头一遭遇到。以前在训练期间，莱利一天打断我好几次骨头，每次都很快长好，可这次的疼痛没完没了，我讨厌这样。

我靠在墙上，检查着血肉模糊的左腿。万一永远不会痊愈呢？万一他们已经想到阻止愈合的方法了呢？万一注射的药物会加重伤势，最后断腿接得七扭八歪呢？搞不好断腿比我胸部的伤疤更丑陋。

我感到越来越恐惧，开始放声大笑，歇斯底里地狂笑不已。

第二十五章

卡伦

瞭望塔外的区域除了偶尔轻轻摇曳的树木，整晚寂静无声。我找到离叛军地道最近的瞭望塔，一整夜都在小小的空间里来回踱步。黎明时分，我翻过围墙，仔细搜索了一遍周围的区域，什么也没发现。

应该出发去找她了。

"离开哨位，"我对着通信器说，"准备进入。"

"收到。"莱利回答道。

我越过山丘和郊区，朝贫民窟围墙走去。整座城市开始活跃起来，今天大街上有很多人类来来往往。他们似乎采取了一种回避态度，对重启人视而不见，假装我们根本不存在。随便吧，只要他们觉得管用就好。

我希望爸妈和大卫昨晚搬回了原来的家，否则很可能会被别人鸠占鹊巢。

我走到贫民窟围墙旁，翻身上墙，轻轻落在另一侧，然后沿着土路朝学校走去。我不知道奥斯丁机构还有多少HARC留下的装备，有没有运输车或运输飞船？或许我应该随便找一种交通工具，然后冲出去寻找瑞恩和爱迪，才不理会大家说什么外面太危险了。换作瑞恩，就算会被 HARC 发现，她也一定会去找我。

有个重启人从我前面跑了过去，然后又有一个跑过去。我不禁皱起眉头，朝他们奔跑的地方看去。

可除了房屋和树木，什么也没看见，再往前便是 HARC 的围墙。

不过我还是加快步伐，跟着跑了过去。

没有飞船，没有子弹，没有人惊慌。围墙那里没有 HARC 的人。

"南面围墙处发现重启人。"我的通信器里传来莱利激动的声音。

我跑得更快了，看见一群重启人站在围墙前面。我看不见人群中间的那个人，可我还是停下了脚步，是爱迪，但是只有她一个人。

我用手扶着前额，开始拼命喘气，只觉得一口气堵在胸口，哽在喉咙，让我几乎无法呼吸。

瑞恩被抓住了。

"她把我推到河里，救了我。"爱迪说着把一个重启人递过来的毯子紧紧裹在身上。她刚刚才翻围墙进来，然后坐在了旁边的草地上，其他人围在她四周。我走到爱迪前面，想要尽量掩饰住内心的惊慌，但显然没做到。

她看着我艰难地说了句："对不起！"

我摇了摇头，"不用道歉，又不是你的错。"这完全就是瑞恩才会做的事。在自己命悬一线的时候，她发现一个可以救爱迪的机会，然后她就做了。我清了清嗓子，将就要涌出的泪水逼了回去。

"我原本想尽快赶到这里，可我走了好几英里后才发现走错路了，兜了个大圈子。"

"你认识那些 HARC 守卫吗？"我问。

她难过地摇了摇头。

"他们不会杀她吧？如果他们想杀了她，当时就会动手。"我说，"他们有机会，对吧？"

"当然。"她点点头，"他们把我们都抓住了，有个家伙告诉别人，说抓到了她。"

我心中升起希望，转身问莱利："他们会带她去哪里？"

"我最先想到的就是苏珊娜·帕姆把奥斯丁国会大厦用作审讯犯人的地方，但现在情况不同了，他们不会搭运输飞船冒险来奥斯丁。"

"那可能就是罗莎了，对不对？他们的第二个选择。"

"也许吧。"莱利说，"不过东尼说，HARC把所有的奥斯丁难民迁往新达拉斯，他们可能会在那儿新建一个机构。"

爱迪眯起眼睛望向我身后，我转身看见东尼和盖比正一脸兴奋地朝我们跑来。

"哦，谢天谢地！"东尼看见爱迪后长舒了口气，"否则你爸爸一定会杀了我。"他朝周围看了看，"瑞恩在哪里？"

"HARC的守卫把她抓走了。"我站起身，用微微颤抖的手捋了捋头发。我快要崩溃了，身体里的那股冲动让我根本无法思考，我疯狂地转头看着周围的人，希望有人能想出个办法。

莱利皱着眉头思考，其他人的目光都盯在我身上，看来他们认为我才是那个知道该怎么办的人。

他们是对的。如果我希望瑞恩回来，那现在就必须挺身而出，组织大家去营救她，否则就来不及了。

"我们需要搞清楚她在哪个机构。"我对东尼说，"你能联系到罗莎的勒伯吗？你在新达拉斯有熟人吗？"

东尼点了点头，"我们已经跟其他城市联络过，告诉了他们这里的情况。我在新达拉斯没有什么认识的人，不过我会试试看。"

"你知道他们会对她做什么吗？"爱迪问，"如果我们知道他们想要干什么的话，应该会有所帮助吧？"

东尼清了清嗓子，眼睛看着地面说："HARC一直想搞清楚，为什么有些孩子需要很长时间才会重启，为什么会像瑞恩那么强悍？我的意思是，他们很可能会拿她做实验。"他的脸痛苦地皱成一团，声音低了下来，"我们剩下的时间不多了，嗯，能把她完整救出来的时间。"

我的胃似乎要从喉咙里翻出去，双手紧紧攥成拳头。想到他们会把瑞恩开膛破肚、大卸八块，我只觉得天旋地转。

"照我看，他们把她带到了罗莎。"东尼继续道，"那里几乎没有叛军，他们清楚这一点。"

我深吸了一口气，尽量让自己暂时不要为瑞恩担心。如果现在面对这种危急情况的人是瑞恩，她会这么做——立即行动起来，等危机过后再一个人伤心难过。

"你可以打听一下消息是不是属实的吗？"

"我会尽力。"

我感激地看了他一眼，转身对莱利说："我们要组织人去救她，等明天确认瑞恩的下落后就开始行动，不过到时候即便没有任何消息我也要去找她，我不能再等了。"

第二十六章

瑞恩

我醒来时发现自己被绑在台子上，眼睛又睁不开了。我能够睁开眼睛时，感觉天花板的灯光太过明亮刺眼，毕竟我之前一直待在黑暗的牢房里。

我动了动脚踝，发现跟双手一样，都被锁链固定在金属台面上。可即使我的断腿愈合了，我也不可能挣脱锁链。不知道现在已经过去了多久，我甚至不记得有人曾走进牢房给我打针，使我晕了过去——他们之前一定是这么干的。

我转头去看旁边正在交谈的人，苏珊娜和梅尔长官，他们说话时头凑在一起。苏珊娜向我指了指，梅尔长官站直了身体。梅尔长官仍然是那副自鸣得意的嘴脸，让我恨不得把他的脸砸烂。

我环视房间，这里看起来像个 HARC 的小型医学实验室。我躺的台子在房间正中，左侧摆放着一个装有各种锋利器械的托盘。一台计算机在角落发出嗡嗡声，旁边有个橱柜，里面是一个个装满液体的小瓶子，也许他们打算让我像艾薇一样疯掉。

苏珊娜双臂交叉抱在胸前，斜眼看着我。说不定他们不会让我变疯。艾薇发疯时力气变得很大，让我发疯对他们来说会是场噩梦。我飞快地瞟了一眼托盘里的东西，感觉情况不妙。

梅尔长官拉了一把椅子在我旁边坐下，脸上似乎带着几分笑意，但他不是真的在笑。我见过他真正笑起来的样子，每次按照他的吩咐完成任务时，他都会露出满意的笑容。从某种程度上说，他甚至很喜欢我。也许这就是我在他眼中看到恨意的原因，我让他失望了。

我也对他微微一笑。

苏珊娜在房间里慢吞吞地走来走去，找出几个小药瓶。我又一次暗骂自己，当初为什么没多问问米凯他在 HARC 接受的各种实验，他说过什么来着？有一种药会让一切看起来都是紫色的？

我已经见识过延迟伤口愈合的药物，那可一点也不好玩。

苏珊娜突然停在我身边，把一个尖锐的东西刺进我的脖子。她慢慢将针管里的液体推进我的身体，起初微微有些灼热，随后火辣辣的感觉越来越强烈。我痛得握紧双拳，全身如同被烈火炙烤。我用力吞咽了一下，强忍住疼痛，不让自己喊出声来。

我闭上了眼睛。他们以前没有训练过我如何承受酷刑，但从另一个角度看，也许他们训练过我。在遇见卡伦之前我并没有意识到这一点，其实他们对重启人的所作所为就是一种酷刑。

我再次睁开眼睛时，看见苏珊娜正俯身查看我。她一脸困惑地问："她痛苦时是什么表情？"

"这是她唯一的表情。"

"嗯……"她歪着头仔细打量着我，然后指着我握紧的双拳说，"哦，这个就说明她现在很痛苦，非常好。"她用手指着一个东西说，"把下一个递给我。"

"苏珊娜……"梅尔长官从椅子上站了起来，声音变得有些紧张。

"怎么了？"她厉声说道。

"我们……"他转身背对着我，压低了声音。

我听到他说："我们杀了她吧，我们把他们全部杀光。"

我全身泛起寒意，强忍住心头的恐惧。

苏珊娜瞪了他一眼，"杀掉不听话的重启人，是日光短浅的做法。只要用对了药物，我们就可以清除他们大脑中反抗的部分。"她指了指我，"我们完全可以让最厉害的重启人再次乖乖听命，即便他们曾经反叛过，她会变回原来那个顺从的家伙。"

我的手紧握成拳头，恨不得马上挣脱镣铐。我不想再成为他们唯命是从的奴隶，不想再成为他们的杀人机器。

"如果你……"梅尔说。

"我想知道你对重启人的看法时，自然会问你，艾伯特。"苏珊娜打断他。

她把计算机拉到我旁边，眯起眼睛看着屏幕说："我们开始吧。"

守卫把我重重地丢在坚硬的水泥地上，我哼了一声。他没有打开我的手铐和脚镣就砰地关上了牢门，我一点点挪动身体，坐了起来。

我靠着墙壁，只觉得天旋地转，于是闭上了双眼。我在那张台子上躺了几个小时，注射第二针后一直感到眩晕。

我宁愿坐着死在这里，也不想当一只实验室的白老鼠。我宁愿选择死亡，也不想被他们的药物"修复"，然后重回机构。

我把脸埋在双膝间，卡伦的脸突然出现在我眼前。每次我想到他，脑海里总会出现那天在 HARC 我逼他动手打我时的情形，我们站在他房间门前，他把我拥在怀里，离得那么近，我几乎可以吻到他。我最喜欢他那晚的模样，一脸又好笑又好气的神情，看上去那么迷人。但我可能再也见不到他那样的神情了，再也见不到他所有的神情。

　　不知道爱迪是不是已经回去见到了他？如果我们两个人的情形倒过来的话，我一定会直接冲向第一个想到的 HARC 机构，开始寻找他。不知道卡伦会不会做同样的事？

　　我的唇边绽开一个微笑。

第二十七章

卡伦

"新达拉斯。"我重复道，目光从东尼转向戴斯蒙，"你们确定吗？"

"确定。"东尼说，"我刚从那里的守卫处得到的消息。他们把她单独关押在原来的人类监狱，没和其他重启人在一起。"

"我还是认为罗莎更有可能。"莱利说着走到我身边。

东尼靠到椅背上。我们在他家厨房，周围大约有二十个人类，有几个跟我们一起围坐在餐桌旁，其他人或者在客厅晃荡，或者站在门廊处。

"他们正在罗莎建立指挥中心。"东尼说，"准备把奥斯丁的所有 HARC 人员送往那里。罗莎目前基本上是人类指挥基地，他们不会让一七八去那里，况且她对罗莎机构又非常熟悉。新达拉斯更适合关押囚犯，他们在那里做了很多成年重启人的实验。"

爱迪兴奋地看着我，"我们今晚就行动吧？"

"对，当然会行动。"我看着东尼，艰难地开口道，"他们知道……她的情况吗？"

"他只知道她在那里，抱歉，其他的不清楚。"

"没关系。"我松了一口气。如果她在那里，很可能还活着。她一定还活着。东尼用了不到二十四小时就查到了她的下落，希望一切还来得及。

"我要去集合重启人，安排运输飞船。"莱利说，"我们要留一些人手守卫这里。"他对东尼点了一下头，"你的人怎么安排？有多少人会跟我们一起去？"

回答莱利的是长长的沉默，东尼一脸的不自在让我的心沉了下去。

"没有人类去新达拉斯。"他轻声说。

"为什么？"爱迪看着我问道，"我们进入新达拉斯后，同样会释放那里的所有重启人，对吧？"

"我是这么想的。"我转头对莱利说，他点头表示赞同。

"你们可以自己去问问看，不过我已经问过很多人了。"东尼双手交叠放在桌子上，"我们不会再袭击 HARC 的机构了，我们目前要更好地运用我们的资源。"

我盯着他看了一会儿，"你的意思，救重启人，救瑞恩，并不是运用你们资源的最好方式。"

他垂下目光，"是的。"

我愤怒地瞪着东尼和戴斯蒙，"没有瑞恩就没有现在的一切！没有她，这里还是 HARC 机构的天下，你们所有人仍然生不如死！"

"我们也参与了上次的突袭行动。"戴斯蒙说，脸上闪过一丝愧疚，"她自己是办不到的。"

"你们自己也办不到。"我说。

"至少新达拉斯的人类会帮忙吧？"莱利问，"让我们进入机构？"

"我可以告诉你们重启人房间和控制室的位置。"东尼说，"我在那里有内线，他答应在屋顶留扇门，让你们进去。你们驾驶运输飞船越过围墙可能也没问题，目前各个城市都有 HARC 的飞船在进进出出。"他叹了口气，"不过，我们能做的就是这些了。帮助你们的话，人类要冒的风险实在太大了。"

爱迪愤怒地哼了一声，用力挥了一下双手。

"嘿，听着。"戴斯蒙说，"你们不需要我们，不需要人类的帮助。你们有一百个重启人啊，等你们救出新达拉斯的重启人，你们的人数会翻一倍。"

"八十三个。"莱利纠正他，"有些人走了。"

"把所有的门锁打开，就像你上次那样。"东尼对爱迪说，"事情就全搞定了。"

"事情就全搞定了"，听起来多轻松啊！我之前从没想过，瑞恩和爱迪进入奥斯丁机构冒了多大的风险，她们很可能会被困在里面。HARC 不仅仅只有一些门锁那么简单，他们的钢铁大门上有密码锁，还有摄像头，机构外面更是被两道围墙保护着。

进入新达拉斯机构简直难于上青天，即使我们现在有八十三个重启人。

"其他机构呢？"爱迪问，"你们会帮我们吗？"

东尼的脸上浮现出痛苦的神情，戴斯蒙替他答道："不会，我们已经跟这里的人类谈过了，大家都认为，我们应把重点放在重建奥斯丁上。我们会彻底清除这里的 HARC 势力，然后让其他城市的人类来奥斯丁。"

我长叹一声，双手捂住脸。人类希望我们自己去袭击 HARC 的机构，救出重启人。也许他们的想法并非不可思议，他们不是一再表示，希望我们救出重启人后能够离开吗，为什么我还是对他们的态度感到惊讶呢？

我瞟了一眼莱利和爱迪，房间里只有我们三个是重启人。我们周围似乎有个无形的圆圈，人类在圈子外跳舞，跟我们保持距离——他们无法相信我们，觉得我们随时会扑上去袭击他们。他们当中的一些人曾亲眼见我这么干过，也许他们眼中的重启人，除了杀人就是杀人。

瑞恩是对的。我太相信人类了，因为我仍然在用人类的眼光看待他们。我总是忘不了我活着时，还是他们中一员时，他们是如何对我的。但是，我忽略了自己成为重启人后他们是如何对我的——他们尖叫，他们攻击，他们恐惧。

为什么我会想要救他们呢？为什么瑞恩拒绝时我会惊骇不已？她当然会拒绝。她已经当了五年重启人，所以清楚人类永远不会信任我们。

"好吧。"我交叉双臂抱在胸前，"愿意帮我们袭击新达拉斯的重启人，今晚全部跟我们走。不过，要看一架运输飞船能装下多少人，因为另一架要用来运送新达拉斯的重启人。"

莱利皱起了眉头，"你觉得两架运输飞船能够安全地进出新达拉斯吗？"

"我不知道。"我转身看着爱迪，"我们要跟大家解释清楚这次行动的危险性。告诉他们，我们可能会被击落或陷在 HARC 逃不出去，死在那里，不愿去的完全可以不去。"

"明白了。"爱迪说，"依我看，大部分人都会去的，毕竟是瑞恩救出了奥斯丁的重启人。"

"特区重启人的意愿大概不高。"莱利说，"不过，我相信还是有人愿意去。"

"告诉大家，我会永远感激他们。"我转身看着东尼和其他人类，

"我们两清了。"

东尼不解地扬起了眉毛。

"救出瑞恩后，我们会去解救其他机构的重启人，我们会尽力去做。然后，我们就离开。HARC 再来的话，祝你们好运！米凯再来的话，祝你们好运！你们今后要靠自己了。"

我在运输飞船前的草地上来回踱步，现在是下午时分，太阳渐渐西斜。我已经让重启人准备好，莱利从 HARC 那里又弄到些燃料。剩下的八十三个重启人，几乎全部愿意跟我们一起去，所以人类只能靠他们自己保护奥斯丁了。

现在，我能做的只有等待，这简直能要了我的命。

"卡伦。"爱迪抓住我的胳膊，让我停下来，然后递给我一盘食物，"你应该吃些东西。"

我低头看着三明治。我不觉得饿，可我想不起来上一次吃东西是什么时候，应该是在特区吃的吧。如果瑞恩在这里，她一定会说，要补充体力。

我从盘子里拿起三明治，分了一半给坐在爱迪旁边的大卫，他犹豫了一下，然后微笑着接了过去。

"我们要谢谢盖比。"爱迪朝盖比的方向歪了一下头，"是他想到清空 HARC 储存的食物，才没有全部坏掉。"

"他们几个小时前切断了电源。"盖比说，"不过我们已经让人想办法去恢复供电了。"

"谢谢！"我边吃边说。

盖比一屁股坐在莱利和爱迪旁边。他斜眼看着大卫说："你让东尼那边的一些家伙感觉不太好啊。"

大卫咬了一大口三明治，不解地看了他一眼，"我干什么了？"

"那些家伙也有重启人孩子，看到你跟重启人哥哥相处得这么轻松自在，他们感到有些内疚。"

"他们应该感到内疚。"我嘟哝着，"我们的爸妈上次看到我时只会尖叫，他们都一样。"

"爸妈现在想见你了。"大卫挺直身体，期待地看着我说，"早上他们还在说这事呢。"

"那他们可以来看我啊，我就在街边的 HARC 机构。"

大卫点了点头，但是脸色变得有些暗淡。我怀疑爸妈是否会愿意踏进 HARC 机构的大门，尤其现在里面全是重启人。我现在肯定不会再去找他们了。

"我没有家人，我觉得这样反而挺好。"莱利说，"父母什么的好像让人压力很人啊。"

我听了差点笑出声来，但胸口沉甸甸的大石头让我的笑声卡在了喉咙里。

"不会有事的。"爱迪轻声说，"她不会有事的。"

我点了点头，又开始来回踱步，"你说得对，说不定她已经把新达拉斯夷为平地，根本用不着我们去救她。"

他们全都笑着表示赞同，我也努力挤出笑容，装作一点也不担心。

"要是她有什么三长两短，我会永远内疚的。"莱利拨弄着地上的草，沉默了一阵后轻声说，"我知道米凯会把不听话的重启人从飞船上丢下去，应该早点提醒你们的。"

"内疚帮不了任何人。"爱迪说，她盯着我问道，"不是吗？"

我不知道她说的内疚指什么，是指我不该让瑞恩留在特区，还是指我因为杀死人类而自责。我的内疚感在胸口聚成巨大的一团，哽在那里。

"是的。"我承认，"但并不意味着不会感到内疚。"

"这是好事，对不对？"大卫抬头看着我，"在你回来以前，我还以为重启人没有内疚感呢。你有内疚感，听起来像是件好事。"

"你说得对。"我微笑着说。就在几天前，我还希望自己不要再为杀死人类感到内疚，但大卫的话有道理，没有内疚感会更可怕。

"我喜欢化内疚为力量，狠狠地教训一下某些家伙。"爱迪说。

大卫担心地看了爱迪一眼，赶紧跟她拉开点距离。爱迪促狭地扬起眉毛，我强忍着没笑出声来。

我回头去看运输飞船，一切就绪，已经可以起飞了，"我觉得这个主意不赖。"

第二十八章

瑞恩

一块肉。

我的胳膊动弹不得，双腿同样动弹不得。我躺在坚硬的台子上，全身一动也不能动。

我够不到那块肉。

我眯起眼睛，看着强光中晃动的人影，一边把牙齿咬得咯咯直响，一边用力挣脱扣在我手腕上的金属环。

空中飘来含混不清的说话声，一个男人出现在我眼前。不，他是块多汁的肉，香喷喷的大肥肉。

我咆哮着，拼尽全力抬起头，然后，美味的肉块走开了。

我周围的声音越来越响亮，肉块们按住我的胳膊和腿。我扭动身体，挥拳蹬腿，台子开始摇晃，周围的声音更响了。恐慌，我喜欢恐慌，恐慌会让肉块更美味。

我的一只胳膊挣脱出来，抓住了离我最近的一块肉。

接着，一切都变成了黑色。

我眨了眨眼睛，看着模模糊糊的牢房墙壁，感觉脑袋又重又冷。我的脸紧贴着冰冷的水泥地面。

我双手撑住地板，慢慢抬起身体，一阵强烈的眩晕感突然袭来，我大口喘着粗气，想要呕吐。

不，我不会呕吐，我的胃里没有任何东西，不可能呕吐。

饥饿感是如此强烈，让我快要无法呼吸了。我觉得恶心，身体忽热忽冷，脑子如同一团乱麻。我又眨了眨眼睛，终于能够看清牢房的栏杆。我在这里已经多久了？

我用力闭上双眼，再次瘫倒在地上，懒得理会地板冷得如同寒冰。

门开了，我打起精神，怒视着进来的守卫。

他拽着我沿走廊往前走，我身体虚弱，又戴着镣铐，不停地朝他倒过去。每次我碰到他的身体时，他都发出厌恶的声音，后来我干脆整个人倒在他身上，他大叫一声，害我摔倒在地。这个临时起意的动作实在欠考虑。

剩下的一段路，他推搡着我走在他前面。我们从电梯出来时，苏珊娜和梅尔长官早已等在实验室大门前。梅尔长官一看见我就从鼻子里冷哼一声。

经过实验室长长的玻璃窗时，我瞥见自己的身影。我的头发又脏又乱。我看不清自己的五官，眼睛暗淡无光，眼窝下陷。我的身形似乎瘦小了一些，变得更矮了。这太不公平了，我的个子本来就不高。

"我看，她好些了。"守卫把我拖到台子上时苏珊娜说，"不知道是不是解药起作用了。"

我好些了吗？上次她是什么时候见到我的？我的眼前突然闪过艾薇的脸，她去世前几天那副疯狂饥饿的模样。实验室里的人开始来回走动，我不禁打了个寒噤。现在我能够明白，听我描述她的状况时，她为什么会惊恐和哭泣。直到现在这一刻，我才完全体会到她当时内心的恐惧。

苏珊娜将一根针头刺进我的手臂，我低头看见自己的血液流向一个袋子。她在我另一只手臂上也刺了一针，连接到另一个袋子。

"重启人的血被抽干了会怎样？"梅尔长官问。

"他们会晕倒，然后再醒过来。"她看着我，努了努嘴说，"他们总会醒过来的。"

"你要知道，你不会每次都醒过来的。有时候，重启人就这么死了。"

我的头垂向一侧，过去的画面突然浮现在眼前，莱利的声音似乎就在我耳边，就像我刚接受重启人训练时那么清晰。

"你希望自己战斗时就是这副模样吗？你想让自己成为所有人眼中的小可怜虫吗？"我在执行任务时被枪击中，在地上缩成一团，大口喘着粗气，而莱利在一旁大声质问着我。

"起来。"他扯着我的衣领让我站起来。他比普通十四岁的孩子要高大得多。他告诉我他的年龄时，我吃了一惊。任务目标此刻躺在莱利身后的地上，手脚都被捆了起来。

莱利倒出地上那个人类枪里的子弹，然后把枪和子弹一起递给我，"上运输飞船前，你一定要记得把子弹从枪里卸下来，而且要握住枪管。如果守卫看见你握着枪柄走过去，他们会朝你开枪的。"

我呜咽着，双手紧紧抓住自己血迹斑斑的衬衫。

莱利叹了口气，放下手中的枪和子弹，"你想死吗？想再死一次吗？想真的死掉吗？"

我只是盯着他。也许我真的想死。与其现在这样，也许我更愿去死。

"如果你让他们杀死你，这对你意味着什么？你真的想变成那样的人吗？"

我咽了一下口水，他的话让我全身的血在沸腾。我不想变成那样的人。

"你可以成为最棒的重启人。"他说，"你是一七八，你想成为最没用的家伙，还是最优秀的重启人？"

我不想成为一个没用的家伙，我几乎当了一辈子没用的家伙。

"我知道这是个沉重的负担。"他的声音比平常温和得多，"我知道你还小。可生活就是这么不公平。或者说，重启就是这么不公平。可不管怎么不公平，命运始终掌握在你自己手上，由你自己决定要怎么去做。"

我缓缓地深吸一口气，决定接受这个沉重的负担，承受住压力，做一个最优秀的重启人。我要改头换面，从此变成一个不同的人，一个能令自己隐约觉得骄傲的人。但现在，我觉得自己只是个令HARC感到骄傲的重启人。

"你自己决定要怎么去做。"

苏珊娜和梅尔长官的头凑到一起，我内心的恐惧渐渐蔓延到全身。我不想死在这里。我不想让他们赢。我不想让卡伦认为我只在乎自己，而根本不管其他重启人的死活，也不在乎曾经帮助过我们的人类。

我不想成为唯命是从的奴隶，他们让我怎么做，我就乖乖地照做。我不想成为那个一心只想逃避的人，却不愿试着去帮助其他陷入困境的人。

我不会做出那样的决定。我也不会为那样的人感到骄傲。

第二十九章

卡伦

我走进运输飞船，靴底碰到金属地板时发出咔擦声。座位已经全满了，我身后还有重启人排队等着进来。我们大概有六十个人，比我之前预估的要少，不过我心里清楚，不是所有人都愿意冒险去救瑞恩，尽管这次行动是为了救出新达拉斯的重启人。

我倚靠着运输飞船的舱壁，一瞥之间，和东尼的目光碰到一起。他和戴斯蒙站在外面，看着重启人登上运输飞船。我一直以为瑞恩关于人类自私自利的说法是错误的，现在才发现，我实在太愚蠢了。我盼望可以亲口告诉瑞恩，她是对的。

"等一等！等一等！"飞船舱门就要关上时，一个声音突然响起。盖比冲了进来，他穿着一身黑衣，全副武装。他冲我点了点头，我惊讶地眨了一下眼睛。

"盖比！"东尼走了过来。

"我加入你们时你说过，我自己可以决定要怎么做，后果也要自己承担。我认为跟他们走是正确的，我愿意承担后果。"

东尼闭上嘴，露出沮丧的表情。有那么一会儿，我还以为盖比的举动会带动其他人类也加入我们。戴斯蒙紧锁眉头思索着，目光在我们两个身上游移，我们到奥斯丁后他一直挂在脸上的愤怒终于消失了，但是舱门关上前他什么也没说。

飞船开始起飞，我感激地看了盖比一眼，"谢谢你！"

他耸了耸肩，双脚动了两下，"我也可能成为重启人，几年前我差点因为 KDH 死掉。我觉得当人类也不过是运气好点，不明白这有什么了不起的。"

"要我说，你运气不好才当人类的。"爱迪说道，嘴角却微微上扬。

"嘿，说不定我今晚就会死掉，明天就能告诉你我的看法了。"

爱迪笑了，"抱怨有多疼吗？跟紧我，知道吗？我会尽力帮你挡子弹的。"

"还从来没有一个女孩对我说过这么动听的话呢。"

爱迪眨了眨眼睛，脸上飞起两朵红云，盖比咧嘴一笑，挤过人群，朝驾驶舱走去。

"有点怪怪的，是不是？"她期待地看着我。

"呃，我不知道，爱迪。"

"我是说，人类跟重启人调情怪怪的。"她等着我认可她的说法，我只是笑着摇了摇头。她点了点头，像是在说服自己，"确实怪怪的。"

我呵呵一笑，然后又迅速收起笑容。我不应该笑，我需要把全部心思放在瑞恩身上。也许现在已经太晚了，我不能在瑞恩死去时欢笑。

盖比站在莱利和艾撒克旁边，爱迪的目光飘向他，他也看着爱迪。我点头示意她过去，她犹豫了一下才慢慢走了过去。

我闭上眼睛，把头靠在舱壁上。"集中精神。"瑞恩会对我这么说。

我的脑子却不想集中精神。它在惊慌失措，一幅幅可怕的画面不断闪现。担惊受怕真是种煎熬，我不想瑞恩被抓，而我自己却安然无恙。

我不想成为给其他重启人制订计划的人。我现在终于明白瑞恩为什么总想逃避了。

我双手插进口袋，专心听着运输飞船发出的嗡嗡声，想赶走脑子里的叫喊声。然后我闭上双眼，不去理会周围的谈话声。

"防撞击姿势！"十五分钟后飞行员大喊道，"我们接近新达拉斯了。"

集中精神。

第三十章

瑞恩

我睁开眼睛，头痛欲裂，脸痛苦地皱成一团。我心里暗想，不知道头痛是药物引起的副作用，还是药物原本就为了让我头痛。我的视力渐渐恢复，疼痛也稍稍减退，我意识到自己又在实验室里。我痛恨他们用这种方式偷走了我的时间，让我醒来时不知身在何处，也不知道过了多久。要不是我的肚子越来越饿（还没到难以忍受的程度，说明只过了两三天），我都不知道自己做了多久的囚犯。

梅尔长官走到光亮处，然后又离开了，我听见苏珊娜·帕姆正在我身后的什么地方讲话。

我的胳膊上插着一个针头，鲜血正源源不断地流向一个袋子，旁边还有个已经装满鲜血的袋子，我感到头昏眼花。

"……除掉她？"梅尔长官悄声说。

我转动着头部，稍稍伸展了一下手臂，手腕的皮肤碰到了金属手铐。

我想知道卡伦正在做什么。他会不会还在看——我突然倒抽了一口冷气，手铐，手腕处的手铐可以移动。

我朝房间另一头的梅尔长官和苏珊娜瞥了一眼，他们还在专心交谈。我的一只手臂勉强可以动。

有人忘记扣紧我的手铐了。

我开始一点点把手从手铐里退出来，几秒钟后，我的一只手滑了出来。

我压下心头的一阵兴奋，开始转动另一只手腕，这只手在他们的视线范围内。梅尔长官瞥了我一眼，我停了下来，茫然地朝他眨着眼睛，他转头继续跟苏珊娜讲话。

我用力拉扯着，皮肤被手铐剐得生疼。苏珊娜的眼睛瞪大了。

"抓住她！她在……"

我的手猛地脱离了手铐，我立刻坐起身，拽掉胳膊上的针头。眼前的一切都在剧烈摇晃，我想要从台子上跳下来，结果却脸朝下摔倒在地。

一只手拖住了我的脚，我用力去踢，喘着气拼命抓住地板。整个世界在倾斜和摇晃，刚开始我以为是药物让我头晕眼花，但苏珊娜的脸困惑地皱成一团。这时，楼下再次传来巨大的爆炸声。

梅尔长官抓住我的肩膀，拖着我坐了起来。"我告诉过你，我们应该杀了她。"他气喘吁吁地说。

外面传来叫喊声，我看向大门，心里涌动着希望。

"快去。"苏珊娜说着拨开遮住她眼睛的一缕鬃发。梅尔长官冲了出去，苏珊娜死死地盯着我，手上的枪对准我的前额，"这里有我。"

我盯着她的眼睛。她的枪没有拿好，我不知道她为什么让梅尔长官离开，而且看上去她不经常使用武器。

她在犹豫，我强迫自己一动不动地盯着她。我很清楚，她迟迟没有动手，不是在纠结杀掉我是否正确，这一点是肯定的。她是在考虑自己的投资回报，如果不能拿我做进一步研究，继续用来执行任务，那么她的损失会有多大。她和梅尔长官一样，对我明显感到失望。

我的脸上慢慢浮现出笑容，苏珊娜不解地看着我。我感到很骄傲，因为我让他们失望了。他们以为我是一个没有感情的铁石心肠的完美怪物，可我不是。我是被训练成那副模样的。

我猛地向前扑去，苏珊娜一惊，想要扣动扳机，却差点扔掉手中的枪。我夺过她的枪，挥手击中她的胸口，她向后摔在地上。

她低吼着冲过来，想把枪夺回去，指甲嵌进我的手臂，我朝她的脑袋开了一枪。

我长出了一口气，双腿再也支撑不住，倒在地上。我杀死人类后，通常不会去看他们的尸体，但这次我的眼睛一眨不眨地看着苏珊娜空洞的眼睛。我出于自卫杀了她，不会为她的死感到惋惜，可我还是希望自己不必杀她。也许卡伦解释我和米凯之间的不同时，想说的就是这一点。除非万不得已，我绝不会杀人。

我转头不再看苏珊娜的尸体，开始朝房门爬去，心里觉得如释重负，却又夹杂了些许悲伤。

第三十一章

卡伦

从屋顶看下去，新达拉斯的 HARC 机构跟罗莎十分相像。屋顶果然没有人，门是虚掩的，东尼说得没错。地面小组已经从另一架运输飞船上跳了下来，随后爆炸产生的硝烟弥漫了大楼的一侧。

最后一个重启人跳到屋顶后，运输飞船立即升空飞向前门，准备接应逃出来的重启人。

"我们在地下室。"我用手捂住另一边的耳朵，听着通信器中艾撒克的声音，"她不在这里。守卫说，他们带她上楼了。"

"几楼？"我边往楼梯间跑，边从口袋里掏出手枪。

"等一下。"停顿片刻后他才继续说道，"他说二楼或三楼，不确定，说是什么医疗楼层。"

"好吧。"我猛地推开楼梯间的门，飞快地朝楼下冲，六十个重启人跟着我一起飞奔。

"所有重启人立即回到自己的房间。"大楼内部通信装置传来清晰响亮的广播声。

我口中咒骂着，加快脚步转过第十层的楼梯平台。我们原本打算抢在 HARC 让重启人回房间之前，把在食堂吃晚餐的重启人救出来，可是广播声已经响起，看来情况不妙，但愿爱迪能够进入控制室，像上次在奥斯丁那样，打开所有房门。我回头看到她和盖比带着几个重启人打开了通往八楼的大门，控制室就在那里。

我到了六楼，重启人的房间就位于机构的这一层，我身后的重启人立刻分头行动，只有莱利和贝丝继续跟着我。

我飞奔到三楼，和莱利、贝丝一起沿着走廊往前跑。所有的门都锁得紧紧的，除了白色的墙壁什么也没有。我转头冲回楼梯间，迅速下到二楼。我看了一眼身后，用力拉开门，准备让莱利和贝丝过去。

我撞上了什么东西，一边眨着眼睛，一边握紧了手中的枪。

是梅尔长官。他认出我后眼睛立刻瞪圆了，急忙倒退几步，趔趄了一下。我举起枪大步追了上去，盯着他的眼睛，枪口瞄准了他的头。

他伸手去拿腰间的武器，我向前扑去，扭住他的手夺下了枪，他大声喊叫起来。

他挣脱我的手，转身想要逃走，我从后面狠狠踢中他的腘窝，他摔倒在地，骨头发出碎裂声。这时，整座大楼晃了一下，交火声在走廊中回荡。

我抓住他的衬衫，把他拉过来面对我，然后俯身用枪抵住他的额头。

"瑞恩。"我说。

他喘着粗气，脸上现出恐惧的表情。他摇了摇头，说："我不知道。"

"那么，我们应该除掉你。"我缓缓地说，"这里没有地方容纳表现不好的人类。"

他的嘴张开又合上，听到他自己曾经说过的话，他眼中充满恐惧，"我……我可以……"

"所以，你觉得我不应该除掉你。"我死死卡住他的衣领，让他无法呼吸，他拼命抓住我的手指。

"卡伦。"

我抬头朝说话的莱利望去，看见一个金发女孩正从离我几扇门远的房间里爬出来。

瑞恩。

我感觉如释重负，忘记手上还抓着梅尔长官，急忙朝她跑了过去。我扭头看见梅尔长官正沿着走廊逃走，边跑边害怕地往后看。莱利和贝丝在我身后，也没留意从我手里溜掉的梅尔。虽然莱利急忙开了两枪，但梅尔已经推开了楼梯间的门。贝丝正要追上去，两个守卫从门里冲了出来，她和莱利立刻朝他们开枪。

瑞恩抬起头，看见我时她睁大了眼睛。我把她从地上抱起来，让她靠着墙壁，她松开一直握在手里的枪。我看见她身后的房间里躺着一个死去的女人。这时，楼梯间的守卫倒在地上，莱利转头看我，然后点了一下头。

我拨开瑞恩脸上的头发，另一只手搂住她的腰，扶她站起来，"你救了自己？"

她虚弱地笑了笑。她脸色苍白，看起来脏兮兮的，衣服上到处是干掉的血渍。她眼神涣散，相信只要我一松手，她就会倒在地上。

"我可能需要些帮助。"她说。

"重启人的房间都锁上了。"爱迪的声音在我耳边响起，我搂紧瑞恩的腰，"他们修改了程序，我们没办法把他们弄出来。往这里来的守卫越来越多，我们挡不住了。"

我低声咒骂了一句，瑞恩好奇地歪头看着我。"我找到瑞恩了。"我对着通信器说，"他们在前门准备好了吗？"

"准备好了。"爱迪说,她似乎松了一口气,"接应撤离的小组已经等在那里了。不过目前来看,我们只能放弃救出重启人的行动。HARC正不断增援,我们人手不够,没办法拿下整栋大楼。"

"好吧。"我叹了口气,转头对莱利和贝丝说,"我们现在必须撤离。他们没办法把重启人弄出来。"

"我们可以把门砸开。"贝丝伸手去拿枪,"我们人手够了,可以砸烂所有的门。"

"爱迪说,HARC正不断增援,他们快要挡不住守卫了。"

贝丝恼怒地看了莱利一眼,"难道我们试都不试一下吗?"

莱利望着走廊说:"我们去重启人的房间看看,怎么样?你先带她离开这里。"他说完跟贝丝一道跑向走廊另一端的楼梯间。

我把瑞恩抱在怀里。

"你带着两个重启人和几个人类就做到了。"我嘟囔着。

"差点没做到。"她边说边咳嗽。

我对着通信器快速交代了几句,告诉爱迪说,莱利和贝丝正赶去六楼。然后,我朝楼梯间跑去,瑞恩双手搂住我的脖子。

我一路狂奔到一楼,进入大厅时瑞恩抬起头看了一眼。机构的前门坏掉了,几具HARC守卫的尸体倒在前台四周。我扫视着大厅,寻找其他重启人的身影,发现艾撒克正在前门拼命朝我挥手。

"快走!"他喊道。

我的通信器里传来枪声,随后是爱迪的声音,"重启人房间这里正在混战。守卫太多了。"

"撤退。"我的心在胸口狂跳,"我们会再回来救他们的。"

一片尖叫声和爆炸声中,我没听清她的回答。我咬紧牙关,抱着瑞恩冲出了大门，来到 HARC 机构前的草坪上，看见我们的运输飞船正在降落。

我身后不断响起重重的落地声，转头看到重启人正从四楼和五楼的窗户陆续往下跳。大厅里又跑出来几个重启人，艾撒克上前接应，带他们冲向草坪。

HARC 的守卫像黑色的海洋般从后面向他们卷来。

子弹呼啸着从我身边飞过，我伏低身体，护住我和瑞恩的头部。莱利跛着脚出现在我右侧，他断了一条腿，灰色的衬衫上溅满鲜血。

"贝丝呢？"我一边跑一边大声问。

他阴沉着脸摇了摇头。

"爱迪呢？"我的声音里流露出恐慌。

他用手指了一下，我回头望去，爱迪跟在盖比后面，正用身体帮他挡住所有的子弹。

运输飞船落地后我匆忙挤了上去，抱着瑞恩向后靠在一个角落里。其他重启人也陆续上了飞船，他们都受伤了，流着血在我旁边大声交谈着。人没有到齐，我伸长脖子想看看还有多少人没上飞船。草坪上只有几个落在后面的重启人，但其他重启人呢？我们来的时候是六十个，现在还剩多少？三十？四十？可从奥斯丁只带回了一个。

我的嘴唇紧贴在瑞恩的脸上，一只手抚摩着她的头发，颤抖地长叹了一口气。

"你把我吓坏了。"我喘着粗气说。

她笑着把头靠在我颈间，"我吓坏了很多人。"

我越发用力地抱紧她，飞船舱门的震动让我身体前倾，飞船正在升空。这时我看见一脸恐惧神情的爱迪，她的双手沾满鲜血，正在按压一个人的胸部。

我探头去看那个人是谁，竟是盖比。

"我们该怎么办？"爱迪焦急地看着四周问，"谁知道人类中弹了该怎么办？"重启人彼此交换了一个困惑的表情。

第三十二章

瑞恩

我醒来时动了一下身体，碰到一个温暖坚实的东西。我眼前的一切都是淡紫色的，应该是苏珊娜和梅尔长官的那些药物产生的副作用，我眯起眼睛看着前方的玻璃墙，倒吸了一口冷气。

我是在 HARC 机构里。

"没事了。"卡伦的声音在我耳边响起，他抢在我跳开前，用手搂住了我的腰。

"我们在奥斯丁机构，HARC 的人已经不在了。"

我缓慢地挪开一点，眨了眨眼睛，眼前不断跳跃着亮点。我虚弱无力，肚子又饿，感觉全身都不舒服。

我们在重启人的房间，两个人挤在一张床上。另一张床是空的，房间里除了床和梳妆台什么也没有。玻璃墙外同样空无一人，但我能听到附近有人在低声说话。

卡伦眼圈发黑，身上的白 T 恤溅满斑斑血迹，正满面笑容地看着我。我慢慢地爬到他的腿上，双手搂住他的脖子，他伸手抱紧我。

"对不起！"我向后缩了一下，低头看着自己的脏衣服，"我看起来恶心死了。"

"你才没有呢。"他又把我抱回腿上，"你在那里熬了整整三天，我觉得你现在的样子已经相当好了。"

我呻吟一声，靠在他的肩膀上，"才三天吗？怎么感觉像过了一百天。"

他用力抱紧我，"是啊，的确像一百天。"

我们就这样静静地坐了几分钟，外面的说话声不断飘进房间里。我身体微微向后，想看清他的脸。

"你给我讲讲，我们怎么会待在一个空荡荡的 HARC 机构里？"

"你失踪后，我召集重启人袭击了奥斯丁，赶走了 HARC。我们当时想，你能脱身的话，一定会来这里，所以我们留了下来。"

我点点头，"嗯，我是打算来这里的。"

"我知道，爱迪告诉我了。"

"我被关在 HARC 的哪个机构？"

"新达拉斯。我们本来打算救出那里的重启人，但是……"他的脸上现出痛苦的表情，"我们人手不够，又没有人类帮忙，没能打开重启人的房门。"他微笑着把我的头发撩到后面，"但这次行动的重点是救你，所以我觉得，还算成功。"

"奥斯丁的人类全走了吗？"我不解地问。

他摇了摇头，"没有，HARC 命令他们全部迁往新达拉斯，不过，很多人仍然留在这里。"

"嗯，原来他们只是不想参与解救重启人的行动。"

"解救重启人不是他们的首要任务。"他翻了个白眼跳下床，"不说了，你饿了吧？我从楼下的储藏间帮你拿了些食物。"

"我饿死了，离开特区后我就没吃过东西。"我起身下床，立刻意识到自己根本站不住。我的双腿在颤抖，眼前的一切又开始倾斜，我抓住床沿，扑通一声跌坐在地上。

"你没事吧？"卡伦在我前面坐下来，手里拿着两片面包和一罐花生酱。他用刀挖了一些花生酱，涂抹在一片面包上，然后递给我。

"我没事。"我接过来咬了一大口，然后又是一大口。

"你在运输飞船上晕倒了，我有些担心。他们给你的那些药，不需要去找解药吧？"他咧嘴一笑，"楼上有一些药物，需要的话，我们可以给你找些解药吃。"

我呻吟道："不用，谢谢你，我很好。我受够了 HARC 那些奇怪的药物，我想我这辈子都不想再碰了。"

"好吧，但是，如果你想吃我的话，我还是先拿些药给你吃吧。"

我哈哈大笑，伸手接过他递过来的第二片面包，"看来，你们跟人类相处得不错嘛，大家已经住在一起了。"

卡伦的脸沉了下来，双手枕在脑后，"并不好，叛军对米凯背叛他们非常气愤，大多数人类容忍我们留在这里，只是因为不得已。"

我扬起眉毛，惊讶地问："你离开后见过米凯吗？"

"没有，我觉得这不是什么好事。谁知道他在酝酿什么报复行动呢？"看我吃完第二片面包，他探身又拿了一片，"我想你的看法是对的，也许我们应该离开。"

"不去救其他机构的重启人了？"

"我不知道要怎么做，因为我的愚蠢计划，我们又损失了一些重启人，而且人类根本不关心我们的死活。你是对的。"

"你的计划并不愚蠢。"我接过他手中的面包，柔声说道，"你把我救了出来。"

"是的。"他说，"谢天谢地！如果我失去了你，我一定会疯掉的。"我们的目光碰到一起，"你之前说得对，不值得去冒险。我现在只想和你一起离开，让人类自己去想办法吧，难道那是我们的问题吗？"

他的声音变得低沉，肩膀垂了下来，我突然有点怀念那个总是过于乐观的卡伦，虽然在特区时我简直快被他气死了。

"人类不会立刻转变看法。"我说，"别装出一副不在乎的样子，好像你能丢下所有人一走了之似的，你不是那种人。"

"是我当初坚持留下来，害得你受伤，而且……"

"我没事。"我皱着眉头说，"我自己做的决定。我想走的话，当时就走了。"

"我们两个心里都清楚，你不会那么做的，你实在是太喜欢我了。"

我大笑起来，他也开心地笑着对我说："我说真的。"

笑过后他的情绪又变得有些低落，他耸了耸肩，垂下目光说："可我还是认为你是对的。人类痛恨我们，他们不会帮我们的。"

"他们是害怕。"我说，"他们终于摆脱了 HARC，现在只想待在这里，不用再提心吊胆地过日子，我理解他们。"

他一脸不可思议的表情，"你在为人类说话，你是认真的吗？"

"我……"我的声音低了下来，只要我开口赞同卡伦的说法，就可以跟他一起远走高飞，事情会变得很简单，也正是我想要的，不过，那是我几天前的想法了。

可现在却觉得这么做是错的。

"我在想，"我轻声说，"在特区时，爱迪被米凯吊起来的前一天，她曾经要我帮她，我拒绝了，不想去冒险。接着她受到了伤害，我们两个一起从运输飞船被丢了出去。"我看了一眼房间里的另一张床，"我对艾薇也是一样，我本来有机会帮她的，却根本没去尝试。我选择了自己一贯的做法，低下头服从命令。"

"艾薇的死不是你的错。"卡伦说。

"我知道，是 HARC 的错，可这并不意味着，我不会感到内疚。"

他握住我的手，"我不知道这些。"

我抚摸着他的手，"HARC 控制了一切，觉得这么对我们是理所应当的，我受够了。当我为了你站出来反抗时，我第一次感觉自己做了正确的事，所以，我们一起去做吧，我准备好了。"

他轻声笑了，目光中流露出喜悦和希望，"你确定吗？叛军不会再帮我们了。"

"我们去跟他们谈谈看。"我说，"如果他们真的不肯帮忙，我们再想别的办法。"

他点了点头，握紧我的手说："好的。"

"但不是现在。"我低头看着身上的脏衣服说，"我必须先去洗个澡。这里没停水吧？"

"没有，HARC 切断了电源，我们又恢复了。"他站起来，把手伸给我，"我们出发前，盖比找了几个人去修的。他在新达拉斯受了枪伤，不过东尼说，他会没事的。"

我握住卡伦的手，让他拉我站起来。我隐约记得运输飞船上有过一阵骚动，有人喊着一个人类的名字。

"上来吧。"他弯下腰，指着后背对我说，"我背你过去。"

吃过东西后我的脚可以站稳些了，但眼前的一切依然在晃动。我感激地看了一眼卡伦，趴到他背上，双手搂住他的脖子。

他进了走廊。我们经过一个个空荡荡的房间，转弯后看见几个重启人站在走廊当中，还有一些待在房间里。我认出了几个重启人，他们朝我挥了挥手。

"这些应该不是全部的重启人吧？"卡伦走向楼梯间时我左右张望着，这里大概有二三十个重启人。

"不是，他们大部分待在城里，住在人类搬走后留下的房屋和公寓里，也有一些住在帐篷里，说待在这里觉得难受。"

也许我也应该觉得难受，可我没有，不是因为 HARC 被赶走的关系，我在 HARC 机构待了整整五年，感觉这里非常熟悉，更令人奇怪的是，我还觉得很安全。

"我们在新达拉斯失去了一些伙伴。"他轻声说，"贝丝，还有几个奥斯丁的重启人。"

我轻轻地抚摸了一下他的肩膀。我跟贝丝并不熟悉，跟其他重启人也是一样，不过我知道卡伦一定会非常难过，他们是在他指挥的行动中死去的。

卡伦走进女淋浴间，把我轻轻地放在地上。这里和罗莎机构十分相似，一排排的隔间挂着窗帘。我打开右边的置物柜，里面有一小摞毛巾。

"哦，我这里有你的衣服。"卡伦退了一步说，"你等一下好吗？我去拿衣服。"

我点点头，他随后消失在门外。我慢慢地走过瓷砖地板，无力地坐在一个隔间的前面。

这里出奇地安静，只有某个水龙头漏水的滴答声。淋浴间一直是让我觉得不舒服的地方。我不喜欢看着重启人在我周围跑来跑去，半裸着身体调情嬉笑。

现在觉得自己太傻了，他们不过是在苦中作乐。我抚摸着衬衫下的伤疤，想着自己一直这么在意，态度这么古怪，实在可笑，未免太小题大做了。

门开了，卡伦走了进来，手里拿着个袋子。他把袋子放在我旁边，"里面是从特区帮你拿的一些东西。"

"谢谢你！"我抓住淋浴间的边缘站起身。

"我要去另一头洗澡。"他退后一步说，"你自己可以吗？"

我点点头，他对我笑了一下，转身准备离开。

"卡伦。"我的手指勾住衬衫衣领，在我改变主意前，猛地拉下衣领，露出胸口。

他转过身，看见我敞开的衬衫，脸上露出惊讶的神色。他看了一眼我的脸，然后目光落到我皮肤纵横的疤痕上，一直延伸到胸罩下面。他的目光停留了几秒钟，然后看向我的眼睛。

"我有点失望。"他语气轻快地说，"还以为你的胸部会更大呢。"

我放声大笑，松开抓着的衬衫。他向前迈了两步，伸手托住我的下巴，低头亲吻我。

"谢谢你让我看。"他郑重地轻声说。

"谢谢你愿意看。"

"老天，我当然愿意看。"他凑过来，目光停留在我的衬衫上，"我现在可以再看一次吗？"

我微微一笑，踮起脚再次亲吻他，他笑着回吻我。我整个人似乎融化在他的怀里，只想忘记周遭这个疯狂的世界。

第三十三章

卡伦

当晚，我和瑞恩手牵手穿过奥斯丁机构前面的草坪。她洗过澡，又吃了些东西，休息了几个小时，她的体力终于完全恢复了，变回那个让人有些害怕的瑞恩。

嗯，还是稍稍有点不同。她发现我在看她，脸上露出笑容，神情开心又轻松。前几天的经历她说得不多，但似乎让她卸下了一些心理负担，没让她因此变得更沉重。她现在更轻松、更开心。早些时候，我开玩笑说想再看看她的伤疤时，她甚至脱下衬衫让我看。

我本想今晚安静地待在 HARC 机构里，但她执意要去见叛军。

我不知道该怎么做。她能认同我的想法，我自然十分高兴，可我又很想抱起她赶紧逃走，免得她再受伤害。她下定决心后显得非常平静愉快，所以她再次拒绝后，我放弃了离开的念头。尽管我对人类感到气愤，可我必须承认，她改变主意留下来帮忙，让我觉得很欣慰。

我瞥了她一眼，瑞恩改变了，周围的一切似乎都变了，从她让我看到伤疤的那一刻开始，我们之间的气氛变得更加轻松浓烈。她每次看向我的目光，总让我忍不住想拉住她，紧紧拥进怀里。

她转头望着我们经过的一片废墟，那里曾经是一所房子，"真令我刮目相看，卡伦。"

"什么？因为我摧毁了这一切吗？"

"不是，是你率领重启人拿下了奥斯丁，我一直以为，即使我们做得到，也是好几年之后的事了。"

"我的办法就是'走一步，看一步'。"她的称赞让我很开心，我用力握了一下她的手。

"我觉得很不错啊。"她停了一下说，"你去看过家人了吗？"

"大卫找过我。"我说，"他希望我去看看爸妈。我跟他说，他们想见我的话，可以来找我。"

"不过，他先来看你了。"

我微笑着对她说："是的。"

我们转到通往东尼家的街道，那里像往常一样热闹。很多人类从前门进进出出，还有几个人坐在房子前面的草坪上。我立刻认出其中一个是大卫，他一看见我们就跳起身。他的目光转向瑞恩，脸上的神情是分明认得她。

"嗨！"我们走近时他招呼道。

"嗨！"我朝瑞恩歪了一下头，"这是瑞恩，这是我弟弟，大卫。"

"很高兴见到你。"瑞恩伸出手说。大卫握住了她的手，我注意到他眼中的惊讶，大概没想到她的皮肤会这么冷吧。他飞快地瞟了一眼瑞恩的手腕，眼睛稍稍瞪大了些。

"我也很高兴见到你。"他的目光从瑞恩飘向我。

房子里响起叫喊声，我扬起眉毛不解地问道："里面是怎么回事？"

"我不知道，我到这里后就一直听到他们互相吼来吼去，所以我待在外面。"

瑞恩放开我的手，迈步走上台阶。我和大卫紧跟在她后面，从门口的一堆人中间挤了过去。

东尼和戴斯蒙站在厨房旁边，都是满面怒容，屋子里的其他人同样一脸不快。盖比虽然脸色苍白，但看上去没有大碍，和爱迪、莱利一起坐在沙发上。他右肩缠着白色的绷带，看见我和瑞恩时，他脸上露出笑容。

大家一看见瑞恩立刻安静下来，戴斯蒙捋了捋头发，叹了一口气。

"嘿，一七八。"他说，"很高兴见到你。"

她似笑非笑地看着他，他的语气听起来可并不高兴，"我也很高兴见到你，出什么事了？"

"理查兹和博尼托受到攻击。"东尼交叉双臂抱在胸前，"重启人袭击了那些城市，想把机构里的重启人救出来，可他们根本不管人类的死活。据说，城市几乎完全被摧毁，死了很多人类。"

瑞恩飞快地回头看了我一眼，我摇了摇头。

"不是我们干的。"我对东尼说，"我们的人都在这里，一定是米凯他们那些重启人。"

"爱迪也是这么想的。"东尼的嘴角抽动了一下，"他们寡不敌众，行动失败了。HARC 杀死了那些机构里的重启人，新达拉斯也是一样。"

瑞恩惊恐地看了我一眼，然后转头问东尼，"所有重启人吗？"

"他们是这么说的。"

"那罗莎呢？"

"罗莎还在正常运作，剩余的人员已经转移到了那里。新达拉斯会继续运作一段时间，但我们认为，这次袭击后他们一定会杀死那里所有的重启人，不过……"东尼的脸皱了起来，瞥了一眼戴斯蒙。

"不过，他们很可能也会杀死罗莎的重启人。"戴斯蒙接过话头，"HARC不希望这里的一切重演，他们不希望再让任何一个重启人逃出去。"

"据说他们会结束这个项目。"东尼说，"苏珊娜是重启人实验的主要支持者，她似乎已经死了。"

"是的，我上次见到她时，她的确已经死了。"瑞恩说。

"她还有一些支持者。"东尼接着说，"照目前的事态来看，情况不太妙，项目很快就会结束。"

我往前迈了一步，"那我们需要尽快采取行动，制订出攻击计划。"房间里一片沉默。人类避开我的目光，我一点也不觉得意外。

"你们希望他们死掉。"瑞恩平静地说。

"这显然是上上策。"莱利气愤地说。

"考虑到重启人在理查兹和博尼托干的好事，我们只能这么做。"戴斯蒙说。

"我们跟那件事一点关系也没有。"瑞恩的声音依然平静，但我听得出她的愤怒，"我们从一开始就反对米凯，卡伦还冒着生命危险告诉你们他的计划！"

"我们对此非常感激。"东尼轻声说。

"你们的非常感激就是让我们数百名重启人伙伴去死。"爱迪说。

房间里再次陷入沉默。过了一会儿，我开口道："靠我们自己没办法攻进去，我们在新达拉斯试过，结果失败了，HARC加强了守备。我们需要人类的帮助，否则不可能成功。"

东尼看着戴斯蒙说："他们可以帮我们打败HARC。"

戴斯蒙挥舞着手臂说，"我们已经谈过了！我不……"

房间里再次充斥着喊叫声，瑞恩转头看着我，露出担忧的神情。

"等一下。"莱利的声音盖过大家的叫喊声，"停下！停下！"人类安静下来，莱利从沙发上跳起身，把通信器凑到耳边专心听着。

"围墙那里出现了运输飞船，有几架正朝贫民窟飞来。"他扫了一眼房间里的重启人，"他们说，驾驶飞船的是重启人。"

米凯，我的手攥成了拳头。

"我们需要……"

莱利的话被惊天动地的一声巨响湮没了。我扑向大卫，房子塌落下来。

第三十四章

瑞恩

我一边咳嗽，一边推开压在腿上的木头和瓦砾，挣扎着站起来，曾经的客厅已经消失了大半。

不仅是客厅，整栋房屋几乎全部消失了。厨房倒塌了一半，只剩下部分后墙，客厅被炸出一个大洞，抬头能看见天空。我看到几具人类的尸体，还有几个人类正在瓦砾堆下呼喊和呻吟。

"瑞恩？瑞恩！"

我跳过厨房桌子的碎片，朝卡伦的呼喊声处奔去。他正抓着大卫的胳膊，把他从废墟里拉出来。他看见我时，露出如释重负的神情。

大卫除了胳膊上的几处割伤外，没什么大碍，看来是卡伦替他挡住了爆炸的冲击。卡伦的一只胳膊受伤严重，伤口深可见骨，衬衫也被扯破了，露出胸口焦黑的皮肉。

"你没事吧？"卡伦边问大卫，边迅速查看他全身的伤情。

大卫点了点头，看到卡伦的伤口时他惊恐地瞪大了眼睛。

我听到身后有沙沙声，转头看见莱利、爱迪和盖比正一瘸一拐地从房屋的废墟中走出来。莱利边走边对着通信器大喊。

我抓住卡伦的胳膊，"你有武器吗？放在哪里了？"

"在学校旁边的运输飞船上。"他捋了一下头发，朝四周看去，"废墟下还有些幸存者，我得去把他们救出来。"

"我可以帮你。"大卫说。

我踮起脚，吻了一下卡伦的嘴唇。尽管他之前说过我们离开，不再去管人类的事，可现在他的第一反应就是留下来救他们，我喜欢他这一点。我以前没有意识到，其实我很喜欢他这种强烈的是非观，总是坚持做正确的事。

"小心点。"他轻声说。

"你也小心。"我用力握了一下他的手，转身跟着莱利跑向街道。

我看到前方只有两架运输飞船，重启人正手持武器从四面八方跑过来。一架运输飞船在街道另一头盘旋，对着下面的大片房屋射击，房屋转眼间变成一堆瓦砾。

莱利第一个冲到停在学校前面的运输飞船，抛给我一把手枪和一把大刀，还有一个头盔。"没剩多少了！"他边喊边把一把枪塞进口袋。

"可以了。"我回头喊道，然后戴好头盔，沿着街道向前飞奔。这时，我听到身后传来摩托车的轰鸣声，回过头看见米凯、凯尔和裘丝正加速朝贫民窟中心驶来。大约十到十五个特区重启人举着枪朝相反方向猛冲。

我加快脚步去追赶米凯，莱利和其他几个重启人紧跟在我身后，脚下扬起一团尘土。我之前看到的那架运输飞船开始摇摇晃晃地旋转，然后一声巨响栽到地上。

奥斯丁的贫民窟中心由一家杂货店和几家商店组成，我接近那里时，只见那些木质建筑冒起了滚滚浓烟。我从两家商店中间穿了过去，冲到纵贯贫民窟中心的宽阔道路上。

米凯离我只有几码远，双腿跨在摩托车上，正用火箭发射器瞄准附近的一家商店。他欢呼着回头看了一眼，发现我后他又看了一次，确认自己没看错后，飞快地换上一张虚假的笑脸，试图掩饰他内心的惊讶。

他踢了一下脚撑，停好摩托车，然后跳了下来，"瑞恩！很高兴又见到你了，赏金猎人怎么招待你的？"

虽然我们两个都戴着头盔，我还是伸手去拿枪，完全没兴趣跟他多废话。他也去掏枪，我的子弹立刻击中他的手，他的枪飞了出去，落在几英尺开外。米凯向我扑来，我急忙又开了一枪，子弹从他耳边擦过，与此同时，我和他扭打在一起。

我们一起摔在地上，扭打中我的枪脱手了。米凯掐住我的脖子，我用脚踢开他，翻身滚开后一跃而起。

他站直身体，两眼冒火，紧抿着嘴唇。他再次扑向我，我飞起一脚，狠狠地踢在他的膝盖上。他疼得吸了口气，踉跄着后退，我挥拳击中他的下巴。

他迅速反击，我还没来得及反应，他已经一拳击中我的腹部，接着我脸上又挨了一下。我气喘吁吁地躲开他的下一拳，然后两个拳头同时击中他的胸口。

他闷哼一声摔倒在地。"你应该感到羞愧。"他用一条腿支撑着站了起来。

"为什么羞愧呢？把两个重启人从运输飞船上推下来的又不是我。"

"你是让我们重启人灭绝的罪人。"

我笑了起来，手一点点移向挂在腰间的刀，"我觉得你才是灭绝我们的罪人。因为你，机构里数以百计的重启人都被杀了。"

他眯起眼睛，手攥成拳头，跛着左腿，尖叫着向我扑来。

我抽出腰间的刀，朝空中用力一挥。

米凯的身体瘫倒在地上，脑袋滚向另一边。

我转身离开时打了个寒噤，在裤子上擦干净刀刃上的鲜血。莱利站在离我一个街区远的地方，脚下是一具重启人的尸体，他高举双臂，像是在大喊"胜利"。

我没有感觉到胜利的喜悦。卡伦说过，只有出于自卫才可以杀人，虽然我杀米凯是出于自卫，可我仍然感觉很不舒服，这是以前从没有过的。

我把刀收好，捡起地上的两把枪，叹了口气，朝着枪声响起的方向走去。

大概一个小时后，奥斯丁变得面目全非，我周围的房屋全部被摧毁。我仍然站在贫民窟中心那条大路上，两旁的商店和公寓楼布满爆炸造成的大洞。

我收好枪，看着莱利和爱迪将米凯的尸体拖到死人堆。埋葬米凯和他的手下是不切实际的，所以我们决定把他们集中起来，送到城外一起火化。

莱利叹了口气，抬起一只脏手抹了一下额头。现在天已经黑了，我感觉身体沉重而疲惫。我们把尸体全部清理完，堆积到一处。爱迪说要去东尼家看看，于是我们跟她一起去。

路上到处是人类，全部往学校的方向走。有个人类看了我一眼，我等着接下来的一声惊呼或者一个白眼，但他嘴角一弯，对我露出了笑容。我惊讶地眨了眨眼睛，不解地转身去看莱利和爱迪，然后目光被街道尽头的一个高大身影吸引了过去。

我加快脚步，卡伦看见我时脸上泛出光彩。他背上有个男孩，双手抱着他的脖子。

"嘿！"卡伦迎着我走过来，俯身吻了我一下，"一切都还好吗？"

我点了点头，看了一眼跟着他的人类和他背上的男孩，"这是谁？"

"我不知道，我把他从废墟底下拖了出来，可他什么也不说。"

男孩皱起眉头看着我，然后把头埋在卡伦的肩头。

"我正想去学校，想看看有没有人认识他，很多人类今晚都要去那里过夜，要不要跟我一起去？"

我点了点头，帮他擦掉额头的一道黑泥。他浑身是土，裤子的膝盖处破了两个大洞。

"你弟弟没事吧？"我问。

"没事，城里另一边的情况好一些，所以他回家去了。他很棒，帮我清理废墟，一起救人。"

我握住他的手臂，然后我们一起转身朝学校走去。学校前面的草坪上到处是人类，有个女人一看见我们就立刻飞奔而来，口中发出一种卡在喉咙里的奇怪喊声，使我不由得想往后退。

卡伦跪在地上，让背上的男孩滑下来，女人急忙把男孩搂在怀里，边哭边亲吻他的脸颊。

"谢谢你，谢谢你！"她抓住卡伦连声道谢，并用另一只胳膊抱住卡伦，边哭边说着什么，我一个字也没听清。

"不用谢。"卡伦迟疑地说，女人松开他时，他不解地看了我一眼。

东尼穿过草坪朝我们走来，他同样拉过卡伦，把他抱在怀里。东尼声音有些沙哑，道谢后他立刻转身走开了。

"为什么每个人都要抱你？"我问。

"我不知道，我长得可爱？"

我微笑地看着他，我当然知道为什么每个人都要抱他，他也知道。卡伦和一个人类的目光碰到一起，她笑了笑，卡伦点头回应。卡伦说过，救人是我最喜欢做的事，其实最喜欢救人的是他，只有他才会对素不相识的人充满热情。

"听说HARC的机构没遭到袭击。"他说，"我想去那里休息一下，然后我们再考虑下一步要怎么做。"

"我跟你一起去。"我握住他的手，把他拉近我，然后一起离开学校。路上我们谁也没说话，享受着安静带来的舒适感，他的拇指轻柔地摩挲着我的手。我原本想告诉他，我杀死了米凯，话到嘴边又咽了回去。米凯死了是件高兴的事，可我不想为此庆祝或者吹嘘，甚至不想谈论这件事。卡伦没有问我，可能已经有人跟他说了。

但他脸上的神情表明他根本没在想米凯的事，他现在应该相当疲惫了，可他的目光每次和我相遇时，眼睛里都闪着明亮的光彩。

我在机构入口处停下脚步，踮起脚吻了他一下。他揽住我的腰，轻推我的后背，让我和他紧紧贴在一起。他吻上我的嘴唇，我的手指滑向他的下巴。他又把我拉近些，然后退开一步，低头看了看他身上的衣服。

"也许我应该先去洗个澡再……"他没有说完，我只好胡乱猜测等下我们会做什么。

"我也是。"我感觉脸在发烫，但仍然迎着他的目光，他黑色的眼睛里像有一团火，令人炫目。

我们去房间拿换洗衣服，又一起回到淋浴间。我转头对卡伦笑了一下，然后推开女淋浴间的门。

我先回的房间，坐到床上时心里突然一阵紧张。那件事到底要怎么做？是不是我应该说"嘿，我们做爱吧"，或者他心里早就清楚了？我觉得我们都给过对方暗示了，可说不定只是我以为这样。

我看了看玻璃墙，其他人大概在走廊转角附近，从这里看不到。不过，我可不想让别人看见我赤裸着身体。

另一张床上铺着床单，我起身把床单扯了下来。我把梳妆台推到房门口，踩了上去，将床单边缘塞进玻璃和墙之间的缝隙，再让床单垂下来。床单几乎一直垂到地面，遮住了半个房间。我再扯下另一条床单，紧挨着第一条床单塞好，于是整个房间都被遮住了。虽然这等于告诉别人我们在干什么，不过对我来说，反而更好。我不用对卡伦多说什么，他自己一看就明白了。

我把梳妆台推到原处，床单动了一下，卡伦探身走了进来。

他看了看床单，又看了看我，脸上露出一丝微笑，"好主意。"

"我受够了这些可恶的玻璃墙。"我说着坐到床上。他朝我慢慢走来，双手插在口袋里，一脸紧张的神情。他的不安反而让我松了一口气，我碰到他的手臂时，手不由自主地发抖。我轻轻抚摸着他的皮肤，他把手从口袋抽出来，俯身贴近我。

我双手环住他的脖子，我们倒在床上，腿贴在一起。他的手撑在我身体两侧，嘴唇似有若无地擦过我的嘴唇。我拉住他的衬衫扣子，让他贴近我，他柔软的嘴唇印在我唇上时，像有一股暖流传遍我的全身。

　　我把他越拉越近，我们的身体纠缠在一起，他的手指向下滑到我的伤疤。他说我现在像个性感的机器侠，我笑出了声。然后，整个世界只剩下他的呼吸声，他温热的皮肤，我忘了随时听着门口的动静，忘了警惕可能的危险，更忘了寻找最接近的武器位置。现在只有他，他在我嘴边的笑容，他拥着我的怀抱，我忘记了其他的一切。

第三十五章

卡伦

第二天早上我醒来时，瑞恩仍在我怀里熟睡，头枕着自己的手臂。她穿着我的衬衫，那是我看到她手臂开始起鸡皮疙瘩时帮她穿上的。她衬衫扣子胡乱扣着，我看得到部分伤疤和缝合皮肤的几个金属钉。我搂住她，在她头顶印上深深的一吻。

我在黑暗的房间里眨了眨眼睛，最近几周我从没像昨晚睡得那么好过，甚至比当人类时还好。如果希望大家不要打搅我们，让我可以像这样待一整天，算不算是奢求？

走廊里不断传来喃喃的低语，我暗自叹了口气，这当然是奢求。HARC还在，而且由于米凯的所作所为，说不定我们已经来不及去搭救罗莎机构的重启人了。

瑞恩动了一下，唇边荡起笑意，然后睁开了双眼。她依偎在我怀里，脸贴着我的脖子。

"早上好！"她低声说。

"早上好！"我轻吻了一下她的脸颊。

"如果我现在接受你的提议，抛下其他人一起离开，会不会太晚了？"她开玩笑地问。

我笑了，"绝对不晚，我们现在就走。"

她对我展颜一笑，我们心里都清楚，现在已经太晚了。

"喂，卡伦二十二号在这里吗？"有人在不远处喊道。

我叹了口气，抬起双腿准备下床，"什么事？"

"楼下大厅有人找，他们说，是你的父母。"

我惊讶地眨了眨眼睛。虽然大卫说过，爸妈想见我，可我没想到他们真的会来。

瑞恩翻身下床，伸手去拿她的衣服，"要我跟你一起去吗？"

"好啊，求之不得呢！"

我慢吞吞地穿上衣服和鞋子，瑞恩站在挂着的床单前，饶有兴致地看我一点点绑好鞋带。

"我们可以从另一扇门偷偷溜出去。"我半开玩笑地说，"或者从屋顶跳下去。"

"我们俩摔断腿就为了躲开你爸妈，有点过了吧。"

我夸张地长叹一口气，站起来说道："好吧。"

瑞恩握住我的手，拉着我离开房间，下楼梯走到一层。她推开门，外面的光线立刻照亮了楼梯间，我迈步踏上黑色的地板。

爸妈和大卫坐在房间另一头的椅子上，像是正等待 HARC 长官的接见。我犹豫着向前迈了一步，大卫看见我后立刻跳起身，露出开心的笑容。爸妈也站起身，一起朝我走来。

我们一起走到大厅中央，妈妈像是快要哭出来了，爸爸显得很紧张，我有些不知所措。

"这是瑞恩。"我说，很高兴找到个话题。她放开我的手，把手伸给我的父母，爸爸握住了她的手，同时目光落到她的条形码上。

"很高兴见到你。"瑞恩注意到爸爸的目光，"是一七八。"

妈妈的眼睛睁大了，但她很快握住瑞恩的手，然后试着对我露出一个微笑。

"我们听说……"妈妈清了清喉咙，"嗯，我们听说了很多事。"

"希望有好事。"我说。

爸爸笑了，"当然是好事。"

他们看我的目光像是在看一个英雄，让我觉得十分尴尬。不过总比上次他们把我当怪物看好多了。我握紧瑞恩的手说道："家里一切都还好吧？大卫说袭击没有造成太大损失。"

妈妈点了点头，"房子损毁了一些，不过没有倒塌，总会修好的。"

"那就好。"我心里一阵轻松，虽然我没想过再搬回去住。

前门砰的一声被推开了，莱利和爱迪带着几个重启人走了进来。莱利朝瑞恩打了个手势，她抬头看着我。

"去吧。"我说着放开她的手，"我马上过去。"

爸妈目送瑞恩离开，然后妈妈转头用询问的目光看着我。

"你来找我们的那天晚上，她也在。"

"是的，我们原来都在罗莎机构。她帮我逃了出来。"

"哦。"妈妈笑了，"太好了，我不知道重启人还能逃出来。"

爸爸看着我的条形码问："罗莎？那里怎么样？"

"罗莎……不怎么样，我更喜欢这里。"

"你会留下来吗？"妈妈问，"大家早上都在议论，说如果我们救出最后一个机构里的重启人，就能把 HARC 永远赶走了。"

我惊讶地抬起头，不知道妈妈是听谁说的，可听上去人类好像改变了想法。

"我必须过去一下，看看下一步的计划是什么。"我指着瑞恩和莱利说，"学校那里聚集了很多人类，你们去过了吗？"

爸爸摇了摇头，"还没有。"

"或许你们可以去那里看看，我晚点再去找你们。"

妈妈点了点头，走上前似乎想要拥抱我，可她又停了下来，一脸担心的神情。

"还可以抱抱你吗？"

我哈哈大笑，但又赶紧用手掩住嘴。我张开双臂说："是的，可以抱抱我。"

妈妈同样伸开双臂搂住我，快速地抱了一下。即便感觉我有什么不同，她也没有表现出来。当我们身体分开时，她眼中溢满了泪水，我的喉咙也哽咽了，于是赶紧向后退了一步。

他们转身离开后，我朝瑞恩走去。她搂住我的腰，亲了我一下。我用手托住她的脸颊，回应了她一个长长的吻。

"他们喜欢我吗？"我们身体分开后，她问我，"我的金发不好看吧？"

"对啊，他们对你印象最深的就是这一点，你的一头金发。"

莱利饶有兴味地看着我们，"你们亲热完了没？到底有没有人想跟我一起去弄清楚，怎么才能把罗莎的重启人救出来？"

"好吧。"我夸张地叹了口气，笑嘻嘻地看着他。

他和爱迪急步向前走去，我和瑞恩牵着手，跟在他们后面出了大门。外面虽然阳光明媚，但还是冷飕飕的，我们穿过 HARC 前面的草坪，朝贫民窟中心走去。在白天看来，这里的情况更糟，许多房屋和建筑物被夷为平地，而且一个人影也看不见。说不定我的父母搞错了，其实人类集结是要去杀死罗莎机构所有的重启人，为了报复米凯实施的袭击。

绕过转角时，莱利和爱迪停下了脚步。

"怎么回事？"爱迪惊叫。

我急忙跑到他们旁边，眼前的情景让我两腿发软。

到处都是人类！我还从没在一个地方见过这么多人类！学校草坪前是黑压压的人群，遍布整个街区。

他们全部转身盯着我们。

即便看到东尼和戴斯蒙走出人群，朝我们的方向迎上来，我还是很想立刻逃走。通常情况下，四个重启人对付这么多人类，完全是以卵击石。

"嘿！"东尼带着疲惫的笑容招呼道，和戴斯蒙在我们面前停了下来，"其他重启人呢？"

"还在机构里。"瑞恩说，"这里出什么事了？"

"我们从 HARC 手中夺回奥斯丁的消息传了出去，再加上 HARC 在各个城市大肆杀戮重启人，所以大部分人类决定，与其去新达拉斯和罗莎，不如来我们这里。"

"来这里做什么？"我问。

戴斯蒙双手插进口袋，目光在我和瑞恩之间来回移动，"跟一七八一起反抗 HARC。"

"对不起，你说什么？"瑞恩脸上露出不可思议的表情。

"新达拉斯的守卫都在议论你逃走的事，所以大家全知道了。后来他们又听说米凯带重启人袭击了奥斯丁，明白了谁才是好人。"

"可不是嘛。"我看着戴斯蒙干巴巴地说。昨天我把他从瓦砾堆救出来时，他一脸困惑地看着我，像是根本不相信我会帮他。

"我们都明白了谁是好人。"戴斯蒙轻声说。我点点头，尽量不让自己喜形于色。

瑞恩似乎听得越来越糊涂，东尼笑着说："大家在这里集结，是准备跟重启人并肩反抗 HARC。"

第三十六章

瑞恩

"这绝对是个陷阱。"爱迪说。

我们带领重启人离开机构去学校集合，听了爱迪的话我看了她一眼，心里暗暗好笑，"就算是陷阱，也是个非常精妙的陷阱。"我跟着她进了走廊，经过一间间玻璃屋。

"对啊，简直精妙绝伦！他们假装帮助我们，骗我们去一个完全不同的城市，再把我们直接送到 HARC 的手上！"

"依我看，这个可能性不大。"我抬起眉毛看着她，不确定她是不是在开玩笑。

她朝我咧嘴一笑，"要是你再被抓住，我可不管你了，绝不会去救你。"

"记住了。"

我推开走廊尽头的门，朝楼梯间走去，我们的脚步声回荡在空无一人的大楼里。

"听说你砍掉了米凯的脑袋。"她说，"干得好，不过，我还是希望先把他从运输飞船上推下去。"

我们走进 HARC 的大厅，我看了她一眼，说："我不知道，可我感觉像是……做错了。"

"错在哪里？你杀了他一个，差不多算是救了这座城市一半的人类。"

我耸了耸肩，"我厌倦了杀人，五年来我一直在杀人，我想要……"我不知道自己想要做什么。

"制造更多人？"爱迪故作一本正经地问，"生孩子吗？"

我呻吟道："不是。"

"你确定吗？你完全可以为了延续重启人族群尽一份力。我这里有把刀，如果你愿意的话，我现在就可以帮你拿掉避孕芯片。"

"我会拿那把刀捅你的。"

她哈哈大笑，我们一起走到外面的阳光下。"你和卡伦会用上的。"她看了我一眼，眼睛里闪烁着不怀好意的亮光。我轻轻推了她一把，"好了，我可以问你一个跟杀人无关的问题吗？"

"当然可以。"

"你会和人类在一起吗？"

"你什么意思？"

"你知道，就是……"她挥了挥手臂，"就是……在一起啊，像你和卡伦那样。"

"我不知道，我觉得有点怪怪的。"

她踢着脚下的石头说："是啊。"

我歪着头想了一下，记起卡伦曾说过他们搭救我时，爱迪保护盖比的事。

"盖比吗？"我问。

"是啊。"她不好意思地看着我说，"他昨天晚上吻我了。"

"会怪怪的吗？"

"不会，感觉很好，可我不知道以后会怎样。如果我们赢了，重启人和人类一起生活，会怎么样呢？重启人和人类会开始约会吗？会有小孩吗？一半是重启人，一半是人类，会长成什么样？"

"我不知道，我从没想过这个问题。"我耸了耸肩，"也许米凯是对的……

……他的话不是全对，但进化的部分是对的。他说重启人是人类进化而来的，有些道理。也许我们现在正处于融合的困难阶段，但迟早会进化成超级重启人类。"

"叫作重生人，或者类重启。"

"还是别叫类重启的好。"我笑着说。我们转过街角，学校出现在前方，卡伦手里拿着一张地图，正和一群人类讲话。

我们目光相遇时，他的唇角向上飞扬，我的呼吸停止了。每次他看向我时，我都不知道自己是应该脸红心跳，还是直接扑进他怀里。昨晚的情景浮现在我眼前，想想有些荒谬，我们身边所有人一切如常，可我的世界已经变得有些不同。

爱迪捶了一下我的胳膊，我回过神来，转头去看她，她笑嘻嘻地看着我。她扬起一侧的眉毛，我的脸腾地红了，急忙朝莱利、艾撒克他们走去。

"弹药的情况怎么样？"我问。

"不错。"莱利说，"米凯的人带来很多弹药，我们全拿过来了，再加上人类从其他城市带来的弹药，目前十分充足。"

卡伦走了过来，把手中的图纸摊在莱利面前的桌子上。

"有什么计划吗？"我问，"人类也认可的计划？"这时戴斯蒙和东尼站在几码远的地方，正低着头讲话。

"有。"莱利指着地图说，"我们在这里。"他的手指顺着河流向上移动。

"向北三十英里是罗莎。"他继续移动手指，"罗莎再向北二十五英里是新达拉斯。HARC 的总部在█████████████████出重启人。我们拿下罗莎后，立刻向新达█████什么 HARC 的人，大部分都在罗莎。"他双手叉腰说道，"东尼跟勒伯联系过，他们说能在城里召集到足够的人类帮助我们。"

"真的吗？"我疑惑地说，"罗莎的人类最讨厌重启人了。"

"他们曾经在大街上抓住我痛揍，我身上现在还有伤疤呢。"卡伦说。

莱利翻了个白眼，"你身上不会有伤疤的。"

"那就是心灵的伤疤。"卡伦唇边泛起笑意。

莱利轻声笑了起来，"勒伯说，他和其他叛军一直在动员罗莎的人类，尤其是最近一段时间。HARC 内部的几个守卫也站在了我们这边，对我们非常有帮助。除非他们先开火，否则不要胡乱杀人。"

"人类跟我们一起进入机构吗？"

莱利摇了摇头，"我们会安排一些人类守在外面，阻止更多的HARC 守卫冲进去，让你们有机会逃脱。我们希望能尽快救出所有重启人，逃离大楼后到街上跟 HARC 交战，这样会容易些。嗯，相对容易些。"他扬起眉毛看着我，"勒伯说梅尔长官回到了罗莎，我觉得你听到这个消息会开心的。"

我想象了一下梅尔长官无处可逃被我杀死的画面，感到一阵兴奋，然后瞟了一眼卡伦，他原本可以杀死梅尔长官的，却没下手，现在的表情十分平淡。

"他们知道人类来这里帮我们吗？"我问。

"不知道。"莱利说，"但我们推测，就算他们知道人类来了这里，也不会猜到人类会和我们结盟。"

爱迪低头看了看地图，然后回头问莱利："人类有什么打算，如果我们赢了的话？他们不太可能愿意跟我们一起生活吧。"

莱利耸了耸肩，"不知道,但他们说过想让我们分散在各个城市里。"

"像富人区和贫民窟那样吗？"卡伦冷冷地问。

"嘿，也许我们可以把所有人类关在某栋大楼里。"爱迪说。

"哦,他们可以帮我们干活儿，就像维持治安和抓捕罪犯。"卡伦说，"问题是他们可能不喜欢这样，所以，也许我们应该对他们实行严格管理。"

莱利看了我一眼，像是在说"别再让他们胡说八道了"，我哈哈大笑。

"我们要给他们装上追踪器，防止他们逃跑。"爱迪故作严肃的面孔快要绷不住了。

"等到他们年龄大了，我们应该杀死他们，你们也知道人类成年后会变成什么样子。"卡伦用手做了个不停说话的动作，"吧啦吧啦，起义啦，吧啦吧啦，反抗啦，反正他们年龄大了身体会变差。"

"你们实在是帮大忙了，谢谢各位！"莱利摇着头卷起地图。

"喂，回来！"爱迪在莱利身后喊他，脸上绽放出一个灿烂的笑容，"我们会给他们吃很棒的食物！"

莱利转头，一脸好笑地看着我们，"卡伦，跟他们说说你的计划吧。"

"你有计划了？"我惊讶地问。

"天才的计划！"莱利回头喊道。

"嗯，没有什么天才啦。"卡伦耸了耸肩说，"不过我在想，新达拉斯的内部通信系统毁了我们的行动。HARC 用广播说了句话，重启人就老老实实回去了。所以，我觉得我们应该弄个通信器，让你对重启人讲话。"

　　"这的确是个天才的计划。"我微笑着对他说。

　　他伸手搂住我的腰，凑过来说道："我负责计划，你负责揍人。我喜欢这样的分工合作。"

第三十七章

卡伦

当天晚上，我站在最大的一架运输飞船旁边，看着我们的人类盟友跟在重启人后面登上飞船。东尼和戴斯蒙也上去了，戴斯蒙朝我看过来，点了点头，然后靠在舱壁上。

我们的运输飞船装不下这么多人，飞行员不得不分两批运送。第一批主要是重启人，还有少数几个人类。

我回过头本想看另一架运输飞船，却看到瑞恩正朝我走米。快走近我时，她伸出双臂，我立刻上前一步把她抱了起来，她双脚离地勾住我的腰，双手搂住我的脖子，热烈地亲吻我。

"你不准死。"她笑着轻声说，"作为你的前教练，我命令你不准死。"

"明白。"我又吻了她一下，"你也一样。不准被抓住，不准出事。"

她贴近我，我们的前额几乎碰到一起，"如果我们走散了，而且发现情况不妙，行动会失败，真那样的话，我希望你赶紧逃。罗莎和奥斯丁中间有个我们停下来吃东西的地方，到时候在那里碰面，你还记得吗？"

我点了点头，"好，不过，除非情况变得非常糟糕才会这样。"

她点头答应，继续吻我，我紧紧地抱住她。过了一会儿，她缓缓地松开我，跳到地上。

我们要搭乘的那架运输飞船已经挤得满满的，瑞恩对我粲然一笑，我的心跳立刻加速。

"我可能爱上你了。"她说。

我惊讶地笑出了声，"可能？"

我们的手交握在一起，她拉着我朝运输飞船走去，边走边回头说："可能，我这个人不会表达，你知道的。"

我又笑了起来，"我也可能爱上你了。"

"我知道。"

我很想抱住她，再次亲吻她，可我们已经上了飞船，我只好对她笑了笑。飞船舱门重重地关上了，我轻抚着她的脸颊，她对我微微一笑。这时，运输飞船开始轰鸣。

我到罗莎 HARC 机构的那天，也是我变成重启人的第一天。我是从陆路到的罗莎，当时坐在 HARC 厢型车后面，戴着手铐，左右两侧各有一个守卫。

我听见自己的心脏在不停跳动，突然想到还从没问过，重启人会不会有心跳。我对重启过程有大致的了解——身体停止工作后又重新恢复，变得更加强壮——可我之前从没想过，重启后身体会保留或失去哪些机能。

我坐在厢型车上，看着罗莎的大门慢慢打开，满手是湿冷的汗水，感觉要吐出来了。过了片刻后我才意识到，自己变成了重启人，却完全保留了身为人类时的情感和感觉。

我不知道应该欣慰还是恐惧，欣慰是因为我还是我，恐惧是因为不知该如何应对身体变成 HARC 的重启人，却仍然保有良知和身为人类时的快乐记忆。

这次我们要徒步去罗莎，运输飞船停在我们身后一英里的地方。我跟上次一样感到恐惧。

不，不一样的。同样是恐惧，但不是因为 HARC，也不是因为担心我的未来。我是恐惧瑞恩会有意外，恐惧事情会被搞砸，恐惧计划不成功，恐惧重启人全部被杀。不过，我现在能做到把恐惧藏在心里，手心不会出汗，心脏也不会狂跳。

我低头去看瑞恩，她正直视前方，脸上没有任何表情。我没办法像她那样善于控制情绪，便不禁佩服她在必要时总能压抑自己的情感，当它们不存在。我从没想到自己会喜欢她这一点。

她停下脚步，我们身后的重启人和人类也停了下来。目前，莱利、爱迪、艾撒克带着大约二十个重启人，再后面的人类数量要少一些，只有十来个左右。

我们现在接近大门，可以看见瞭望塔了。四周十分寂静，围墙平时发出的滋滋声全都消失了。电源已经被切断，跟莱利之前说的一样，这似乎是个好兆头，也许在罗莎确实有很多人类愿意帮忙。

瑞恩示意我们留在原地，她开始朝门口走去，只见她毫不犹豫地伸手抓住铁丝网，停顿了一会儿。我打了个寒噤，以为电流正通过她的身体。

然后她点了点头，莱利和爱迪拿着剪线钳跑上前去。他们手起钳落，断掉的铁丝网松垮垮地垂向地面。等到开口足够我们通过时，瑞恩率先钻了过去，重启人和人类也陆续钻进铁丝网。

进去后我们迅速呈半圆形散开，人类居中，我飞快地看了一眼瞭望塔，然后朝城里走去。我们得到的消息说，可以从这个位置进去，两边瞭望塔上的守卫会假装没看到我们，不过向前飞奔时我还是做好了迎接子弹的准备。

没有子弹朝我们飞来。我们经过瞭望塔时，里面没有一丝动静，于是我们朝着前方隐约浮现的 HARC 大楼走去。

第三十八章

瑞恩

罗莎机构所在的位置远离贫民窟，所以大楼外面没有围墙阻隔。我很少从这个角度去看罗莎机构，执行任务时我偶尔会回头望一下，但坐在运输飞船上，视线会被挡住。

接近机构时，人类跟我们分开，朝贫民窟走去。我迅速查看了一下四周的环境，机构周围空荡荡的，但要以为这里没有守卫，那就大错特错了，尤其是在目前的情形下。

我抬头望了望。屋顶很可能有守卫，大概是狙击手。另外，每扇门也一定有人把守。我们在奥斯丁时没有守卫或长官提供直接的帮助，HARC 叛军也故意避开我们，所以现在感觉有些怪怪的，因为我们的计划是直接走到一个 HARC 长官面前，让他放我们进去。

我们绕过转角，机构出现在我们前方，大家放慢了脚步。我们现在离入口不过几码的距离。

我向前迈了一步。

这时突然一声枪响。

我一惊，立刻朝屋顶看去。枪声来自贫民窟，紧接着又是一声枪响。

"跑吗？"卡伦低声说。

我点了点头，我们开始奔跑，土路上响起密集的脚步声。有两个守卫站在门口，脸朝着我们的方向，但并没有拿武器。

我放慢脚步，伸手拦住正要掏枪的莱利，"等等。"我走到守卫面前，门上方的灯光照着他们严肃的面孔。

其中一个很眼熟，但我叫不出他的名字。另一个守卫说不定我也见过，不过除了勒伯，我从没留意过罗莎机构的 HARC 守卫。守卫们大多只是站在墙边，尽量不跟我们有眼神接触。

他们现在都盯着我看。高个子的那个从皮带上拿下他的通行卡，在门边的装置上刷了一下。

"动作快点。"他一边撑住门，一边轻声说，"勒伯只能分散他们几分钟的注意力，让他们不去看监控。"

我冲进大厅，回头看了一眼身后，"谢谢你！"如果我们失败了，他们也会没命。摄像头记录了他们让一群重启人进入大楼的过程。

大厅的灯依然亮着。现在是晚餐时间，如果我们算得没错，所有重启人这时候都在餐厅吃饭。

前台后面的人随意瞟了一眼我们的方向，等他反应过来时，眼睛瞪得足有茶碟大小，然后手忙脚乱地去抓桌子上的通信器。

"举起手来。"莱利命令道，举起枪大步走了过去。

那个人瞬间僵住了，手指停在通信器的按钮上方。

"我会开枪的。"莱利说，"把通信器放在桌子上。"

"慢慢放。"卡伦立刻接口道，从莱利身边跑了过去。

看卡伦越来越近，那个人急忙把通信器放在桌子上，举起双手向后躲闪。

"坐在地上。"莱利打着手势说，"敢出声的话，你就死定了。"

这时，尖锐的警报声响彻大厅，我浑身一颤，"来不及了。"

卡伦抓起通信器，转动上面的一个按钮，然后把它抛给我。"我看着守卫。"他一边对莱利说，一边举起枪，"你们去吧。"

"所有重启人立刻回到自己房间。"广播的声音吓了爱迪一跳，她担心地看了我一眼。

我朝楼梯间跑去，把通信器拿到嘴边，"重启人。不要走，不要回房间。"我一步两个台阶地朝餐厅所在的七楼跑去。重启人的房间在餐厅的上一层，八楼，但愿他们还没回去。

"我是一七八。"我继续道，"HARC 快要控制不住城市了，一旦你们回房间，就会被他们杀死。"

我绕过转角，冲上七楼，看见很多重启人正在走出餐厅大门。看见我时，他们的眼睛瞪大了，此时紧跟在我身后的莱利和其他重启人更是让他们瞪大了双眼。

餐厅里传出了枪声。

接着是尖叫声。

"快跑！"我冲出楼梯间大门，挥手让他们下楼。我又对着通信器说道："我们有很多人类盟友，动手前先确认对方是不是敌人。"

我的话让一些重启人露出困惑的表情，我郑重其事地看了他们一眼，然后朝着再次爆出枪声的餐厅冲去。我摸到身上的枪，从裤子里抽了出来，和艾薇在一起时的点点滴滴浮现在眼前，我艰难地吞咽了一下。

一只手重重地拍在我的头盔上，我俯低身体，几颗子弹从我头顶飞了过去。

"小心你的头，菜鸟！"莱利笑着松开我的头盔。

我感激地看了他一眼，他转过身，开始朝走廊上的守卫射击。

雨果从餐厅里跑了出来，手里拉着一个年龄小点的重启人。看见我时他露出开心的笑容，"我就知道你没死！"

一个守卫绕过转角，我还没来得及反应，他手里的枪已经对准了雨果的脑袋。我立刻开了一枪，守卫应声倒在地上。

"去拿枪。"我对雨果说，"有没有重启人回房间呢？"

"有几个吧。"他说着捡起地上的枪。

"我去吧。"莱利挥手叫上几个重启人。

"封锁大楼，全体人员去楼下。"

听到广播后，我一边跑向楼梯，一边把通信器塞进口袋。越接近一层，尖叫声和交火声就越大，我握紧了手中的枪。

通过一层楼梯间的大门时，我的胸口中了几枪。我一踏进大厅，卡伦就迅速朝我跑来，我一把抓住他，拉着他卧倒，子弹呼啸着掠过我们头顶。

大厅里到处是HARC的守卫，地上散落着尸体，其中很多是重启人。我朝大楼入口处冲去，周围立刻枪声四起，子弹在我身边翻飞。

HARC 的守卫在大楼前面的草坪一字排开，在各个出口形成一道坚实的人墙，手里的枪正不断射出子弹。

"退后！重启人，退后！"

艾撒克的喊声勉强压过大厅的枪弹声，HARC 的守卫们纷纷抱着头远离大楼。

接着爆炸声撼动了整座大楼，卡伦伸手抱住我的腰，我们一起摔倒在地。前方的窗户爆裂，碎玻璃飞过整间大厅，他用身体护住了我。

又是一声爆炸震得大厅直晃，四周的尖叫声消失了，我耳朵里充斥着刺耳的鸣叫声。我动了一下身体，压住我的卡伦立刻跳开，拉我站了起来。

大厅的窗户荡然无存，屋里的烟雾遮住了我们的视线，我们看不清外面的情况。地上到处是 HARC 守卫的尸体，重启人奔跑时纷纷从尸体上跳过。

几个重启人突然停下了脚步，一排枪挡住了他们的去路，是人类。

东尼站在人群最前面，他稍稍放低了枪口，歪着头示意道："来吧！离开这里！"

我抓住卡伦的手，一起冲向出口。其他重启人跟在我们后面，凉爽的微风迎面而来，卡伦转头对我露出笑容。

这时，空中传来一个熟悉的声音，我抬头去看，一架巨大的 HARC 运输飞船正朝我们飞来。而地面上，至少有一百个全副武装的 HARC 守卫正绕过转角，渐渐逼近。

他们朝我们冲了过来，我立刻冲到人类的最前面。

"没有头盔的重启人跟人类一起向后退！"我大喊。

这时有一只手拽住了我的胳膊，我转身一拳打在一个守卫的脸上。他再次向我扑来，我迅速开枪，子弹射进了他的胸膛。

与此同时，我身边的莱利也干掉了一个守卫。我拼命寻找卡伦的身影，但他不见了。

"瑞恩！"

有人喊我的名字，我急忙转身去看，却只看见一地尸体。

身后有人痛呼了一声，我转过身，看见一个 HARC 守卫抓住了爱迪的头盔，想从她头上扯下来。我飞起一脚，狠狠地踢中了他。他松开爱迪的头盔，身体飞了几英尺远，瘫倒在地上。

我刚拉爱迪站起身，就听到一阵爆炸声，我们急忙低头躲闪。HARC 大楼冒起熊熊大火，贫民窟的一些房屋也起火了。

我和两个大块头迎面撞上，我摔倒在地，手里的枪差点飞了出去。我急忙握紧枪，这时一个 HARC 守卫从地上爬起来，用枪指着我的脸。

我双脚同时飞起，踢中他的脸，然后双膝一屈，飞身抓住另一个 HARC 守卫的衣领。

"别，别，别！是我啊，一七八！"勒伯睁大双眼看着我，双手举在脸旁表示投降。

我放开他的衣领，跳起身后把手伸给他。

"谢谢你！"他长出一口气，正了正头盔。他跟其他 HARC 守卫一样，都是全副武装。

他看向我身后，脸色立刻变了，我转身看见爱迪正背对着我们，举枪准备迎接下一波攻击。

"爱迪!"我抓住她的胳膊,她猛地转身,看见父亲时,她脸上的惊慌立刻变成了惊讶,然后冲过去抱住了勒伯的脖子。

我忍住内心的喜悦,冲上前帮他们挡住 HARC 的攻击,"现在可不是拥抱的时候!"

"是的!没错!"爱迪松开父亲,用手比画着说:"去后面找叛军!你在这里会没命的!赶紧把这身 HARC 的制服脱掉!"

勒伯笑着照爱迪的话去做,他迅速抱了一下爱迪,然后转身去找东尼和戴斯蒙。

我推开人群,四处寻找卡伦的身影,结果却看到了莱利,一个 HARC 守卫正骑在他的背上,另一个正跟他抢夺手枪。一片尖叫声中我冲向莱利,从后面抱住他背上的 HARC 守卫,用力拽了下来。守卫认出我后急忙钻进人群,边逃边惊恐地回头看我。

莱利站在死掉的另一个 HARC 守卫旁边,喘着粗气说:"谢谢!"

我说了声"不客气",话音未落就见莱利眨了眨眼睛,一只手按住脖子,鲜血从他的指缝间流了出来,我转过身寻找子弹的来源。

我在运输飞船上曾见过一次的守卫站在几码开外,就是曾经搜索武器时逼我脱掉衬衫,然后一脸鄙夷地看着我的伤疤的那个守卫。

我冲向那个守卫,一颗子弹击中了我的手。守卫的眼睛突然亮了起来,似乎做成了一件事。

我的心脏猛地停止了跳动,转身看见莱利已经躺在地上,前额出现一个弹孔。

我伸手捂住嘴，强忍着没有哭喊出来。我再次举起枪时，眼前的世界一片模糊，但是有两个重启人已经抢在我前面，把运输飞船守卫扑倒在地。

我低头躲开射向我的一排子弹，冲上去跪倒在莱利身边。

"起来，马上起来！"莱利的声音在我脑海中回荡，湮没了周遭的一切。

可我像被粘在了地上，根本无法起身，只是握着他已经毫无生命迹象的手腕。他在我脑海中的喊声越来越响亮，我却依然动弹不得。他明亮的眼睛无神地望向天空。

一个重启人撞到我的后背，她正把 HARC 守卫猛地摔在地上。我闭上眼睛，深吸了一口气，慢慢拿起莱利的手，用力握了一下，无声地说了声"谢谢"——我早该对他说上一百遍的。

我强迫自己站起来，用手擦了擦眼泪。我必须找到卡伦，至少要看看他是不是没事。

我四处张望着，终于在人群中看见了他的脸。他被推挤到靠近 HARC 大楼的位置，正在瓦砾和尸体间帮助一个失去一条腿的年轻重启人。看来他没危险，我松了一口气。

HARC 大楼另一侧的门开了，我眯起双眼，仔细辨认着烟雾中浮现出的一个胖乎乎的身影。

梅尔长官。

他拿着一支大口径的枪，我推开前面的重启人和 HARC 守卫，朝他跑了过去。

他站在大楼前面，喘着粗气观察周围的情况，然后转头去看正朝大楼外走的重启人，目光落在卡伦身上。

"卡伦！"我尖叫，但他似乎没有听到我的喊声。我朝梅尔长官的方向开了几枪，他连躲都没躲，我距离他太远了。

梅尔长官举起了枪，子弹击中了年轻重启人的头部，轻而易举地杀死了那个没戴头盔的重启人。

卡伦立刻转过身去，伸手去掏枪。

梅尔的枪响了，卡伦的头猛地后仰，身体停顿了一下，我屏住呼吸，等着他的下一个动作。然后他倒在地上，动也不动了。

第三十九章

卡伦

（编者注：本章在作者原书中为空白章。）

第四十章

瑞恩

我视野周遭开始变暗，我开始无法呼吸，无法移动。

几秒钟过去了，卡伦依然一动不动地倒在地上。我不能走过去，如果我过去查看，我会知道他已经死了。可是，他不能死。

戴斯蒙出现了，他一脸惊恐地跪倒在卡伦身边，然后转头看了我一眼，又低头去看卡伦。

我心头的恐慌开始向四肢蔓延，戴斯蒙震惊的眼神让我把眼泪逼了回去。

我冲向梅尔长官。

他拔腿就跑，拼命甩着两只胳膊，忽然转身朝我的方向胡乱开了一枪，子弹离我足有一英尺远。

我举起手中的枪。我完全可以击中他的后心，但那不是我心心念念想要杀死他的方式。我要他死得痛苦百倍。

现在，我只想好好折磨他。

他根本没办法跑赢我，我被他训练得实在太出色了。我飞身向前一扑，咔嚓一声扭断了他一条胳膊，接着一脚踢中他的肚子，他尖叫起来。

他摔倒在地，又朝我胡乱开了一枪，仍然没有打中。我夺下他手里的枪，丢得远远的。我走到他旁边，骑在他身上。

我双手掐住他的脖子。

他双手朝我乱挥，眼睛渐渐凸起。他抓住我的衬衫用力拉扯，我死死勒住他的脖子。他气喘吁吁，双腿开始乱蹬。

他的脸变红了。

我勒得更紧了。

他慢慢松开我的衬衫，双手垂落下来，绝望地看着我。他在向我投降。

我不管。

我不管。

我不管。

我沮丧地大叫一声，松开了他的脖子，向后退开。梅尔长官喘着气侧身滚到一旁，身体抖个不停。

我用手擦了擦眼睛，发现自己在流泪。梅尔长官抬头看着我，一脸恐惧和震惊的表情。

我想要杀死他，可是几秒钟前我突然有种可怕的感觉。难道因为我能杀人，就可以随便杀人吗？难道我是那种人吗？

我把枪踢开，让梅尔长官够不到，然后从他皮带上取下两副手铐，分别铐在他的脚踝和手腕上。

不，我不是那种人。

我直起腰时觉得身体十分沉重，然后我强迫自己转身，朝卡伦倒下的方向看去。

戴斯蒙仍然蹲在卡伦身边，手里拿着一个沾满鲜血的东西。一颗子弹。

卡伦慢慢坐起身，鲜血从他的左眼顺着脸颊淌了下来。

我大喊一声，飞奔过去，伸手抱住他时差点把他撞翻。卡伦气喘吁吁地笑着，我把他紧紧抱在怀里。

"对不起！"我松开他，双手捧着他的脸说道。他的左眼血肉模糊，不过已经开始愈合，他伸手想去摸伤口，我拉住他，"别动，别碰伤口，会好得快些。"

我转头去看戴斯蒙，他把手里的子弹随手一丢。

"卡在他的眼窝？"我猜道。

他苦着脸点了点头，"实在太恶心了。"

"谢谢你！"卡伦笑着说。

突然响起的喊声和枪声让我转过头去。机构前面的形势已经变了，很多 HARC 守卫跪在地上投降，只有一小群人还在负隅顽抗，朝叛军不断射击。几个 HARC 守卫朝我们的方向跑来，子弹随即呼啸而至，我急忙跳起身。

戴斯蒙也起身站在我旁边，我急忙冲到他前面，但为时已晚。鲜血从他腹部流了出来，接着他肩膀也中弹了，卡伦赶在他倒地前扶住了他。

我举起枪，但一大群人类已经冲向那几个 HARC 守卫，跟他们扭打在一起。

东尼几秒钟内就赶了过来，卡伦闪身让开，他跪倒在戴斯蒙旁边，但戴斯蒙已经救不回来了。我迅速转过身去，握住了卡伦的手。

　　机构前面的枪声停了，不过我仍然可以听到贫民窟里的枪响。我们的人类盟友全都脏兮兮的，身上还染有血迹，重启人也好不到哪里去。

　　我知道现在应该赶去贫民窟，帮助结束那里的战斗或者围捕HARC 守卫，可我此时实在无力去做那些。我收起枪，抱住卡伦的腰，把脸埋在他的胸口，长长地呼了一口气。

第四十一章

卡伦

罗莎的 HARC 机构看上去随时会倒塌，在确认没有重启人困在房间后，我们让所有人撤出了大楼。太阳渐渐升起，看着散布在草坪上的一具具尸体，我感到不寒而栗。

几名叛军把包括梅尔长官在内的 HARC 俘虏集合到一起，让他们排队上运输车，押送到奥斯丁。艾撒克带着几个重启人去新达拉斯查看 HARC 在那里的情况，回报说，他们到达后发现大多数 HARC 守卫不是逃跑了就是脱离了岗位时，许多守卫几乎二话不说就放弃了 HARC 的职位，变成了普通人。

瑞恩带着爱迪和勒伯仔细搜查了一遍城市和贫民窟，押回了几个朝他们开枪的人类和 HARC 守卫。勒伯说会把奥斯丁国会大厦里的人类牢房用作监狱，之后再考虑如何处置所有俘虏。我本来想问一下，谁来看守监狱，还有谁来决定相应的处罚，但转念一想，自己对这些其实也没什么兴趣，反正我今天不想过问。

瑞恩不见了，后来我发现她在机构的草坪那里，坐在莱利的尸体旁边。她垂着头，手臂靠在膝盖上，我跪在她前面时她一动也没动。

"你想要埋葬他吗？"我轻声问。

她摇摇头，用手背擦了擦眼睛，抬头看着我说："不用了，莱利会觉得那样太傻，我们让他跟其他人一起火化吧。"

我点点头，把手放在她的手臂上，轻轻握了一下。我站起来，想让她一个人静一静，但她也跟着起身，握住了我的手。我们穿过HARC的草坪去找勒伯和爱迪，他们正跟一大群重启人站在一起。

勒伯瞟了一眼瑞恩，目光中有惊讶，也有同情。瑞恩身上到处是泥污和血迹，肩膀疲惫无力地垂了下来，而且脸上明显有哭过的痕迹。我猜瑞恩的眼泪就是让勒伯感到惊讶的原因，可见即便是认识她的人，当发现她拥有和他们一样的情感时，也会感到震惊。

"谢谢你！"勒伯说。有那么一瞬间，他似乎想要拥抱她，但想了想又放弃了。

"谢我什么？"瑞恩问。

他指着爱迪说："我没想到你会去救她。"

瑞恩差点笑出声来，"我知道你没想到。"

"谢谢你那次救了我。"爱迪微笑道，"还有另外一次。"

瑞恩轻声笑了，"不客气，我觉得我们现在扯平了。"

爱迪指着几百码外的运输飞船说："你们要回奥斯丁吗？那架飞船很快就要起飞了。"

瑞恩看着我，"去吗？"

"去。"我肯定地说。

"你们要留在这里？"瑞恩问爱迪和勒伯。

"我们正打算收拾些东西，然后去奥斯丁待一段时间。"她说，"爸爸认为他们会在那里选出领导人，建立政府，所以我们觉得应该待在那里。"

勒伯也许是对的，想到我们也会留在那里，我突然觉得很开心。如果他们要重建政府，我们需要确保重启人也可以参与。我第一个想到的人选就是莱利，忽然记起他已经不在了，我把泪水咽了回去。

　　"我要留下来帮家里收拾东西。"爱迪接着说，"可能需要几天的时间。"她咬了一下嘴唇，"替我转告盖比好吗？"

　　"没问题。"瑞恩说。

　　"谁是盖比？"勒伯看着她们两个问。

　　爱迪拍了拍父亲的胳膊，这反而让勒伯更加好奇。她转头问瑞恩："我们一到那里，我就去找你，好吗？"

　　瑞恩点点头。我松开她的手，爱迪走上前，张开双臂抱住她。瑞恩也伸手抱住爱迪，爱迪凑到她耳边，低声说了些什么。虽然我没听清，但她们分开时，瑞恩眼中又溢满了泪水。她就这样泪眼汪汪地对爱迪微笑着，然后又牵起我的手。

　　瑞恩握紧我的手，拉着我走向运输飞船，"我们回家吧。"

第四十二章

瑞恩

我刚转过卡伦家的街角，就听到一阵笑声。一群人类的孩子坐在我左侧的前院草坪上，一看见我，他们立刻安静下来。一个女孩凑到一个男孩耳边低声说了些什么，男孩的眼睛瞪大了。

我本能地去摸腰间的武器，以防万一，却摸了个空。几天前我已经把所有武器都给了爱迪。

我转头再看向他们时，那个男孩的脸上露出一个大大的笑容，"怎么回事，一七八？他们说你个子可高了！"

我笑了起来，朝前面望去时，发现卡伦正站在自家门廊处看着我们。

"嘿！"他开心地大声说，"她又没办法控制自己的身高！"

我跳上台阶，笑着热烈亲吻他，他用手托住我的后背。

"大家都说你的个子很高。"他在我唇边低声说。

我稍稍后退，努力站直身体问道："有没有高一点？"

"没有。"他又飞快地吻了我一下，然后推开前门，伸手示意我先进去。

我深吸了一口气，走了进去。自从那天卡伦的家人来机构看望他后，我还一直没见过他们。卡伦倒是看过他们几次，但我没和他一起去。

他邀请我去他家吃饭时，爱迪听了直拍手，似乎这是一件令人兴奋的事，可我却觉得浑身不自在。

卡伦家里的摆设跟我上次来时差不多，没有添置什么家具，只有煮肉的香气从厨房不断飘过来。餐桌上已经摆好餐具，卡伦的爸爸站在旁边，一只手紧握着自己的另一只胳膊。

雷耶斯太太转过身来，手里还拿着一个勺子。她看见我时露出笑容，像是发自内心地喜悦。

"嘿，瑞恩！"她把勺子放下，从厨房对面走过来，向我伸出手说道，"很高兴再次见到你。"

"我也很高兴。"她的手很温暖，微笑的样子和卡伦十分相似。

我和雷耶斯先生握手时，大卫蹦蹦跳跳地走进厨房，用鼻子嗅着空气。

"那是什么？"他越过妈妈的肩膀往里看，"我们从哪里弄来的肉？"

"卡伦带来的鹿肉。"雷耶斯太太说着又走到灶台前。

我惊讶地转头问他："你去打猎了？"

他哼了一声，"我才不会去呢，艾撒克给我的，感谢重建时我们帮了他大忙。"

我点了点头。我和卡伦最近一直忙着奥斯丁的重建工作，我婉拒了大家的要求，没去街上维持治安，也没去得克萨斯州的其余地区查看各个城市的状况。很多重启人，甚至包括人类，都非常喜欢去做那类工作，但我不想再做了，也不想训练任何人去做。我曾经很喜欢那类工作，可现在一想到训练重启人上战场就觉得难以忍受。是的，我已经看够了争斗。

我甚至连枪都不带了，所以前几天时我才会把所有武器交给爱迪。

我饶了梅尔长官一命后，便感觉世界变了个模样。我杀人后常常隐约有种罪恶感，像是我知道自己应该有那种感觉，实际上却感受不到。但是，我决定不杀他时，自豪感油然而生，觉得这才是真正的我。

我告诉卡伦我不再碰枪了，他看我的目光像是在看一个英雄。

"鹿肉好吃吗？"大卫的声音里透着怀疑。

"不知道。"卡伦说着坐在餐桌旁，示意我也坐下。

"好吃。"我坐到椅子上，"我喜欢鹿肉。"

卡伦的妈妈听了似乎很高兴，虽然我不知道为什么。

大卫一屁股坐到我对面的椅子上，不住地打量我和卡伦。

"你们决定住在哪里了吗？"他问卡伦。

"我们暂时住在机构里，等他们把公寓大楼修缮好。我租了个小房间，就在瑞恩和爱迪以后住的地方对面。"

他的父亲一脸关切地看着我们，"你确定吗？那里的条件不是很好啊。"

"总比 HARC 机构好多了。"卡伦笑着说，"贫民窟没那么糟啦。再说，HARC 已经不在了。"

"你们两个可以住在这里，你知道的。"雷耶斯先生对卡伦轻声说。我知道他们之前曾劝他搬回家，但他拒绝了。他说，自己一个人住了那么久之后，搬回去不仅觉得奇怪，也太闷了。我理解他的想法。我们俩虽然住在各自的公寓里，慢慢适应着没有 HARC 的生活，但我们在一起的时间可能比分开的时间还要多。何况，我从没拥有过完全属于自己的房间，所以还蛮有趣的。

"我觉得，我们这样挺好的。"卡伦微笑着对父亲说，"但还是要谢谢您。"

那天的晚些时候，我们离开卡伦的家，他伸手搂住我的腰，在我头顶吻了一下。天已经全黑了，路上几乎不见人影。

"我觉得，他们可能有点喜欢我了。"我抬头看着他说。

他笑了，"是啊，他们喜欢你，别那么惊讶嘛。"他俯身亲吻我，然后我们牵着手向前走，边走边一起摆动手臂。

"今天来了一批特区重启人。"我瞥了一眼卡伦。

"是吗？"

"是啊，他们似乎不看好我们这里的相处方式，但我猜，怎样都比米凯那里强。"我笑了起来，"你真应该瞧瞧东尼看见重启人婴儿时的脸色，不知道现在恢复正常了没有。"

"说不定有些重启人想来国会帮我们，每次政府会议都是人类和我参加，最多有一个重启人。"

"谁让你跟人类相处得那么好呢！"我笑嘻嘻地看着他。他装出一副恼火的样子，但我知道他愿意去组建一个人类和重启人共同参与的政府。

靠近学校时，我们看见几个人类和重启人在附近走动。奥斯丁的人比以前少了许多，很多人决定重返自己的家乡。一些人类去了新达拉斯，原因显而易见，那里几乎全部是人类。东尼说，他们会对此密切关注。我并不意外，也从没期望人类能一下子接受与一群重启人和平共处的生活。

HARC机构前面的空地生起了篝火，我们从罗莎回来后，每晚都是如此。大多数时候只有重启人围在篝火旁，偶尔也会见到人类的身影。今晚，盖比就坐在爱迪身边，手搭在她肩上。

爱迪一看见我们立刻露出笑容，然后拉着盖比站起身，"晚餐怎么样？”

"很好，是鹿肉。"

"我不是问这个。"

我笑着白了她一眼，"很好，我发挥正常。"

卡伦做了个手势，表示"马马虎虎"，我开玩笑地捶了他的胳膊一下，他笑了起来。

一阵骚动吸引了我的目光，转过头，我看见雨果和另一个重启人正大步走进机构，他们脸上的神情十分沉重。

"我等一下过来，好吗？我想去看一下那个新重启人的情况。"

卡伦点了点头，站在我身后看着机构，身体微微颤了一下。从新达拉斯飞来的运输飞船昨天停在奥斯丁围墙那里，他们送来了一些生病的孩子，现在我们有了三个新重启人。

"要不要我跟你一起去？"他问。

"不用，我没事。"我知道他这么问完全是出于礼貌。昨天有个孩子开始重启时，我和他都在场，我看得出，那一幕让他难过不已。

"等一下我去房间找你好吗？"他握住我的手，把我拉近他。

我点点头，踮起脚，在他唇上吻了一下。他搂住我的腰，把我从地上抱了起来，我笑着轻轻挣脱开。

我向后退了一步，看着他的笑脸，克制住想再去亲吻他的冲动。等一下我有的是机会。

我转身朝机构走去，穿过黑暗冷清的大厅，小跑着上了二楼。我打开楼梯间的门，亮光和嘈杂声迎面而来，我认出几个罗莎的重启人，他们经过我身边去楼梯间时，对我笑了笑。

雨果和几个重启人站在走廊中央，他向后摆了一下头说道："有两个人刚死，你不在的时候。新达拉斯来的一个女孩死了，不过我们觉得她不会重启，已经过太久了。"

"太久是多长时间？"我问。

"大概三个小时吧。"

"我们至少应该等四个小时。这种事没人说得准。"我朝走廊扫了一眼，"哪个房间？"

"左边第三个。"

我穿过走廊，拉开房间的门。这一层楼过去用于研究和实验，虽然我们已经尽量把这里布置得有家的气氛，但房间的布局跟我受折磨的新达拉斯实验室十分相似。计算机和其他设备被推到墙边，正中那张坚硬的台子上铺着几块毯子，一个十五岁左右的女孩正一动不动地躺在上面，旁边的椅子上坐着个年轻的重启人。

"你可以走了。"我扶着房门说，"我来守着她。"

"可能醒不过来了。"他伸展着身体站了起来。

"我知道。"

他从我身边走了过去，轻轻掩上了门。我在女孩临时床铺旁的椅子上坐下，飞快地看了她一眼。她脸色苍白，一头黑发散落在枕头上。昨天他们带她进来时，我见过她，她当时病得说不出话来。没有人知道她的名字。

我叹了口气，用手揉了揉额头，不知道是她的家人让新达拉斯的领导人带她走的，还是那里不允许任何患上 KDH 的人留下来。显然我们跟人类还有很长一段时间的磨合期。

女孩突然抽搐了一下，我倒吸一口冷气，连忙站起身。我双手垂在身体两侧，假如是我重启的话，我不会希望一个陌生人碰我，但我会希望身边有人在，这一点我非常肯定。

她的身体又接连抽搐了几次，然后才睁开明亮的绿眼睛。她的手指抓着床单，一边大口喘息着，一边扭头打量着房间。她的目光落在我身上，露出惊慌的神情。

我等着迎接她的尖叫声，但什么也没有。她的胸部在快速起伏，可她只是安静地盯着我看。

我如释重负地呼了一口气，对她笑了笑。"我是瑞恩。"我轻声说。一七八的"一"字已经到了舌尖，我又咽了回去。我们以后不会记录死亡时间了。

她摸索着自己的手臂，一脸担心地问："我……多……多久了？"

"不重要。"我说，"重要的是，你现在醒了。"